ZHONGGUO XIAOSHUO
100 QIANG

中国小说 100 强（1978—2022）

花匠与看门人

尹学芸 著

北京联合出版公司
Beijing United Publishing Co.,Ltd.

图书在版编目（CIP）数据

花匠与看门人 / 尹学芸著. -- 北京：北京联合出版公司，2023.9
（中国小说100强）
ISBN 978-7-5596-7007-6

Ⅰ.①花… Ⅱ.①尹… Ⅲ.①长篇小说－中国－当代 Ⅳ.①I247.5

中国国家版本馆CIP数据核字(2023)第108163号

花匠与看门人

作　　者： 尹学芸
出 品 人： 赵红仕
出版监制： 张晓冬　范晓潮
责任编辑： 管　文
特约编辑： 和庚方　郭　漫
封面设计： 武　一

北京联合出版公司出版
（北京市西城区德外大街83号楼9层　100088）
北京兴星伟业印刷有限公司印刷　新华书店经销
字数177千字　650毫米×920毫米　1/16　19印张
2023年9月第1版　2023年9月第1次印刷
ISBN 978-7-5596-7007-6
定价：58.00元

版权所有，侵权必究
未经书面许可，不得以任何方式转载、复制、翻印本书部分或全部内容。
本书若有质量问题，请与本公司图书销售中心联系调换。
电话：010-65668687

中国小说100强（1978—2022）丛书

编委会

丛书总策划

张　明　　著名出版人
张　英　　资深媒体人

编委主任

吴义勤　　中国作协副主席
　　　　　中国小说学会会长

编　委

吴义勤　　中国作协副主席、中国小说学会会长
宗仁发　　《作家》杂志主编
谢有顺　　中山大学教授、中国小说学会副会长
顾建平　　《小说选刊》副主编
张　英　　资深媒体人
文　欢　　作家、出版人

总　序

"中国小说100强"（1978—2022）是资深出版人张明先生和腾讯读书知名记者张英先生共同策划发起的一套大型文学丛书。他们邀请我和宗仁发、谢有顺、顾建平、文欢一起组成编委会，并特邀徐晨亮参与，经过认真研讨和多轮投票最终评定了100人的入选小说家目录。由于编委们大多都是长期在中国文学现场与中国文学一路同行的一线编辑、出版家、评论家和文学记者，可以说都是最专业的文学读者，因此，本套书对专业性的追求是理所当然的，编委们的个人趣味、审美爱好虽有不同，但对作家和文学本身的尊重、对小说艺术的尊重、对文学史和阅读史的尊重，决定了丛书编选的原则、方向和基本逻辑。

从文学史的角度来说，1978年以后开启的新时期文学是中国当代文学的黄金时代，不仅涌现了一批至今享誉世界的优秀作家，而且创造了许多脍炙人口的文学经典，并某种程度上改写了20世纪中国文学史的版图。而在中国新时期文学的经典家族中，小说和小说家无疑是艺术成就最高、影响力最大的部分。"中国小说100强"(1978—2022)就是试图将这个时期的具有经典性的小说家和中国小说的经典之作完整、系统地筛选和呈现出来,并以此构成对新时期文学史的某种回顾与重读、观察与评判。呈现在读者面前的这套丛书是对1978—2022年间中国当代小说发展历程的一次全面、系统的整体性回顾与检阅,是中国当代文学经典化的重要成果,从特定的角度集中展示了中国新时期文学在小说创作方面的巨大成就。需要说明的是,与1978—2022年新时期文学繁荣兴盛的局面相比,100位作家和100本书还远远不能涵盖中国当代小说的全貌,很多堪称经典的小说也许因为各种原因并未能进入。莫言、苏童、余华等作家本来都在编委投票评定的名单里,但因为他们已与某些出版社签下了专有出版合同,不允许其他出版社另出小说集,因而只能因不可抗原因而割爱,遗珠之憾实难避免,而且文学的审美本身也是多元的,我们的判断、评价、选择也许与有些读者的认知和判断是冲突的,但我们绝无把自己的标准强加于别人的意思。我们呈现的只是我们观察中国这个时期当代小说的一个角度、一种标准,我们坚持文学性、学术性、专业性、民间性,注重作家个体的生活体验、叙事能力和艺术功力,我们突破代际局限,老、中、青小说家都平等对待,王蒙、冯骥才、梁晓声、铁凝、阿来等名家名作蔚为大观,徐则臣、阿乙、弋舟、鲁敏、林森等新人新作也是目不暇接,我们特别关注文学的新生力量,尤其是近10年作品多次获国家大奖、市场人气爆棚的新生代小说家,我们禀持包容、开放、多元的审美立场,无论是专注用现实题材传达个人迥异驳杂人生经验、用心用情书写和表现时代精神的现实主义作家,还是执着于艺术探索和个体风格的实验性作家,在丛书里都是一视同仁。我们坚信我们是忠实于自己的艺术理想、艺术原则和艺术良心的,但我们并不认为自己的角度和标准是唯一的,我们期待并尊重各种各样的观察角度和文学判断。

当然,编选和出版"中国小说100强"(1978—2022)这套大型丛书,除了上述对文学史、小说史成就的整体呈现这一追求之外，我们还有更深远、更宏大的学术目标，那就是全力推进中国当代文学"经典化"的历程和"全民阅读·书香中国"建设。

从1949年发端的中国当代文学已经有了70多年的发展历程，但对这70多年文学的评价一直存在巨大的分歧，"极端的否定"与"极端的肯定"常常让我们看不到当代文学的真相。有人认为中国当代文学达到了前所未有的高度和水平。王蒙先生在法兰克福书展上就说：中国当代文学现在是有史以来最繁荣的时期。余秋雨、刘再复甚至认为中国当代文学的成就远远超过了现代文学。也有人极端否定中国当代文学，认为中国当代文学都是垃圾。他们认为现代文学要远远超过当代文学，中国当代文学连与现代文学比较的资格都没有。比如说，相对于鲁（迅）、郭（沫若）、茅（盾）、巴（金）、老（舍）、曹（禺）这样大师级的人物，中国当代作家都是渺小的侏儒，根本不能相提并论，两者比较就是对大师的亵渎。应该说，与对中国当代文学的肯定之声相比，对当代文学的否定和轻视显然更成气候、更为普遍也更有市场。尽管否定者各自的角度和出发点不同，但中国当代作家、作品与中外文学大师、文学经典之间不可比拟的巨大距离却是唱衰中国当代文学者的主要论据。这种判断通常沿着两个逻辑展开：一是对中外文学大师精神价值、道德价值和人格价值的夸大与拔高，对文学大师的不证自明的宗教化、神性化的崇拜。二是对文学经典的神秘化、神圣化、绝对化、空洞化的理解与阐释。在此，我们看到了一个非常有趣的悖论：当谈论经典作家和文学大师时我们总是仰视而崇拜，他们的局限我们要么视而不见要么宽容原谅，但当我们谈论身边作家和身边作品时，我们总是专注于其弱点和局限，反而对其优点视而不见。问题还不在于这种姿态本身的厚此薄彼与伦理偏见，而是这种姿态背后所蕴含的"当代虚无主义"。这种"虚无主义"的最大后果就是对当代作家作品"经典化"的阻滞，对当代文学经典化历程的阻隔与拖延。一方面，我们视当下作家作品为"无物",拒绝对其进行"经典化"的工作,另一方面又以早就完全"经典化"了的大师和经典来作为贬低当下泥沙俱下的文学现实的依据。这种不在同一个层面上的比较,不仅毫无意义,而且只能使得文学评价上的不公正以及各种偏激的怪论愈演愈烈。

其实,说中国当代文学如何不堪或如何优秀都没有说服力。关键是要进行"经典化"的工作,只有"经典化"的工作完成了才有可能比较客观地对当代的作家作品形成文学史的判断。对当代的"经典化"不是对过往经典、大师的否定,也不是对当代文学唱赞歌,而是要建立一个既立足文学史又与时俱进并与当代文学发展同步的认识评价体系和筛选体系。当然,我们也要承认,"经典化"问题是一个非常复杂的问题,并不是凭热情和冲动一下子就能完成的,但我们至少应该完成认识论上的"转变"并真正启动这样一个"过程"。

现在媒体上流行一些对于中国当代文学经典化冷嘲热讽的稀奇古怪的言论,其核心一是否定中国当代文学有经典、有大师,其二是否定批评界、学术界有关"经典化"的主张,认为在一个无经典的时代,"经典"是怎么"化"也"化"不出来的,"经典化"是一个实实在在的"伪命题"。其实,对于文学,每个人有不同的判断、不同的理解这很正常,每一种观点也都值得尊重。但是,在"经典"和"经典化"这个问题上,我却不能不说,上述观点存在对"经典"和"经典化"的双重误解,因而具有严重的误导性和危害性。

首先,就"经典"而言,否定中国当代文学早就不是什么新鲜事,对当代文学的虚无主义态度在很多人那里早已根深蒂固。我不想争论这背后的是与非,也不想分析这种观点背后的社会基础与人性基础。我只想指出,这种观点单从学理层面上看就已陷入了三个巨大误区:

第一个误区,是对经典的神圣化和神秘化的误区。很多人把经典想象为一个绝对的、神圣的、遥远的文学存在,觉得文学经典就是一个绝对的、乌托邦化的、十全十美的、所有人都喜欢的东西。这其实是为了阻隔当代文学和"经典"这个词发生关系。因为经典既然是绝对的、神圣的、乌托邦的、十全十美的，那我们今天哪一部作品会有这样的特性呢？如果回顾一下人类文学史，有这样特性的作品好像也没有。事实上，没有一部作品可以十全十美，也没有一部作品能让所有人喜欢。在这个问题上，我们应该明确的是，"经典"不是十全十美、无可挑剔的代名词，在人类文学史上似乎并不存在毫无缺点并能被任何人所认同的"经典"。因此，对每一个时代来说，"经典"并不是指那些高不可攀的神圣的、神秘的存在，只不过是那些比较优秀、能被比较多的人喜爱的作品而已。从这个意义上说，当今中国文坛谈论"经典"时那种神圣化、莫测高深的乌托邦姿态，不过是遮蔽和否定当代文学的一种不自觉的方式，他们假定了一种遥远、神秘、绝对、完美的"经典形象"，并以对此一本正经的信仰、崇拜和无限拔高，建立了一整套关于中国当代文学的伦理话语体系与道德话语体系，从而充满正义感地宣判着中国当代文学的死刑。

第二个误区，是经典会自动呈现的误区。很多人会说，是金子总是会发光的。但对文学来说，文学经典的产生有着特殊性，即，它不是一个"标签"，它一定是在阅读的意义上才会产生意义和价值的，也只有在阅读的意义上才能够实现价值，没有被阅读的作品没有被发现的作品就没有价值，就不会发光。而且经典的价值本身也不是固定不变的。如果一个作品的价值一开始就是固定不变的，那这个作品的价值就一定是有限的。经典一定会在不同的时代面对不同的读者呈现出完全不同的价值。这也是所谓文学永恒性的来源。也就是说，文学的永恒性不是指它的某一个意义、某一个价值的永恒，而是指它具有意义、价值的永恒再生性，它可以不断地延伸价值，可以不断地被创造、不断地被发现，这才是经典价值的根本。所以说，经典不但不会自动呈现，而且一定要在读者的阅读或者阐释、评价中才会呈现其价值。

第三个误区，是经典命名权的误区。很多人把经典的命名视为一种特殊权力。这有两个层面的问题：一，是现代人还是后代人具有命名权；二，是权威还是普通人具有命名权。说一个时代的作品是经典，是当代人说了算还是后代人说了算？从理论上来说当然是后代人说了算。我们宁愿把一切交给时间。但是，时间本身是不可信的，它不是客观的，是意识形态化的。某种意义上，时间确会消除文学的很多污染包括意识形态的污染，时间会让我们更清楚地看清模糊的、被掩盖的真相，但是时间同时也会使文学的现场感和鲜活性受到磨损与侵蚀，甚至时间本身也难逃意识形态的污染。此外，如果把一切交给时间，还有一个前提，那就是对后代的读者要有足够的信任，要相信他们能够完成对我们这个时代文学的经典化使命。但我们对后代的读者，其实是没有信心的。我们今天已经陷入了严重的阅读危机，我们怎么能寄希望后代人有更大的阅读热情呢？幻想后代的人用考古的方式对我们这个时代的文学进行经典命名，这现实吗？我不相信后人对我们身处时代"考古"式的阐释会比我们亲历的"经验"更可靠，也不相信，后人对我们身处时代文学的理解会比我们亲历者更准确。我觉得，一部被后代命名为"经典"的作品，在它所处的时代也一定会是被认可为"经典"的作品，我不相信，在当代默默无闻的作品在后代会被"考古"挖掘为"经典"。也许有人会举张爱玲、钱钟书、沈从文的例子，但我要说的是，他们的文学价值早在他们生活的时代就已被认可了，只不过很长时间由于意识形态的原因我们的文学史不谈及他们罢了。此外，在经典命名的问题上，我们还要回答的是当代作家究竟为谁写作的问题。当代作家是为同代人写作还是为后代人写作？幻想同代人不阅读、不接受的作品后代人会接受，这本身就是非常乌托邦的。更何况，当代作家所表现的经验以及对世界的认识，是当代人更能理解还是后代人更能理解？当然是当代人更能理解当代作家所表达的生活和经验，更能够产生共鸣。因此，从这个角度来说，当代人对一个时代经典的命名显然比后代人更重要。第二个层面，就是普通人、普通读者和权威的关系。理论上，我们都相信文学权威对一个时代文学经典命名的重要性，权威当然更有价值。但我们又不能够迷信文学权威。如果把一个时代文学经典的命名权仅仅交给几个权威，那也是非常危险的。这个危险表现在什么地方呢？就是几个人的错误会放大为整个时代的错误，几个人的偏见会放大为整个时代的偏见。我们有很多这样的文学史教训。在这个问题上，我们既要相信权威又不能迷信权威，我们要追求文学经典评价的民主化、民主性。对一个时代文学的判断应该是全体阅读者共同参与的民主化的过程，各种文学声音都应该能够有效地发出。这个时代的文学阅读，最理想的状态应该是一种互补性的阅读。为什么叫"互补性的阅读"？因为一个批评家再敬业，再劳动模范，一个人也读不过来所有的作品。举个例子：现在我们一年有5000部以上的长篇小说，一个批评家如果很敬业，每天在家读二十四小时，他能读多少部？一天读一部，一年也只能读三百部。但他一个人读不完，不等于我们整个时代的读者都读不完。这就需要互补性阅读。所有的读者互补性地读完所有作品。在所有作品都被阅读过的情况下，所有的声音都能发出来的情况下，各种声音的碰撞、妥协、对话，就会形成对这个时代文学比较客观、科学的判断。因此，文学的经典不是由某一个"权威"命名的，而是由一个时代所有的阅读者共同命名的，可以说，每一个阅读者都是一个命名者，他都有对经典进行命名的使命、责任和"权力"。而作为一个文学研究者或一个文学出版者，参与当代文学的进程，参与当代文学经典的筛选、淘洗和确立过程，更是一种义不容辞的责任和使命。说到底，"经典"是主观的，"经典"的确立是一个持续不断的"过程"，"经典"的价值是逐步呈现的，对于一部经典作品来说，它的当代认可、当代评价是不可或缺的。尽管这种认可和评价也许有偏颇，但是没有这种认可和评价，它就无法从浩如烟海的文本世界中突围而出，它就会永久地被埋没。从这个意义上说，在当代任何一部能够被阅读、谈论的文本都是幸运的，这是它变成"经典"的必要洗礼和必然路径。

总之，我们所提倡的"经典化"不是要简单地呈现一种结果，不是要简单地对一个时代的文学作品排座次，不是要武断地指出某部作品是"经典"，某部作品不是"经典"，不是要颁发一个"谁是经典"的荣誉证书，而是要进入一个发现文学价值、感受文学价值、呈现文学价值的过程。所谓"经典化"的"化"实际上就是文学价值影响人的精神生活的过程，就是通过文学阅读发现和呈现文学价值的过程。可以说，文学的经典化过程，既是一个历史化的过程，更是一个当代化的过程。文学的经典化时时刻刻都在进行着，它需要当代人的积极参与和实践。因此，哪怕你是一个对当代文学的虚无主义者，你可以不承认当代文学有经典，但只要你还承认有文学，你还需要和相信文学，还承认当代文学对人的精神生活具有影响力，你就不应该否定当代文学经典化的重要性。没有这个"经典化"，当代文学就不会进入和影响当代人的生活，就失去了存在的意义。每一个人，哪怕你是权威，你也不能以自己的好恶剥夺他人阅读文学和享受文学的权利。

从这个意义上说，当代文学的经典化当然是一个真命题而不是一个伪命题。在一个资讯泛滥的时代，给读者以经典的指引是文学界、出版界共同的责任，而这也是我们编辑出版这套书的意义所在。

最后，感谢张明和张英先生为本套书付出的辛劳，感谢北京立丰天文化传播有限公司、北京金圣典文化有限公司的资金支持，感谢全体编委和北京联合出版公司各位编辑，感谢所有对本套丛书的出版给予大力支持的作家和他们的家人。

是为序。

吴义勤
2022年冬于北京

目 录
Contents

呼啦圈____1

花匠与看门人____41

桃花寺____100

我们的青苗____154

鱼在水里游____188

宗少波的未了情____242

呼啦圈

林怡醒来的时候已经是上午八点半了，丹妮比她醒得早，正在那张婴儿床上啃苹果。丹妮是一只很特别的狗，它的瞳仁是湖绿色的，鼻子是一道雪梁，黑嘴巴翘模翘样，像生着一团小胡子，看在眼里，让人的心一紧一紧的。林怡很爱丹妮，喜欢和丹妮嘴巴对着嘴巴亲吻。丹妮的嘴里总能发出一种类似青苹果的甜味儿，让林怡着迷。别人家的狗是吃肉的，因为林怡不吃肉，林怡也不喜欢吃肉的狗。丹妮生来就是陪林怡的，林怡悲伤的时候，丹妮会流一种淡绿色的眼泪，那些眼泪像一颗一颗的翡翠珠子，掉在地上就找不着了。

看见林怡醒来，丹妮才叫着跑下床去，在地上撒了阵欢儿。丹妮撒欢儿的时候也没忘记看林怡的脸，林怡的脸有些像青苹果，或者，比青苹果还要绿，一丝红晕也没有。眼圈又大又黑，睫毛像一排小刷子，下半边脸孔都是阴影。林怡夜里没有睡好。丹妮摇晃着肥胖的身躯朝另一个房间走去。它记得那个房间昨晚睡了个男人，那个男人丹妮不认识。

房间里完好如初，连个人的影子也没有。丹妮有些不相信地这里嗅嗅那里嗅嗅，味道还在，但千真万确的是，那个男人不在了，不知什么时候，那个男人走了。

那个男人走了丹妮却不知道。丹妮皱着眉头想，他走了，自己怎么会不知道呢？

丹妮绅士一样地摇了摇头。

丹妮一边摇头一边走进了客厅。丹妮的眼睛被额上披下来的毛发盖住了，这使它的目光很受局限，它需要扭过头去才能看清屋角，那里曾经有过一双鞋，男人的。昨晚它们像两只大鱼一样呈八字摆在那里，鞋窝里散发着一股陌生的气味。丹妮跑过去闻了闻，结果什么也没闻到。那双鞋子不见了，连同鞋子的气味，一起消失了。丹妮略略有些失望，它不知道这种消失意味着什么，是好事，还是不好的事。丹妮记得很清楚，昨晚主人与那个男人有着很长时间的撕掳，那种撕掳，看上去惊心动魄。他们并不吵闹，也不惊叫，他们埋头撕掳的样子让丹妮感到好奇，丹妮一直坐在屋角看着他们，后来男人就被主人推进了这个房间里，男人像一摊泥一样瘫在了地板上。主人关上房门回了自己的房间，丹妮也回去了。主人没有告诉丹妮留意这个男人，丹妮这一夜睡得很安稳。

丹妮有一半的德国血统，像德国人一样喜欢思考。眼下丹妮像个思想家一样注视着林怡的一举一动。林怡洗去了所有的铅华，还原成一个楚楚动人的素面小女子。林怡边为自己备一份早餐边挂通了一个电话。无绳电话夹在她的肩胛处，她的颈项歪着，发丝瀑布一样倾泻而下，在她的腋窝下面悬空了，飘了起来。丹妮喜欢看这个时候林怡的头发，那些头发根根水亮，腋窝下面的光有些晦暗，但却被那些头发照亮。如果林怡此刻回头看见丹妮，能发现丹妮的脸上盈满了笑意，眼睛也是笑意盈盈。丹妮是懂得欣赏的，一条懂得欣赏的狗，特别能打动人。

电话通了。林怡柔声说，想我了吗？

丹妮使劲听也听不到对方在说什么。

林怡说，你两辈子也想不到昨晚谁来我家了。

林怡又说，不是不是……我们见个面好吗？我好好说给你听。

然后便是咴咴地笑。话线两端的人都笑，笑得空气中的尘埃一抖一抖。丹妮也笑了。丹妮知道电话那端的人是谁，是一个叫林青眉的女子，脖子细长细长，长了双入木三分的眼睛。刘海齐齐地深入眉下，仿佛要把长而挺的鼻梁腰斩了。因为林怡的缘故，丹妮也喜欢林青眉。因为见得少，丹妮有时会觉得比起林怡林青眉更让人喜欢。丹妮喜欢一切貌似思想家的人，但张天师除外。怎么说呢，张天师就是林怡的那个人，就是买了丹妮送给林怡的那个人。丹妮是他买的，可他竟会在意丹妮的性别。他点着丹妮的脑袋不止一次说，你怎么是公的呢？你要是母的就好了。你老实点，不老实俺就劁了你。他用的是电视上小品的语音，当然是开玩笑，他喜欢开玩笑。可他的玩笑丹妮不喜欢。非但不喜欢，丹妮还讨厌，还畏惧。丹妮一旦逃脱他的魔掌，就会趴在床下半天才出来，当然这个时候他和林怡一准在床上。他每次来的时间都很短，来了就抓紧时间上床。他的身量很重，压得木板吱吱乱响。丹妮胆战心惊地唯恐床板落下来，它希望这是瘦身运动，像电视里常看到的那样。遗憾的是张天师一直也没有瘦身，他每次来，床板都一样吱吱乱响。

这个白天与以往的任何一个白天没有什么不同。正是浅浅的秋日，街上都是瓜果成熟的香味。素面女子林怡穿一套白色的纯棉休闲装款款走下楼来，身后跟着丹妮。丹妮是一条公狗，却有着淑女的名字。名字是林怡起的，林怡知道它是公狗却情愿它有淑女的名字，这里面的情致，当然只有林怡自己知道。丹妮还是一条价值十几万元的狗，这在整个翠湖小区，是最有身价的。在数十万人口的小城，也是最有身价的。

丹妮是这座城市的明星，走到哪里都有人热切地打招呼。丹妮像任何一位有教养的绅士一样，面对人们的热情只表现出一种彬彬有礼。丹妮湖绿色的眼睛含满了笑意，雪白的鼻梁偶尔一耸，神情优雅得简直难以描述。丹妮与林怡就是一道风景，这样说一点也不夸张。美丽有时候就是一道屏障，可以轻易隔离你，也可以轻易走近你。林怡就是这样，丹妮也是这样。

早晨八九点钟的太阳永远是一副新面孔。那样一种清新和明亮能让整个翠湖小区为之动容。许多花草都在这个季节表现出了应有的繁茂。花是深红，草是深绿，还有白杨树金黄色的叶片，统统在天上地下渲染着，真是一个赏心悦目的季节。丹妮与林怡亲密的样子很令人感动。她们走在霞光与树影的交映中，世界完美得就像定做的一般。

这是林怡的一种感觉。林怡的感觉中唯美的东西总是多一些，所以林怡的眸子总是清纯多于迷茫。她还很年轻。皮肤饱含着充足的水分，脸形像圆圆的苹果。微笑着的林怡让人们觉出世界有许多美丽，许多不切实际的幻想就在这一瞬间产生了。林怡是一个人，或许，林怡还是一种活法。

翠湖小区的人们已经习惯了林怡牵着十几万元的狗去买苹果。这不是小说，故事没有从这里开始。林怡这次户外之行平淡无奇，这让丹妮索然无味。正是八九点钟的时间，一路行人稀少，除了林怡款款的步态，其他什么也没有。丹妮的情绪已经从亢奋转向了萎靡。它远远落在了林怡的后边，极不情愿地迈着慵懒的脚步。林怡不得不停下等它，把太阳从马路的这边等到了那边。

有关林怡的故事其实是从昨晚开始的。也是领着丹妮，也是去买苹果，也是走的这条路。因为正是下班时间，林怡和丹妮听任别人打招呼，这一路都有些应接不暇。林怡每天都买苹果，每次都只买三五个。那些卖苹果的人都跟林怡熟识了，都把个头大模样好的苹果给林怡留着。只要这三五个苹果成交，林怡总会多付一点钱。林怡是水果市场最受欢迎的人，虽然她每天只能照应一个摊主，但所有的水果摊主都会和她亲密地打招呼。

很偶然，昨天林怡结识了一位新朋友。一个和林怡年龄相仿的女人驮着两只水果大筐，孤零零地站在市场的角落里。一只秤盘放在后车座上，秤盘里摆放着几只鲜红的苹果。林怡想也没想就和女人成交了，这让许多摊贩的脸上都有了失望。女人的秤盘约得高高的，女人凑过来拿给林怡看，林怡却在仔细端详女人的脸。林怡喜欢这个女人，尤其得知她的名字叫水秀以后，林怡更喜欢。林怡幻想着自己有朝一日会走到山里去，走到水秀的家门口，不但能讨口水喝，还能讨口饭菜。这很重要，林怡经常会有山穷水尽时的那种感觉，面前会出现一双搭救的手，这双手就与山里的女人有关。

所以林怡看见水秀很亲切。水秀不像别的水果贩子，眼里除了钱就只有狡诈。水秀憨憨厚厚的模样，眉目晴朗得连一丝云翳也没有。水秀的样子让林怡产生了一种错觉，她想贴过去，摸摸水秀的皮肤，摸摸水秀的头发，或者把水秀揽在自己的怀里。水秀对林怡也非常有好感，卖了一天的水果，似林怡这样尊重人的不多见。

林怡拿了五十块钱给水秀，微笑着说，别找了。林怡其实非常想拿一百元钱给她，可她怕把水秀吓着，没敢。

水秀如林怡期待的那样，千恩万谢以后，把钱小心地装进了衣袋。她没有坚持给林怡找钱，这让林怡满意。林怡细细告诉了水秀自己家的地址，告诉她遇到风天雨天就去喝碗水，躲一躲。水秀听得很茫然。即使林怡觉得自己已经把住的地方说得浅显易懂，水秀依然听得似懂非懂。水秀是没住过楼房的人，她怎么能对那些几号楼几单元之类的数目字有感性认识呢？她眼巴巴地看着林怡，林怡好听的声音像唱歌一样韵味十足，可水秀就是听不懂。林怡住了口，水秀赶紧描绘了自己住的山村，前边是桃花寺，后面是梨花岭，春天花香像云雾一样到处游走，云彩都比山外的白。水秀在灶间烧火，都能被花香熏得打喷嚏。这个季节沟沟岭岭则都是成熟的水果，苹果就不用说了，酥皮脆梨再过几天就要下树了。酥皮梨是中科院搞的新品种，个儿大，口甜，坐上飞机出口日本。订单总是在梨花开的时候就来了。花坐了果，就开始套上袋子，农药打不着。一棵树长几百个，都数上数儿。山里人自己不舍得吃，但贵客来了除外。别说遇见水秀，林怡走到山里任何一家的梨树下，都可以吃饱肚子。山里人家家都是这样，自己不舍得吃的东西，却舍得待客用。林怡感动得眼眶温热，私心里她已经准备到那里去了，不管什么时候。林怡恋恋不舍地与水秀道别，林怡一转身，就看见茶叶店里有一双眼睛在看自己。那目光一收一放，林怡就断定那是个自己认识并认识自己的人。林怡往茶叶店走去，围住那人看了又看，终于叫出声来，林海峰！你是林海峰！

林海峰其实早就认出了林怡，只是林怡不知道。林海峰不知道林怡不知道，所以笑得相当难为情。林海峰当然没告诉林怡水秀是自己的妻子，是他先认出林怡，然后跑进茶叶店的。林海峰家只有为数不多的几棵苹果树，往年摘了果子以后，只是这家那家送几篮。今年的果子长得好，水秀说，咱也逛逛县城吧，顺便卖几个果子，不为挣钱，只为见见世面。林海峰说，屁股大的县城有什么世面好见。水秀说，你敢情在县城读过书，我长这么大也没来过几趟。林海峰说，要去你去，我不拦着。水秀说，到了县城我连东南西北都找不着，你光不拦着哪行？

林海峰进了县城就像进了猫营的耗子，一天里都诚惶诚恐。七年前他在县城最有名的一中读过书，等待他的本来是光辉灿烂的美好前程，可因为一念之差，他被学校除了名。林海峰的错误也不是很大的错误，他被人"胁迫"着看了一场表演，与性有关。当时这是一个轰动的新闻，在一个地下舞厅里，一群少男少女表演"性"。林海峰如果不去看也是可以的，被人一"胁迫"，就有些顺坡下驴的意思。"胁迫"林海峰的人比林海峰有背景，校方按照从严从重、杀一儆百的原则，把林海峰开除了。当时林海峰班里的同学集体为他请过愿，一是因为林海峰是班里长相最好的男生，这是说不出去的理由。还有说得出去的理由：林海峰是最偏远山区的学生，那一年，他差不多是整个穿山甲唯一的希望。

请愿之类的事林海峰过了许久才知道。班里二十三名女生率领二十二名男生亲赴穿山甲，进行了浩浩荡荡的慰问活动。他们是利用上课时间来的，每人一辆单车，让校方很是惊恐。大家说了许多鼓励的话，印象最深的就是同学们一致认为林海峰有先见之明，在学校公布处理决定之前，就自动退学了，这差不多是林海峰炒了学校。有了这样一种先见之明，不管林海峰进不进大学校门，他都有举足轻重的一天。当时的林怡是学校学生会的主席，在这里面起的作用可想而知。请愿也罢，慰问也罢，都是组织的一项活动而已。林怡要的是过程，同学们要的是结果。林怡的情绪里有蔑视林海峰的成分，因为他来自偏远山区穿山甲，还因为，他是班里长相最好的男生。

一晃就是七年。七年带给每个人的变化真是太大了。七年前的日子简直是太黑暗了。与林怡相比，林海峰简直算幸运儿。谁都不会想到林怡会高考落榜，可偏偏就是林怡落榜了。与林怡一起落榜的还有班里张三、李四两个人，人家都不是凭实力进的一中，看中的只是一中那一纸高中毕业文凭。林怡的落榜出乎整个一中的意料。谁都觉得林怡复读一年是理所当然的事，学校甚至在考虑她当学生会主席期间分担了许多工作，可以减免她的复课费用。但林怡实在不是一个让人小瞧的女子，她在成人电大报了名，然后到一家宾馆去端盘子了。

所以从某种意义上说，林怡和林海峰是有着共同之处的，不仅因为他们都姓林。他们的碰面也许就是上天早就安排好的。这一天里林海峰都像进了猫营的耗子，怕碰见同班甚至同届的同学，果真就一个也没有遇到。林海峰很庆幸，他已经快要成为进了耗子营的猫了，突然，林怡朝他走来。

高高瘦瘦的林青眉也是翠湖小区的常客。她是那样一个女人，有些酸，有些辣，还有些面。所以她给翠湖小区人们的印象不尽相同。林青眉在大多数的时候面无表情，甚或说是一种无表情的表情。这种神情很叫见过她的人在乎。何况她是林怡的客人。人们都是知道林青眉的，她有着很高的学历，在旅游公司的科室任科员，属于小姐的身子丫鬟命的那路人。还知道她一直都没有男朋友，她走路的样子有些甩胯，会看骨相的人说，这种女人十个有九个妨男人。她每次来翠湖小区别人都要议论她，只是林青眉不知道。林青眉不怎么在意别人说什么。她在这里谁也不认识，她也以为谁都不认识她。

她也姓林，与林怡同班同岁，两个林却了无牵挂。县城不是都市，几乎个个都是名人，拐上几个弯，谁与谁都能攀上亲戚。所以在县城有些事情最好做，比如，支桌麻将，好凑人手。有些事情最难做，比如，隐姓埋名。林青眉常来翠湖小区，有些老人就把她当作翠湖小区的人，离老远就大声招呼。林青眉抬起剪成齐齐刘海的脸，应一声。老人会告诉林青眉，林怡刚从外边回来，还没一刻钟呢，来得真是巧。林青眉也应一声，并不解释她与林怡刚刚通了电话，如果不是林怡相邀，她是不会来翠湖小区的。

她经常来翠湖小区，那就是林怡经常相邀。

林青眉必定带一个空肚子来。她在单位吃食堂，食堂的饭菜有点不像人吃的。林青眉夸张地说，茄子切成那样大的块儿，肉片切得那样薄，酱油买的是散装的，说不定是什么毛发做成的，怎么吃！林怡会为她准备几个小菜，或到外面的饺子馆去买半斤水饺。水饺是水晶饺，小得只有指肚大，馅有咸有甜有辣，林青眉很爱吃。如果有心情，她们还会到不远处的酒吧坐一会儿。找一个比情人幽会更隐蔽的场所，谈谈心。她们经常来这里，自己都不把自己当外人。酒吧里的灯是咖啡色的，把人的脸都映成了甜点。丹妮的眼睛比酒吧里的灯更亮，它安静地卧在一把椅子上，从容地看着主人和她的朋友。她们无疑是好朋友，能够彻夜长谈。林青眉是不太在乎宠物的，即使是价值十几万块的狗。她的目光很少在丹妮的身上停一停，更多的时候是丹妮在打量她，打量她如何听林怡说话。

林怡是有话要说的。昨晚的事别提多……有味了。是的，有味。你还不知道昨晚是谁来我家了吧？打死你都不会想到，是林海峰，你还记得他吗？林青眉的眉毛动了动，说是那个长相最好的男生？林怡"哇"地叫了出来，说你真的还记得他。林青眉说，你以为我老得什么都记不得了？林怡说，他到我家来了，而且，我请他喝了酒。林青眉用小小的汤匙搅拌着咖啡，随口问，滋味如何？林怡说，你说的是酒?林青眉说,我说的是人。林怡那个样子笑了一下,说,真下流。林青眉故意说,你说的是林海峰?林怡说,我怎么会说他。林青眉盯紧了问你说的是谁。林怡说,你。

丹妮从椅子上站了起来,抖了抖毛发,跳了下去,摇摇摆摆往外走,它是去撒尿。它不喜欢两个女人这种谈话方式,太绕,太无趣。

林海峰虽然跟在林怡的后面,但仍然是被胁迫的意思。他这一生两次被"胁迫",但两次胁迫都足以致命。他无数次地想打退堂鼓,想告诉林怡那个叫水秀的女人是自己的妻子,自己是和妻子一道来的,也要一道回去。有什么东西没让林海峰把这些话说出口,是林怡的眼神。林怡的眼神不是普通女人的眼神,是花开的颜色。那种颜色很热烈,热烈得你根本没有办法拒绝。这让林海峰感到非常好奇,毕业七年,这是他遇到的第一个女同学,他很想探究女同学的眼神花开的背后是什么。上一次见面,他们还是少男少女。他原本还有一个选择,大大方方地把水秀介绍给林怡,然后大大方方地跟林怡走。这种念头曾经在脑子里闪了一下,但林海峰没有选择。林海峰想不透自己为什么没有选择。他觉得他不是有意欺瞒水秀。他和水秀结婚十年了,他从没对水秀说过谎。连他被学校开除的事,他也一五一十地对水秀说。可今天,林海峰选择了逃避。他从水秀的身边走了过去,悄悄对她做了一个手势。林海峰一路走一路心里不踏实,有些懊恼,也有些苍凉。当年林海峰是抱着鱼死网破的决心来读县一中的。因为偶然的一个因素,网破了,鱼却没有死。林海峰逐渐把那一段生活淡忘了。除名的事虽然在县里闹得沸沸扬扬,在山里却没多大响动。并不影响林海峰的家庭是山里的望族,并不影响林海峰娶山里最俊的媳妇。所以,眼下的林海峰与七年前的林海峰并无多大区别,虽说久居山里,却并没有多少自卑和自鄙。

　　林海峰不知道，这也正是林怡下决心带他回家的原因。

　　林海峰确实是聪明的林海峰。他在房间里转了一圈儿，就断定林怡所谓的家其实只是一个金屋，林怡不过是一只翠鸟。林海峰世事洞明般地含笑望着林怡，并不问这问那。林怡说，林海峰你都快成神仙了。林海峰说，见了你才知道离神仙还差得太远。这话说得没有距离感，七年前的那种感觉很快就回来了。这让林怡满足，也让林海峰少了拘束。林怡打电话给餐馆，叫了几个菜，含笑对林海峰说，我们多少年没见面了，不喝几杯真说不过去。林海峰明知故问，就我们俩？林怡说，你的意思是多找几个人？林海峰心里一宽，说，我只是随便说说。林怡说，我只是随便问问。林海峰幽默地说，我可是山里人，你别吓着我。林怡嘻嘻一笑，说，林海峰是谁，什么世面没见过？

　　林海峰的脸红了。他当然知道林怡在影射七年前的那场艳舞，在地下舞厅，所有的灯倏然灭了，女人光溜溜的身体像一幅画一样走来，让所有的男人瞬间支起了帐篷。这样的影射让林海峰的心里不舒服。但同时他又觉得自己离林怡近了些。林怡把那样的话随便说出口，林怡没把自己当外人。

　　林海峰是这样想的。

　　林海峰的心底还是有些不踏实。看见自己的手，觉得有些粗。看看自己的衣服，也不是很整洁。在城里奔波了一天，鞋面有了厚厚一层灰。可那两年半的高中经历告诉他，对待那些城里的女人什么都不在乎强似什么都在乎。当年他就是这样做的，所以没有哪个女生小瞧他，否则也不会全班的人倾巢而动，跑那么远的山路去看他。他吊儿郎当在屋里逛，任何能看一眼的地方都没放过。他这才知道一只翠鸟的窝做得多么舒服，到处纤尘不染，到处洁净整齐得像被装在了画框里一样。目光再一次转到林怡，林海峰就觉得心里"咯噔"响了一下。林怡脱了纯棉外套，里面是一件白色的丝织内衣，柔软光滑得像月光一样。身量那样小，那样紧，乳房秀挺的模样清晰可见。胸脯白得像雪，长出腻瓷样的一段脖颈，这让林怡像个从没晒过太阳的瓷娃娃。林海峰由衷地说，你还像七年前一样。其实七年前的林怡什么样林海峰也没怎么在意。那只是一团影子，似乎比现在年轻，比现在健美，但无论如何没有现在迷人。林海峰的脸有些发烧，他故意看了看房门，说你那位什么时候回来？林怡说，他出国了。林海峰说，所以你就随便往家里领男同学。林怡那样把头一歪，盯着林海峰说，我随便吗？林海峰的后背毛茸茸地爬出了汗，他不敢接林怡的话茬儿了。林怡却不打算放过他，他愣神的工夫，林怡在他肩上拍了一下，问他在想谁。林海峰下意识地想说想你。话已经到喉咙口了，林海峰又狠狠地咽了下去。局势虽说有一点明朗，林海峰还是不愿意做首先捅破窗户纸的人。

林怡问林海峰是喝白的还是喝红的。林海峰说我喝绿的。林怡问绿的是什么。林海峰说我以茶代酒，我胃不好。林怡说，我是可以答应的，你问酒答不答应。

一切准备就绪，林怡在林海峰的对面坐下了。此刻林怡还在想自己为什么要邀请林海峰。为什么？似乎不是为了叙旧。像林海峰一样，林怡不愿意叙那段旧，而且也觉得无旧可叙。除了林青眉，她的所有同学都失落了。失落的东西她都不想拣回来，何况失落的是人。城里她的同学不少，她像林海峰一样，绕着他们走。其中也不乏想和她联系的，可她不愿意见人，也觉得无人可见。今天是有些意外，她认出林海峰的一刹那，林怡就想卷住他，裹挟而去。就想做成现在这个样子。当时林海峰如果不从,林怡会调动许多办法,说服林海峰。她是不会让他走的,尽管没有现成的理由。她不想让他走,这就是理由。林怡为林海峰斟了满满一杯酒,自己则倒了小半杯,举起杯,碰了一下,说干杯。林海峰却不端,他说这怎么行,不知道的还以为我欺负女同学。他拿起酒瓶,也为林怡满上。林怡也斜着眼睛看他,说好没风度。林海峰说,知道你想看我的笑话。林怡突兀地说,你的话怎么有些像调情?林海峰的脸再次红了。其实他知道调情的是林怡而不是他,是林怡在把情绪和言语往那边靠,只是他说不出口。他遮掩道,到底当过学生会主席,嘴皮子就是厉害。

席间,林怡去了一趟卧室,去了两次洗手间。林海峰当然不知道她去卧室干什么。林怡忽然想起了一件事,她去卧室写了一行字:穿山甲人氏,水秀。她需要记住这个名字,她害怕酒后忘掉,她当真想交水秀这个朋友。她去两次洗手间则有些无事生非。她去洗手间没做什么事,只是照了照镜子,顺便化了下妆。林怡的妆化得很随意,任意涂抹,就像负气似的,化得自己不像自己。睫毛膏抹了厚厚一层,睫毛粗成了一根一根立柱,像是要远离眼睑一样。林海峰对化妆却一点也不敏感,城市女人的妆,其实就是面具。面具没有什么值得探究的,看一眼或不看一眼,都没有什么。他甚至没有注意到林怡从洗手间里出来已经换了个人。洗手间里的镜子像墙壁那样大,林怡映上去,就像水粉画一样。第二次从洗手间出来,林怡明显脚步不稳。她其实没喝多少酒,有点酒不醉人人自醉。她喜欢醉眼惺忪的感觉,喜欢飘起来的那种状态。经过林海峰这边,她在椅背上靠了靠。说,怎么办呢,我醉了。她是醉了,心是醉的感觉。她的话风也飘了起来,语音轻柔得腻人了。林海峰老实地说,那就不要喝了。林海峰还能说什么呢,他想扶一把林怡,手却没处放,林怡穿得那样少,那样单薄,感觉把手放在哪里都不合适。林怡却捏了捏林海峰的肩，孩子一样撒赖说，我想喝，你陪我。林海峰说，喝多了不好。林怡说，可我就是想喝，来，一醉方休。林怡端起了林海峰的杯子。那是一满杯酒，林海峰以为林怡要一饮而尽，刚要伸手去夺，林怡却把酒杯端到了林海峰的唇边。林海峰慌忙站了起来，说林怡你坐过去。林怡负气似的说，我为什么要坐过去？林海峰说，那你就坐在这里，我坐过去。林怡蛮横地一按，就把林海峰定在了椅子上。这时的林怡像个女霸王，但是可爱的女霸王。脸色绯红，星目含风，风情万种，像极了戏里的人物。林怡虚着声音说，你害怕是吗？林海峰笑了一下，心说，你有什么可怕的。林怡把脸贴了过来，近得不能再近，说，小男生，你是小男生。林海峰小心地说，大男生什么样？林怡看着他不答，眼神飘得都难以聚光了。林海峰的牙齿动了动，突然像狼一样恨不得咬一口什么东西在嘴里。林怡轻声说，想知道是吗？林海峰的身子晃了一下，又稳住了。林怡用手指点了一下林海峰的胸口，说，这里不动，是吗？

　　林海峰已经坚持不住了。他想，他今天能撇下水秀跟在林怡和一条狗的后面也许就是有所期待的。当时的那种期待不明晰，现在反过来想，也不能说林海峰没有期待这个结局。七年没有见面的女同学，见了面他就跟着人家走，后面的故事怎样发展都不过分。否则，他跟在林怡和一条狗的后面算什么！他还记得水秀那张脸，那双眼，满是焦灼和失望。她不明白男人为什么不打招呼就和另外一个女人走，而另外一个女人不过买她几个苹果。她想喊住他，留住他，告诉那个买苹果的女人自己是谁，但男人向她晃了一下手，水秀就把自己所有的话都咽进了肚里。水秀是个好女人，对男人总是依顺。她觉得男人是有难言之隐，是不方便在另一个女人面前跟自己说什么。她充分诠释了林海峰的那个手势，别说你是谁。你自己回家吧。别等我。甚至别给我留门。事实上水秀还想了很多，她知道七年前男人是被这个城市清除出去的，所以七年中男人从不到城里来。今天既然来了，男人是应该有些遭际的。男人曾经属于这个城市，这个城市应该挽留他。水秀奋力推起驮着大筐的车子回家了，她是个能干的女人，这点困难不在话下。

林海峰一些隐隐的目标终于清晰可辨了。他想，林怡是寂寞的。林怡的寂寞就像一座山一样。一座山上还有成百上千只鸟，林怡却只有一只狗。林怡和一只狗的日子过得多么凄惶。那样大的房子，却没有一丝烟火气，这样的日子如果换做水秀，她一天也过不了。难怪她那么想念老同学，根本不容你说话，根本不容你分辨，你只得跟她走，你不走不行。别说我林海峰，任何一个人也休想从林怡这里逃出去，只要你在那个时候碰到她，你根本没法拂她的好意。林海峰觉得自己再浪费时间简直就是罪过，他抢过林怡手里的酒杯，一饮而尽。

出去撒尿的丹妮很久都没有回来。林怡无数次想出去看看，都放不下已经将近尾声的话题。林怡的叙述柔软而轻飘，眼神是桃色的，许多细枝末节都被她颠覆了。比如，林海峰的内裤。林海峰的内裤是红色的，是本命年的时候水秀给他买的，旧是旧了些，但没有像林怡说的那样不堪。在林怡的嘴里，那是条可笑至极的内裤，林海峰调动多种手段掩盖内裤的可笑至极，这只能让他显得更可笑。林青眉听得眉飞色舞。她懂得林怡，林怡很隐晦的一些表达方式，林青眉都懂。林青眉说，结果呢？你快些说结果。林怡神秘地说，什么结果？林青眉说，他总还是男人吧？是男人就会有结果。林怡说，关键时刻他已经不行了。林青眉呵呵笑了起来，她清楚林怡在耍把戏，林怡是个喜欢耍把戏的人，这些林青眉也懂。林青眉说，你的问题怎么解决？林怡说我有什么问题。林青眉说，别说得那样轻松，你骗不了我。林怡淡淡地说，那也不能有病乱投医。林青眉说，只是可怜了那位本家。林怡说，谁？林青眉说，还有谁。林怡击掌大笑，说你不提我一点也没意识到，他还是本家。林青眉说，倒退两个世纪我们也许都是一家人。林怡坏笑着说，你和他？林青眉打了她一下，去你的。

两人不约而同地站了起来。

空气清凉湿润地沁人心脾，原来外面刚下了些小雨。丹妮独自蹲在夜色中，看一个小女孩在晃动呼啦圈。呼啦圈忽上忽下地在小女孩身上旋转，像竖起来的旋涡一样。丹妮看得入了神，它觉得呼啦圈很神奇，它在想这个呼啦圈如果放到另外两个女人身上会怎么样，它会不会像网一样一下子把她们俩都罩住。

丹妮冲着夜色摇了摇尾巴。

林怡站在酒吧门口，畅快地吸了吸鼻子，说，多幸福的生活。

林青眉说，你很快就不幸福了。

林怡问她这话是什么意思。

林青眉凑趣说，赶快回家吧，也许有人在等你的门。

林怡没反应过来，问，谁？

林青眉哧哧地笑，说，他没达到目的，说不定又回来了。

林怡说，借他二两胆子他也不敢。你信不信？

林青眉摇头说未必，说你不了解男人。

林怡揶揄说，未必我还没有你了解。

这话有点同着瘸子说短话，林青眉亲口告诉过林怡，她还是处女。她要把初夜献给自己的爱人。

林青眉的不高兴很快摆到了脸上，她草草和林怡打了个招呼，就往马路中间跑去，那里刚好停着一辆公共汽车。

林青眉生气时候的背影愈发显得像峭壁一样直挺。她甩动胯骨时的样子,把女人应该有的妩媚都甩没了。林怡认真为她发了一下愁,不知什么时候她才能把自己的初夜献出去。

那个人该是上帝。

林怡有些恶毒地对自己说。

林海峰在城里东游西逛了整整一天。他在城东的湖边看人家钓了半天鱼,越看越觉得没意思。钓鱼的是个五十几岁的男人,被林海峰看得有些不好意思。他解释说,林海峰没来之前他已经钓到了一条鱼,在水里的网兜里。为了证实自己说的话,他把网兜提起来给林海峰看。林海峰看到了那是一条鲫鱼,没有二两重。钓鱼的却怕林海峰看不起,自言自语说,不小了,这湖里没有太大的鲫鱼。让林海峰很郁闷。林海峰在想城市里的人到底是怎么回事,好像都是病人,而且病得不轻。钓鱼钓的应该是个情致,哪能以鱼的大小做结论呢。下午他又转到了城西。城西的建筑工地上尘土飞扬,一座高楼正拔地而起。那楼高得有些夸张,林海峰想,城市完全没有必要盖这样高的楼,盖这样高的楼有什么意思呢?尤其是,周围都是平房。平房与高楼之间,连一点循序渐进也没有。这不过在标榜这是城市,城市有权利这样做。城市也是有病的城市,而且病得不轻。林海峰一整天没吃没喝,一整天胡思乱想,完全像一个正牌的流浪汉,瞪着一双通红的眼睛,把什么都看在眼里,其实却什么也没看见。他心急如焚,只安静了一小会儿时间。他往家里打了个电话,家里没人接。水秀一准去了山上,山上的承包地种了野玫瑰。镇政府的人说,种子是野的,只有野的东西才能卖上好价钱。山里人信公家人说的话,公家人说是野的,那就是野的。玫瑰花那么好看,还能卖钱,就成了水秀的眼珠子,水秀一天不知要往山里跑多少趟。林海峰把电话打到了邻居家,邻居叫玉树,是个嘴比心快的男人。林海峰听见玉树的声音踌躇了半晌，还是告诉他给水秀捎个话儿。林海峰说，告诉水秀我要在城里多待一天，要见很多老同学，玉树粗声大气地说，是有相好的了吧？有了相好的言语声，别把水秀耽误了。玉树的言外之意是，还有我呢。他对水秀是有用心的，林海峰看得出来，他看水秀的目光总是黏稠得像糖稀一样，目光闪开了，还有丝丝缕缕的丝线连缀着。放下电话林海峰就想扇自己的嘴巴，也想扇玉树的。玉树爱开这种玩笑，真的当假的说，可假的谁又能说不是真的。林海峰真想回家算了。玫瑰花种在了夹山谷里，四周都是葱茏的绿色。林海峰一共去了两次，两次都把持不住自己，把水秀拖到玫瑰花丛中，做了。事后水秀也像玫瑰花一样是粉的，通体都是粉的，比玫瑰花还粉，让林海峰欲罢不能。林海峰真的就想回家了，自己在这城里算什么呢，真比一只狗都不如。可林怡又算什么！说是一只鸟，那是好听的。说不好听的那还不就是一道菜，吃一吃根本不算回事。想起林怡，林海峰的心湿漉漉的，又难过又隐晦，一种说不出的难过和隐晦，令他五内俱焚。同时，一种抑制不住的欲望比下山的洪水更猛烈。昨晚那一幕让林海峰所有的自尊都荡然无存。他没有想到那只是一场游戏，林怡玩的是猫捉老鼠。林海峰使出了浑身解数甚至没能在林怡的要害部位摸上一把。林怡的脸上都是挑逗，都是高高在上的胜利与优越，这些都是强大的力量，削弱了林海峰原本无懈可击的细胞组织。林海峰屈辱得要死。林海峰一点也没想到事情是这样的，林怡是这样的。林海峰成了一堆肉，虚弱，无力。他曾引以自豪的男性器官像一位蒙羞的武士，一点也抬不起头。他是在羞愧得无地自容的情境中离开那所房屋的，离开了，又深深地后悔。就好像曾经唾手可得过一只钱包，有了它就能填平所有的情天恨海。那是多诱人的一只钱包啊。林海峰眼巴巴地盼着天黑，意识中天黑才是最好的屏障,才有可能做一些事情,而且做得深入。林海峰已经准备好了自己,他迫切地想证明自己是一个对手,是一个能与城市抗衡的对手。许多年前他那么轻易地就被一座城市清除了,清除得干净利落。许多年里林海峰都觉得自己不洁净,现在想一想才知道,比自己更不洁净的是这座城市自身,是城市藏污纳垢。

林海峰还有什么可顾虑的!

这个夜晚是林海峰的一生中最值得纪念的夜晚。他在一个女同学的门前整整蹲了五个小时。失望、失望,再失望,已经把他最后的那一丝勇气磨成了烂布片。他无数次地想离开,想回穿山甲,想回到水秀身边。他想水秀了。他还从来没有离开过水秀这么久。水秀如果在娘家住一晚,他找个借口起大早也要接她回来。他也从来没有像今天这样思念水秀,入骨入肉地想。可他却不得不蹲在这里。是不得不蹲在这里。林海峰不住地这样说服自己。他蹲在这里是因为屈辱,是林怡剥掉了自己所有的面皮,是她毁了林海峰对生活的美好憧憬。这个婊子!林海峰狠狠地骂,她是个歹毒的女人,无论怎样干她都不过分!林海峰不住地摸自己的下体,一整天了,那里都像快要胀破的堤坝,分分秒秒都很紧迫。他预备给林怡来个下马威,他不会爱抚她,不会亲吻她,他什么也不会做。他要像狼一样去撕扯、去征服她!林海峰不停地鼓励自己又否定自己,他说一分钟,再多一分钟也不等了。他已经站起了身,双腿酸麻得难以移动,这样他又多耽搁了半分钟,就在这半分钟里,林海峰忽然看见一只狗蹿上楼来,林怡回来了。

这是具有历史意义的时刻。一个人蓄谋已久,像一只待在鼠洞边的猫。一个人满脸错愕,像一只初见猫的老鼠。

他们甚至没说任何话,林怡只是把房门打开,林海峰只是走进了房门。

丹妮也感到了空气的紧张，它屏住呼吸叫了两小声，就刺溜钻进了自己的卧房。

那个夜晚许多户人家都亮着灯光，因为城南的一座商厦着火了。火光把城市的上空照得亮如白昼，人们只当那是一件大事，议论的都是与此有关的话题。

另一件更大的事情也正在发生着，只是没有人亲眼看见。

正在上班的林青眉被一男一女两个公安带走了。他们代为林青眉请假，说是去协助调查。本月二十三号那天夜里发生了一件血案，一个叫林怡的人被乱刀捅死了。有人看见你那一晚一直和她在一起，公安甲男说。

翠湖小区的居民人人心里都像压了块石头似的沉重。那么美妙的一个人儿，那么活灵活现的一个人儿，转眼就变成了一堆血肉。那些血呀，从四楼就开始往下流，一直流到一楼去了。一个上中学的女孩从五楼下来，刚走到四楼，就被血把脚粘住了。女孩发出了一声惨叫：杀人啦！把整个翠湖小区都给吵醒了。无数个窗子都推开了，彼此问：哪个楼出事了？许多人穿着睡衣跑了出来，团团围住了那个楼口。等到有人想起报警，公安的车子已经开过来了，他们例行巡察正好走到这里。公安的人轻轻一推，就把402室的房门打开了，房间里惨不忍睹，凡是柔软的地方都被那把杀人刀捅过了。床，沙发背，窗帘都是大窟窿小眼儿，鲜血把房间涂抹得触目惊心。当然更触目惊心的是那一团肉体，衣服被刀子挑开了，无数块血肉翻飞起来，就像被开了膛的鸟儿一样。现场很快就被封锁起来，有几个老太太哭天抹泪想最后看死者一眼，公安的人没有答应。

那股血腥的气味儿在翠湖小区的上空整整弥漫了三天，第三天夜里下了场大雨，真是好大的一场秋雨，雨声把阳台玻璃都给震裂了。无数个小道消息在人们的嘴巴上流传，各种猜疑比雨后的蚱蜢还多。但人们也只是在私下里讲讲，没有谁去公安局提供情况。人们最关心的除了凶手还有另外一个人，那就是张天师。张天师是一个人的化名，他在翠湖小区很少露面，或是他露面别人也看不见。他总是尽可能地化妆，尽可能地不坐同一台车子来。其实他化不化妆有什么要紧呢，谁都知道林怡是他的女人，他换多少台车子又有什么意义呢？他很快就从国外回来了，他回来之前案件毫无进展，他回来以后案件进展神速，这不能说不是一个奇迹。

大凡凶杀案，不外乎有三种可能：情杀、仇杀、财杀。这件血案有它的特殊之处，排除了情杀、仇杀，最后也排除了财杀，因为很显然，尽管不知道房间都遗失了什么东西，但很多贵重东西都没有被拿走，有的甚至摆在了非常显眼的地方。一开始，案子只围绕着那位深夜来客打圈圈。同样是五楼的女孩，上晚自习回来被四楼蹲门的男人吓了一大跳，但也只是被吓了一大跳。因为楼道太黑，女孩甚至连那人穿什么衣服都没有看清。为了弄清楚这个人是谁，公安局几乎动用了所有的警力，最后却被张天师骂个狗血喷头。张天师说，你们有谁见过一个想行凶杀人的人半天半天地坐在门前等门呢？张天师这样一骂，就把公安的人骂警醒了，他们把原来的设想推倒再来，寻找新的线索。

林怡的房间可谓干干净净，除了几本时装杂志，连一片带字的纸也没有。林怡既不写日记，也没有电话号码本儿，这使调查本身都无从下手。除了一个林青眉，左邻右舍都不记得林怡有过什么朋友。她这里真的很少有人来，连推销什么东西的都很少敲她的房门。不管她在不在家，她的房门总是锁得紧紧的。大家都对她好，但她从不串任何人的门子，当然也没人到她那里去，所以她的房间什么样，真的只有上帝知道。

出事的头天她请了一个人，从林青眉那里得知，她请的那个人叫林海峰，是高中同学。公安局的人本着有枣没枣一杆子的精神，对林海峰进行了缜密的调查，知道了他曾经被学校除名的事，公安局的人很兴奋，他们喜欢林海峰身上有污点，林海峰身上的污点让他们看到了某种希望。他们马上进行了新的部署，决定派甲男和乙女亲自去一趟穿山甲。

他们去穿山甲共有两个任务，其一是调查林海峰。其二是因为他们在一本时装杂志上发现了一行小字，上面写着：穿山甲人氏，水秀。

经鉴定，林怡写这行字的时间不超过二十四小时。

不过这都说明不了什么。公安内部的人都深明此理，但为了每天汇报案件进展能有话可说，他们表现出了一种集体惊喜。

穿山甲是县里最偏远的山乡。那里的政治、经济、文化生活等诸多方面都远远落在了其他乡镇的后面。但那里山清水秀，姑娘生得美，小伙长得俊。还有一个非常优良的传统，那就是整洁和干净。那里的人都以邋遢为耻。穿山甲是有着文化和历史双重底蕴的，随便一把山土抓在手里，也许就是宋陶唐瓦。公安甲男和公安乙女到穿山甲了解的第一件事就是林海峰和水秀居然是一对夫妻。按说这是应该能够想象的，但不知为什么，谁也没有想象得到。公安甲男是一个非常容易受挫的人，还没见到当事人呢，他先泄了气。他对乙女说，搞凶杀谁也不会带家属。乙女问，他带了吗？甲男说，起码他们之间谈到了。乙女说，这很正常。甲男说，别忘了这起凶杀是先奸后杀。乙女叫了起来，说怎么跟真的似的，别忘了林怡请林海峰吃饭在先，林怡被杀是在转天。甲男说，万一林海峰那天没有回家呢？万一那天在门口等人的人就是林海峰呢？乙女说，等一等！你的话里好像有玄机。甲男说，有什么玄机，我也就随便说说。乙女说，也太随便了，我都让你带沟里去了。肯定得分头去谈，你是跟男的谈还是跟女的谈？甲男想了想，说我和男的谈。乙女说，那我就只好和女的谈了。

甲男通过村委会的人把林海峰叫到了村中心的一棵老橡树下，然后揽住林海峰的肩，像一对亲密的朋友似的傍着一条小河往村北走。这时甲男已经和林海峰攀上了同学，虽然相差有七八岁，可甲男愿意攀，自然攀得上。林海峰完全相信了甲男来穿山甲就是为了看村北的那一片泉眼。那片泉眼别提多著名了，相传李世民在那里饮过马。那片泉眼翻着水花，像喷泉一样。不是一朵两朵，也不是十朵八朵，而是整整一大片水面。这片水面孕育了一条河，这条河一直朝南流，滋润了数不清的山林和村庄。水底是一个神秘的世界，或者根本看不见水底。密密匝匝的水草别提多繁茂，说它们是从唐代生长过来的也未可知。甲男说他喜欢这个名叫穿山甲的地方，空气里连一点尘埃也没有。甲男还说喜欢这里的历史氛围，走在石径上就像走在几千年前的路上一样。他们谈到了许多同学，基本上是林海峰谈往事，甲男谈现在。其实那些同学甲男根本就不认识，但随口做一些张冠李戴的，林海峰并没有听出破绽。

在这之前甲男做了大量的调查走访工作，在走访林海峰的那些同学中，他们一致表示自打高中毕业就再没见过林海峰的面。不是大家不愿意见他，是他自己过得封闭。有时同学聚会曾经找过他，但林海峰不给面子。久之，大家就把他忘了。

甲男装作要联系林海峰的样子，要他的同学提供联系方式。同学说，除非你亲自跑一趟穿山甲，否则肯定找不到他。

这样的结果让甲男满意，他已经估算到，林海峰应该对近期城内发生的事一无所知——假如他不是凶手的话。甲男愿意谈话有这样的效果，林海峰对任何事都毫无防备。

随后甲男把话题一转，切入到了另一种情境中。甲男说，知道我为什么今天来这里找你吗？林海峰不解地看着甲男，心里说如果不是你自行介绍谁知道你是谁。

甲男说，林怡是我表妹。

林海峰猛地一惊，他忽然就有了一种非常不好的感觉。脚底和手心都有些凉，内心紧张得快要说不出话来了。

甲男心里一动，他努力做出一副关心的样子问，你怎么了？

林海峰想说什么，却欲言又止。林海峰审慎地看着甲男，甲男一米八几的身高，肩宽背阔，粗眉环眼，像个有身手的人。林海峰情不自禁地后退了两步，他意识到自己不是他的对手。

他来穿山甲的目的也许并不单纯。林海峰想。

他出汗了。他想他是遭遇讹诈了。

林海峰迅速调整了一下自己，盘算自己可能接受的条件。可以给一点钱，但不能太多。可以当面道个歉，如果林怡有这个要求的话。这个时候林海峰已经宽宥了林怡，林怡无论耍多少把戏，最后吃亏的是她。虽然在她的门外蹲了五个小时，蹲得腿脚发麻，林海峰还是觉得林怡吃亏了。林怡不想要林海峰，但林海峰要了林怡。这就是结果。虽然林海峰要得有些悲壮，但他是胜利者。他有胜利者应该有的姿态。

可他还是不免紧张。他注视着甲男，猜度他下一句会不会是石破天惊的一句话。

甲男把林海峰的紧张看在了眼里，他有些于心不忍。换一个角度想，林海峰不知道自己的对手是张天师，但甲男知道。甲男因为知道而同情林海峰，他们都对张天师没有好印象，他们情愿有个人与张天师斗斗法，他们也好在一旁看热闹。可林海峰实在不值得一提，他裹进张天师的生活，那是他自不量力。甲男轻描淡写地说，我在几天前见到了林怡，她谈起过你。她问我记不记得一个叫林海峰的人，我说，是不是你们班长得最好的那个男生？

甲男轻松地笑了起来。

林海峰长舒了一口气，也情不自禁地笑了。他为自己刚才的失态深深地懊恼。他在心里说，你紧张什么，难道林怡会把这样一件事告诉什么表兄？退一万步说，假如那个晚上称得上强暴也是林怡自找，如果不是她引诱在先，自己卖得好好的苹果，会做这样莽撞的事吗？

那天林海峰一回家就后悔了。林海峰到底是穿山甲的男人，穿山甲的男人一点也不以为山外的女人有多好。即使有过一次放纵以后，也不会成为第二次放纵的理由。

林海峰没回家前先到河里洗了澡。秋天的山泉水冰冷刺骨，何况又是深夜，皮肤一接触水面，就像是冷水掉进了滚烫的油锅里，能发出"滋滋"的响声。林海峰之所以这样做是他觉得自己对不起水秀，水秀是个好女人，对林海峰一向是言听计从。可林海峰却把她丢在了一个相对陌生的城市里，而且没有给她一个最起码的解释，让推着水果筐的水秀毫无防备。

下河洗澡的念头林海峰一离开县城就有了。所以他这一路都有些郁郁寡欢，总觉得自己身上某些地方不洁净。还有更不洁净的想法，他疑心自己会传染上什么病。曾经怜惜过林怡，可林怡做爱时的那个样子令林海峰非常不舒服。林怡表现得很无辜，很受伤，甚至很屈辱。她始终大睁着一双厌恶的眼睛，倒激起了林海峰的万丈豪情。林海峰从来也没有这样优秀过，这样持久地亢奋，足以使他藐视身下的尤物。他当时想的是，我是这个世界上最优秀的男人，谁小看我都要付出代价。

优秀的男人做完优秀的战事心里并不痛快，这是林海峰没有想到的。这几天他的心里一直忐忑不安。回味从前到后的每一个细节，林海峰也似乎明白了林怡并不是喜欢自己，她是想找一个玩偶，并不想有实质性的接触。

那样林海峰就逃脱不了一个罪名，那个罪名想一想就伤筋动骨。

甲男坐在那道水坝上，东拉西扯了一些与景色有关的东西，突然问，知道林怡最近出事了吗？

林海峰大愣，赶忙问出了什么事。

甲男故意叹了口气，说，她羞于见人。

林海峰说，怎么……

甲男仔细地看林海峰的脸，连睫毛下的一小片阴影都没放过。甲男说，说出来你可能不相信，她自杀了……

林海峰"哇"地叫出了声，他几乎有些失控地问，为什么？

甲男淡淡地说，当然未遂。不过她情绪很坏，总有一种万念俱灰的感觉。

林海峰的一颗心立刻变得水淋淋的，身体抑制不住地要打摆子。他拿不准林怡的事和他有没有关，想了又想，觉得干系不大。林怡那样一种人，做那样一种事，还不是像家常便饭一样？

林海峰便觉得胸膛都要气炸了，他愈发肯定甲男就是来敲诈的。林海峰下定决心似的说，我几天前见到林怡了。

甲男赶忙问什么时候。

林海峰说，几天前，我去县城卖苹果，正遇到林怡牵着一条狗去买苹果。林怡死乞白赖要我去她家，我去了，而且吃了一顿饭。

甲男说，然后呢？

林海峰警觉道，什么然后？

甲男换了一种语气，说，你离去的时候是什么时间？

林海峰觉得自己应该把事情说清楚。他说我们七年没见面了，谈了很多。我几次想走，林怡都拦着不让我走。后来我出来都快深夜十一点了，我在南面路口叫了辆出租车，再晚一刻连出租车也没有了。

甲男问，说，那天是几号。

林海峰坚定地说二十二号。

甲男说，好好想一想，到底是几号。

林海峰说，二十二号。

林海峰这时修正了自己的想法，他意识到了甲男不是来敲诈的。他来的目的，也许比敲诈严重得多。

甲男说，也就是说你在见到林怡的那个晚上就回到了穿山甲？

林海峰说，是。

甲男说，作为林怡的表兄我很感谢你。她这几年一直活得很寂寞，连一个朋友也没有。许多同学都不愿意跟她联系，你却肯吃她一顿饭。

林海峰说，她……到底出了什么事？

甲男轻松地说，没什么大不了的，她不过是被人……骚扰了一下。

林海峰背过脸去，他简直要淌泪水了。

甲男安慰地拍了拍他的肩膀，说，林怡的朋友就是我的朋友，什么时候去城里别忘了找我。

林海峰说，是朋友就别打哑谜，你这次来到底是为了什么？

甲男嘲讽地看着林海峰，说，为了什么我都告诉你了，怎么，还要我再说一遍吗?

  乙女轻而易举就取得了水秀的信任。水秀很在乎这个城里来的女人,把心里所有的疑惑都对乙女讲了。水秀是一个冰雪聪明的人,只是学上得少,否则该是山里的一只凤凰。但这不影响水秀曾经是山里最有身价的姑娘。水秀的婚礼是山里最体面的婚礼,水秀的婚姻是山里最美满的婚姻。在城里那一天水秀受了很多委屈,林海峰一走,水秀顿时觉得手足无措,要命的是,她还不知道林海峰为什么走。好在苹果所剩不多,费了许多周折总算找到了回家的路,才把那只果筐驮回了家。水秀一路走一路流眼泪,她不是小心眼的女人,并不担心城里的女人把男人拐走。她只是像一个丢了母亲的孩子,心眼儿里都是无助和胆怯。当然,对城里的女人林怡,水秀也有自己的看法,虽然她买了水秀的苹果,并给了水秀足够的尊重,水秀一方面感激,一方面也觉得未免太过分了。她就是在水秀的眼皮子底下,把别人的丈夫生拉活拽地扯走了。水秀想,城里的女人也未免太骄傲、太霸道了,她分离别人就像分离一棵菜一样,只需一刀砍下去,连一点最起码的说法都没有。水秀就是为这点愤愤不平,她想林怡又不是不认识自己,她这样做纯粹因为她是城里女人。

  水秀还为自己的丈夫担心。她担心城里的女人欺负山里的男人。

  水秀这几天都不痛快。她把不痛快埋在心里,既不与丈夫讲,也不与村里要好的姐妹讲。从表面看,水秀还是原来的那个水秀,见人笑眯眯的一张脸,什么变化也没有,但水秀的心底存了许多话,许多看法和想法就在喉咙里,只要有一个适当的机会,水秀就会把它吐出来。于是公安乙女就拣了一个天大的便宜,几乎不用她开口,水秀就把事情的前前后后说得一字不漏,令乙女暗暗称奇。乙女简直要崇拜甲男了，因为水秀所言与甲男话里的玄机基本相符，乙女反复证实，林海峰离开县城的时间是二十三日深夜而不是理所应当的二十二日！也就是说，他有作案时间！乙女激动得简直要拥抱水秀，她反复与水秀告别，也没挡住水秀把她送到村外。水秀心里别提多敞亮了，她说她不怪林怡，她有机会会去林怡家避雨。她也叮嘱乙女转告林怡，欢迎林怡来穿山甲做客，她既是丈夫的同学，也永远是自己的朋友。

与甲男一样，乙女也没向水秀透露林怡被杀的消息。这是他们提前约好的。

水秀与丈夫的又一次会面其实是有它特定的历史含义。林海峰先到了家，他拿了笤帚扫院子，扫得满院子尘土飞扬。他不预备把甲男的事告诉水秀，他觉得这件事情越说越说不清楚。好在说不清楚的事已经过去了，他与甲男的会面有惊无险，他对自己有了许多把握。林怡的事不会与自己有关，不管她发生了什么事，都不会与自己有关系。林怡的那种处境那种心态都决定了她的命运走向，在她的生命之河中，自己可能连颗露珠都算不上。所以，林海峰觉得自己之所以心虚是因为过高地估计了自己。林海峰使劲舞动着扫把，一切的一切都像尘土那样滚蛋吧！他想。

水秀走进院子里来笑眯眯的，她的心情很好。她不准备把自己心情好的原因告诉丈夫。她情愿自己有些秘密，那些秘密很小，但那是水秀自己的。

水秀问林海峰吃什么饭。

林海峰说，吃打卤面吧，我馋你了。

林海峰的声音很小，恐怕邻居玉树听见。否则玉树又会当成笑话传得满穿山甲都知道。水秀当然明白林海峰的一语双关。他馋打卤面了。当然，他不只馋打卤面。

水秀的脸红得像山里的野玫瑰。

9·23项目组每天都有专人向张天师汇报案件的进展情况。可以这样说，公安内部一片混乱，每天都为如何汇报大伤脑筋。张天师每天都要大发脾气，骂专案组的人个个都是饭桶，他说我花钱养着你们，就是为了让你们气我的！张天师习惯这样讲话，就像父亲在教训儿子。公安的人转过脸去也骂张天师，比张天师骂他们骂得狠。只是张天师不知道。但转天还是要来汇报，汇报时还是要敛声静气，还要遭张天师的无端指责和谩骂。这有什么办法呢，张天师是管公安的人，还管这座城市里大大小小的许多事。张天师每天都看报纸，看电视，还上网，如果网上电视报纸没出他的镜头，新闻记者和管新闻记者的人就该挨骂了。所以，公安的人也知道张天师不独独骂自己，有了这样一个前提，张天师的骂也就容易接受了。

案情就在张天师的大骂中有了进展，那个男人找到了。在林怡体内留下秽物的不是别人，正是林海峰。

张天师高兴地说，他奶奶的。

9·23专案组一片欢呼之声。他们终于可以有所交代了。他们为张天师推测了一个尽可能翔实与合理的故事本源。林怡与林海峰在水果市场不期而遇，林怡出于同学之谊邀请林海峰到家里小坐，林海峰有了非分之想。第一天未遂。第二天，林海峰怀着满腔仇恨与报复心理重新登门，强暴以后杀人灭口。张天师对这个推理表示满意。他做了两点批示：一、弄清作案人的手段；二、对胆大妄为之徒决不手软。

林青眉成了单位的重点保护对象，去厕所都有人在门外站岗。林青眉弄不懂这是为什么，她怒气冲冲去找单位领导，领导无奈地说，你以为是我们想这样做呀，这是上级有指示。林青眉找不到上级在哪里，一肚子的气没处去撒，便想了一个绝好的主意，终日去逛大街。平日里上班是没有机会逛街的，单位管得严，外出十分钟不回来就扣奖金。林青眉逛大街的举动招来了不少人羡慕的目光，还有单位领导体恤的温和的神情和脸孔。不要说扣奖金，单位领导的意思仿佛在说，也许还要发你些奖金呢。跟在林青眉身后的两个人一男一女，都是新分来的，对工作的那种热忱已经到了澎湃的程度。他们从始至终都是严格按照规程来做的。吃饭坐在林青眉对面，林青眉在屋里睡觉，他们会在门外加一把锁。林青眉搬到了单位一间带卫生间的客房，林青眉很满意。

公司的一位副总姓许，与林青眉有一点私谊。这天林青眉上床以后接到了许副总经理的电话。许说，小林，你那里说话方便吗？林青眉赶紧说，方便，方便。你在哪里？许说，我还在办公室。林青眉说，快帮帮我，他们是不是怀疑我是凶手？许说，小林你多心了。你若是怀疑对象，还能太太平平地待在单位吗？上边说要保证你的安全，单位只有这样做。其实没有任何意义，只是为了对上边有个交代。林青眉说，这是侵犯人权，如果不是我的同学出了事，我一定去告他们。许说，权且忍一忍吧，听小道消息说，案子已经破了。林青眉问凶手是谁。许说，名字还不知道。据说是同学，但一定与你无关。

林青眉很快就自由了。她在办公室通了张天师的电话，是通过秘书转的。秘书小姐坚持问她是谁，林青眉响亮地报出了自己的名字。林青眉在众目睽睽下问，是张天师吗？那边说，你有什么事？林青眉说，我想见你。张天师说，我这就让车去接你。林青眉说，我骑车过去，十分钟以后到你那里。

林青眉在一幢二层小楼里找到了张天师的办公室。办公室很大，很空旷，一只贴墙玻璃缸里养了很多条热带鱼，看上去有一点海底世界的感觉。林青眉是第一次到这里来，走进这样阔大幽深的办公室也还是第一次。林青眉有一点战战兢兢的感觉，有一点毛骨悚然的感觉。她与张天师从没打过照面，虽然也算彼此熟知，但都是通过中转站林怡那里。林青眉非常瞧不起张天师，张天师经常在电视里出现，每一个动作都写满飞扬跋扈。

与林怡在一起林青眉称呼张天师为"你们家那个老官僚"，口气里满是轻辱。

一见到张天师的面，林青眉才知道人家到底不是吃素的，人陷在转椅里，不说话，眼睛眯着，自有一种威严和震慑。林青眉想做出一副潇洒自然的神态来，但到底不能够。

张天师问，林小姐找我什么事？

林青眉惊魂未定的样子张了张嘴，说，也没什么事。

张天师简单地说，是不是为了林怡的事？

立时便有一团怒火填住了林青眉的胸。林青眉说我好些天失去自由，是不是你有指示？

张天师说，是啊，我对公安局的人讲，我已经失去了一个朋友，不能失去另一个。在凶手没归案之前，不能放松任何警惕。我知道那帮人执行我的任务也打折扣，怎么，他们委屈你了？

原来是这样。林青眉的心宽了一下，她找到了一点自信的感觉。她能想到这件事情的背后隐匿着什么。张天师不过是随便行使一下权力，就有人草木皆兵。她想那帮公安真的是很能打折扣，他们连面也没照，何谈委屈不委屈。

我不知道你能不能听我讲一点事，林青眉说。她小心地抿了一口茶，但还是有水顺着嘴角淌了下来。林青眉小心地用手擦了擦，一抬头，见张天师已经走了过来，皮鞋差一点踩到林青眉的足尖儿。张天师站了会儿,然后在林青眉的身边坐了下来。

张天师说,你说吧。

林青眉斜了他一眼,见那张棱角分明的脸上高低不平,紫色的皮肤像透明的液体,有一种流动的感觉。张天师不说话的时候牙帮骨也是错动的,让林青眉想起了刚从鸡笼里出来的狐狸。

张天师问,你想讲什么?

林青眉说,那晚我和林怡。

张天师说,这也是我想知道的。你们在酒吧里坐了那么久,都谈了些什么?

林青眉说,如果林怡不出意外,这些话打死我也不会对你说。可现在不同了,林怡死了,可她连累了另外一个人。

张天师猛然站起身来,他已经不想听了。

林青眉踌躇了一下,勇敢地说,你做梦都不会想到林怡对我讲了些什么。她说的是她调戏林海峰的经过。林海峰并没有怎么样她,至少在二十二号那天是这样。

张天师冷冷地说,林海峰已经招了。

林青眉说,林海峰不会杀人。

张天师嘲讽地问,你怎么知道?

林青眉努力不让自己战战兢兢,她把话说得很慢。他没有理由,林海峰曾经是高才生,他可没那么蠢。他知道林怡勾引他在先,即使他的做法是强暴,林怡也无话可讲。

张天师不耐烦了,大声说,林海峰已经伏法了,事实证明你的推论是错误的。

林青眉坚持说,让林海峰伏法并不难,只需一把老虎钳子。可林怡呢?她不是白白送命了吗?她可知道是谁杀了她,她会死不瞑目的。

张天师说，她已经瞑目了。该得到的她已经得到了，你就不用为她操心了。

林青眉站了起来，她准备走。张天师斜了她一眼，她又莫名其妙坐下了。林青眉的心里很懊恼，她在张天师的面前总显得手足无措，毫无自信，她不希望自己是这个样子。

林怡跟你说了什么我不在乎。张天师缓缓吐出了一口烟，烟圈呈螺旋状往上飞升。它们一定觉得自己能高到极处，可不久它们就消失了。上升的态势只是一种虚幻，原来里面什么也没有。你听得明白我的意思吗？张天师弹了弹烟灰，那是只琥珀色的烟灰缸，风度翩翩的阔大无比。我不在乎林怡跟你说了什么，我甚至不在乎林怡做了什么，但是我在乎那个叫林海峰的人，他吃了豹子胆。

林青眉寒噤了一下，问，杀害林怡的那个人，你也不在乎吗？

张天师盯住林青眉的眼睛，问，告诉我，他是谁？

林青眉惊惧地说我不知道。

张天师忽然笑了一下，说，林小姐真有意思。我以为这个世界上林怡是最有意思的。没想到还有比她更有意思的人。

林青眉紧张得说不出话来。她想这就是张天师，除了张天师谁也不会这样讲话，她站起身来想说走，张天师从文件柜后面拿出了一个呼啦圈，张天师问，你会摇它吗？

是一只朱红色的呼啦圈，看上去已经许久没人用了。张天师把烟噙在嘴里，自己找抹布草草擦了擦，还问，你会摇呼啦圈吗？

林青眉给弄蒙了，她想不透张天师的办公室里怎么会有这种东西。这是小孩子玩的，有一段时间，这个城市的人风行用呼啦圈锻炼身体，城市里到处都是摇呼啦圈的人。

不知道张天师的用意是什么，林青眉没敢问。她点了点头。

张天师把呼啦圈递了过来，说，你摇一个。

林青眉还穿着夏天的凉鞋。她的脚娟秀好看，她愿意穿凉鞋，不穿袜子。现在天有些凉了，再凉一点她就要换鞋了。但今天她还是赤脚穿凉鞋，凉鞋有一点高跟儿。

张天师说，你的鞋不行，你光脚。

木地板光可鉴人。林青眉甩掉了鞋子，她的小脚丫踩在了凉森森的地板上，五个脚趾有些炫耀地分得有些开，但开得恰到好处。

林青眉开始摇呼啦圈。她摇得比这座城市的任何人都好。呼啦圈旋转的速度比风还快，林青眉的身形像蛇一样不停地扭动。她和呼啦圈成了一体。不知是她在摇动呼啦圈，还是呼啦圈在摇动她。林青眉很忘情，她不自觉地把手臂扬了起来，她的手臂很长，像柳树的两根枝条一样。

不知什么时候，张天师已经走了。林青眉近似舞蹈的摇动动作并没人观赏。林青眉一下子泄了气，她停止了扭动，让呼啦圈自由落体。她这时才感到脚底下钻心的凉，她连忙套上鞋子，把呼啦圈放回了文件柜的后面，张天师是从那里拿来的。带好自己的东西，林青眉小跑着下了楼。她这个时候有点像小偷，身上都是虚虚的汗，魂魄像是被什么索走了，腿脚像是安上去的，一点也不听使唤。

后来张天师解释为什么喜欢看女人摇呼啦圈。他第一次看见林怡，林怡就是在干这个。他追林怡追得很费神，其实就是想请她再摇一次呼啦圈，林怡很拧，对张天师的要求置之不理。张天师说，呼啦圈其实就像一口井，女人什么时候最可爱，女人在井里最可爱。女人可不可爱，把她放到井里就知道。张天师的谬论林青眉闻所未闻，但不影响林青眉崇拜他。

与她见过的男人相比，张天师是很特殊的。

很长一段时间人们都把丹妮忘了。丹妮没了主人，每天寄宿在公安局内部的一间客房里，专门有人负责饮食起居。但丹妮还是瘦弱了许多，一双湖绿色的眼睛变成了暗蓝色，神情忧郁地注视着窗外的天空。那天夜里，丹妮被鲜血成河的场面吓走了魂，直到有人在壁橱里发现了它，它已经不会走路了。眼下丹妮恢复了些元气，毛发有了光泽，眼睛有了水色。它期待着从这间房子里走出去，每次房门一响，它就支棱起耳朵。

公安甲男和公安乙女打了个赌，这个赌是有关洋犬丹妮的。他们都不是宠物热爱者，所以对丹妮都有或多或少的鄙视。乙女的鄙视更强烈些，那天是她从壁橱里把丹妮抱出来的，丹妮的嘴角淌着白沫，就像吃了死耗子。如果不是丹妮的特殊身份，它就是一只流浪街头的野狗，不管它身价几何，公安局断没有接管它的道理。可丹妮就是丹妮，它像一位尊贵的客人一样来疗养了。开始丹妮对这里的饮食很不习惯，饿得终日哀嚎。后来有人专门去翠湖小区了解情况，才知道丹妮每天的主食不是肉食，而是苹果。

事情就简单多了。

公安甲男和公安乙女是整个案子的主要力量，他们对每一个环节都了如指掌。最初的胜利曾让他们欣喜若狂，那是他们从穿山甲回来的路上，把彼此了解的情况两相对照，便有了世事洞明的感觉。本来他们对穿山甲之行没抱什么希望，忽然喜从天降，这一路简直让他们乐晕了。

案子结得很快。一方面有人催，一方面有人急，还有一方面有人认罪伏法，事情微妙得简直像异曲同工。

虽然那个叫水秀的女人疯了似的为自己的丈夫叫屈，但那个叫林海峰的男人在强大的攻势面前招认了。这就是结局,结局就是这个样子。

只有公安甲男的心沉重得无以复加。他反复问乙女:林海峰招认的一切怎么与案发现场对不上号呢?

心存疑虑的不只是甲男,但只有甲男不把这疑虑藏在心里。甲男甚至问过局长,当然局长没有回答他。

乙女不是一个拖泥带水的人,在她的心里,9·23案件已经画上了圆满的句号。虽说她的心里也有疑虑,可她把疑虑挂在了心外边,来一阵风,就给刮走了。因为与甲男有一点特殊关系,她不得不做倾听状。甲男说,林海峰说他行凶时用的是菜刀,可验尸结果分明是水果刀。林海峰说的那些行刺方位也不对,刺伤次数也不对。更不对的是,林海峰还穿着那天行刺时的衣服,上面连个血点也没有。

乙女长长地打了个哈欠,她怜惜地看着甲男,说,你脑袋里装那么多为什么干什么。你的力量能做什么?不是我们想给林海峰治罪,是上上下下万众一心。

甲男许久都没有再说话,他的心里很难过。就在这个时候他有了一点特别的想法,甲男对乙女说,如果让丹妮见到林海峰,你说它会怎么样?

乙女愣了一下,说,它会吓晕过去。

甲男说,它也许无动于衷。

乙女说,我们让他们见个面。

甲男说,打个赌?

乙女干脆地说,赌一顿肥牛,如何?

甲男从车库里开出来一辆车,刚一打开车门,丹妮就身手敏捷地跳了上去,乙女赞叹说,到底是外国种,就是与众不同。丹妮面露得意之色，轻轻叫了两声。乙女问，你在说什么？丹妮说，谢谢你的夸奖。乙女对甲男说，你听见丹妮说话了吗，它好像会说人话，可惜我听不懂。甲男专注地把着方向盘说，它说谢谢你的夸奖。丹妮欢快地叫了起来。乙女高兴地说，看来你说对了，丹妮表扬你呢。

乙女拍着丹妮的头说，你的主人被人杀了，我们知道你难过。一会儿我们就去看一个人，如果那个人是凶手，你就扑上去咬他，听明白了吗？

丹妮看着乙女，闭着眼睛叫了一声。

乙女一下子把丹妮搂在怀里，说，丹妮你真聪明，我就要喜欢上你了。

甲男说，想不想做它的主人？

乙女真的要心动了，她叹口气说，岂是咱们想要就能要的。

甲男说，有什么难的，完全可以说有人把狗偷跑了。

乙女说，你以为局长会放过你？他会把你拴在这个盗窃案中，破不了案让你一辈子窝在这里。

甲男忽然把车停下了，头也不回地说，为了你我情愿冒这个险。

乙女笑得天翻地覆，她拍着丹妮的脑袋说，听见了没有！有人肯为你花大价钱呢。

城东的山坡上坐落着一大片青砖瓦房，坐北朝南面向一大片湖水。谁都认为这里是风水宝地，不盖民居实在可惜。动迁的计划再三摆到议事日程，因为这样那样的原因，总也没能实施。如今林海峰就住在这片房子里的其中一间，心如枯槁。乙女带着丹妮走了进来，甲男却远远站住了，他有点不敢见林海峰。乙女对丹妮说，去看看是不是他。丹妮围着那个烂兮兮的人转了转，绝望地说，不是不是。那是个四十多岁的男人，脸上有胡子。我看见他时曾经叫了一声，提醒主人注意，那人踢了我一脚，我一辈子也忘不了他！

丹妮的叫声像风笛在呜咽，可惜乙女听不懂。丹妮流下了两行长泪，丹妮对乙女说，不是他，凶手另有其人，你听见我的话了吗？

乙女说，我们回去吧。

丹妮率先跑了出去。

甲男喊，丹妮！丹妮！

乙女说，跑不了它。

甲男说，可惜我们听不懂狗语，刚才丹妮的叫声像是在哭。

乙女说，像谁在哭，水秀？

甲男像是不认识似的看着乙女，忽然转身一个人走了。

那个心如枯槁的人一丝动静也没有，乙女不敢断定他还活着。

一年以后。是的，就是一年以后。我们这座城市的人都这么说。一个偶然发生的事件使另一件凶杀案真相大白。这个时候林海峰的坟上已经长了草，许多传说流传在穿山甲以及穿山甲以外的地方。杀害林怡的是水果市场的阿三，当时他被误诊为肺癌，医生说他只能活三个月，让他把自己应该办的事提前办了。阿三是一个心理阴暗的人，他在水果市场总受人欺负。他的摊位在角落里，林怡从来没有买过他的苹果。

阿三决定杀人，而且要杀一个最富有的人。

阿三选定林怡，是因为林怡总牵着狗来买苹果。

动机单纯得令人瞠目结舌。

人们知道故事的另一面已经是一年后了，当然只是极少的一部分人知道。事情本身并没有像一年前那样搞得沸沸扬扬。一切都是小道消息。这年月小道消息很多，就是因为许多事情都可以掩耳盗铃。阿三很快就从这个世界上消失了，和他的癌细胞一样消失得无影无踪。水果市场繁荣依旧，并没有因为少了阿三而少了什么。谈起阿三人们所有的表示只是轻蔑，还有庆幸，还惋惜那个牵着狗的女人，那是一个出手多么阔绰的人哪！多令人怀念啊！人们知道那只狗名叫丹妮，长着湖绿色的眼睛。那是多出色的一只狗，如果把这座城市所有的狗都放在一起，丹妮也能被人一眼认出。

丹妮又出现在水果市场的时候正是浅浅的秋日，街上到处都是瓜果成熟的香味儿。谁都没有想到还能见到丹妮，丹妮真的来了。湖绿色的眼睛含满了笑意，雪白的鼻梁偶尔一耸，神情优雅得简直难以描述。牵着丹妮的是一个不认识的女人，水果贩子们费了许多周折才打听到这个女人也姓林，叫林青眉。因为没有前一任姓林的女人出手大方，只三两个回合，这一个姓林的女人与其他许许多多买水果的人就没什么不同了。

花匠与看门人

1

　　十五步台阶上面，仍是台阶。但那台阶是七步，又七步，就到小石板铺的甬路上了，再走几十米，就到办公楼了。那两段七步台阶有点像折扇，两边种了点花草，尽头是几棵冬青，被人修得比球还圆。陈庆海是园丁，也管种菜。门卫胡连山早看出来了，他种菜是真手艺，园丁是假手艺。那把修剪剪刀在他手里，要多笨拙有多笨拙，能把葫芦头剪出坑来。上班的时候大门口消停，老胡就关好电动门攀上十五步台阶跟老陈来扯闲篇。老陈用菜拉子给小青苗松土，钩一下，轻轻拍一下，再钩一下，再轻轻拍一下，就像拍小孩的脸，那些板结的土块即刻就碎了。遇上有青草，就弯腰拧一把，搭在左边的菜畦埂上，不一会儿，就晒蔫了。老胡摸出纸烟卷上，问老陈抽不？我这可是自家园子种的，描了豆饼当肥料。老陈拉完一畦，在裤子上拍拍手，过来接老胡的卷烟。上面有老胡的口水味，可这有什么要紧呢，豆饼做肥料描出的烟苗，是一股另类的香气。乡间已经看不见自己种烟的了。

两人蹲在甬路两边，各吸各的烟。身后是大朵的月季，红黄白粉，姹紫嫣红。因为在身后，就显出了不相干。乳白色的烟雾曲曲弯弯发散开，把两张多皱的脸都弄模糊了，眼眯了起来，鼻孔却张到最大。看得出老陈吸得很贪婪，头歪歪着，两片嘴唇用力嘬紧了。估摸他比自己年龄小，老胡叫了声兄弟，问哪儿的人？老陈说，城东象山的，挨着水库。老胡显得特别有见识，大鼻头闪闪发亮。打过鱼？老陈却说没打过。象山跟水库隔得有点远，骑车过去也要十几分钟。那你打年轻的时候干啥？老胡的好奇心像小孩子一样猛烈，自打老陈拎着大包裹在大门口下了蹦蹦车，老胡就一直在研究他。除了比自己鼻头小，其他地方两人都差不多。年龄，个头，举止，衣着，都差不多。这让老胡觉得终于来了个亲人，而不像走了的那个老崔，终日寡着一张脸，摆弄个花草就像有日天的本领，说话从鼻子里往外喷声，像个干部。

三言两语，老胡就弄清楚了老陈。没来这里之前在面粉厂看门。面粉厂倒闭了，他在家里给人看了几个月的稻田，被人介绍到了这里当园丁。老陈说自己不会园艺，可介绍人说，园艺手艺是次要的，会种菜不？那个单位有一个大园子，需要种菜供应食堂。就这么，老陈从家里带来了几车粪肥，单位还给折了现。这单位好，早餐交一块钱就可以随便吃，吃饱了一天都不饿。

贺局是天大的好人。憋了半天，老陈终于说出了这句话。

老胡也算看出来了，老陈其实是一个没嘴的葫芦。你不跟他找话说，他就半天半天绷着嘴，像是用线儿缝起来了。不爱说话，老陈却是一个闲不住的人。蹲在这里抽烟，眼睛也瞄着哪里有草，匍匐下身去，或跪下一只膝盖，把草拔了来。老胡本来想劝他，这甬路边上的草不用拔，不拔也没人说你。但一转念，老陈刚来一个星期，还新鲜呢。再过一个星期，他自己就知道怎么偷懒了。

　　回过身来，老陈问老胡哪里人。老胡烟卷擎得高，在眉梢上头，眉毛也挑了起来，他就等着这句话呢。老胡说自己是三关四隅的。看老陈不明白，老胡进一步阐述，三关四隅是统称。三关是东关、西关、南关。四隅是东北隅、东南隅、西北隅、西南隅，都在城边子上。这话属画龙，还没点睛。点睛的话都在内里含着。果然，老陈很吃惊，说祖家宅？老胡说，祖家宅。院子有三分地亩，要不咋能种烟呢。老陈眼里的艳羡似乎要淌出来。他说这城里的宅院很值钱。老胡谦虚地说，再值钱也不能卖啊，还得告老还乡呢。话说得像个干部，让老陈越发钦敬。老陈连连点头说是这话，是这话，卖了宅子总不能睡在马路上……你家没赶上拆迁？老胡摇头说，可别盼着那一天，憋死猫的楼房，气都出不匀乎，我横竖睡不习惯。老陈说，听说又给房又给钱……老胡说，拉倒，啥也不如我这深宅大院住着舒坦。

　　老胡是一个小个子，蓝布帽子的帽檐压得低低的，把眉眼藏了起来，更显得鼻头又大又圆。他来这里几年了，楼里的公家人他都叫得上名字和官职。当着老陈的面，尤其叫得声响。当面叫官职，背后叫名字，他比老陈显得见多识广。他还爱跟老陈说这楼里的人和事，谁跟谁好，谁跟谁都不在一桌子吃饭。谁犯过生活错误，谁上面有人，诸如此类。老陈问他听谁说的，老胡神秘地说，告诉你你可千万别告诉别人，贺局是我外甥。老陈一惊，亲的？老胡笑了笑，说咋可能么，亲的我就不看门了，让他养活我。他是在我们村里长大的，他姥姥是我的邻居。姥姥的村里都是舅，上门他就小一辈。老陈听得很认真，问贺局管你叫舅么？老胡在地上蹍灭了烟头，说喝多了也叫。

老陈看见贺局喝多过。那一天午后，从外面回来脸像蒙了块红布，走路两腿夹寨子。贺局还很年轻，才四十出头吧，面相很英俊。可他喜欢开玩笑，跟谁都有些没大没小。他管老陈叫葫芦，管老胡叫瓢。葫芦剖两半就是瓢，难得贺局知道这些。当时两人正在那棵大槐树底下蹲着聊天。大槐树长在了警卫室的对面，原来这里是庙址，大槐树属于庙产。贺局下了车，与他俩打了声招呼。他俩连忙站起身，老胡先喊了声贺局。贺局醉眼乜斜，指点着说，你是葫芦他是瓢。老胡特意指着自己的鼻头问，你说我是葫芦？贺局手一摆，说你是瓢。然后就手舞足蹈走了。俩人面面相觑，不知这话是啥意思。老陈先兀自笑了下，说这是指我不爱说话呢。后面的话不能说了，因为用瓢形容人，不是好话。贺局上台阶了，脚下一踉跄，险些绊倒。司机小秦追过去想搀扶，贺局一扒拉，小秦就赶紧闪到了他身后。车改了，贺局坐的是自己的车，但司机还伺候着。有时候，司机会把吃剩的饭菜拿了来，放到警卫室。老胡不吃独食，就把老陈叫了来。

有一天，一个乡下妇女提着包裹敲开了警卫室的窗，说我找陈庆海，你知道陈庆海在这里么？老胡一边卷烟一边走了出来，发现女人比自己还高。他仰着脖子问，你哪儿的？女人说，象山的。老胡问，你找陈庆海啥事？女人说，他爱吃葱花肉饼，我多做了些，给他送来了。老胡不相信，说你从象山来送葱花肉饼？女人说，啊哒。这口音有些像唐山人，面相和语气都透着朴实。老胡用两片嘴唇抿住烟卷，动手翻女人的包裹。是一个蓝底白点的抖米嗖纱巾，包着一个小铝盆，上面敷了个塑料袋，里面被雾气灌满了。但一股葱香气直冲鼻孔。这样的家常饭，老胡也许久没尝过滋味了。他咽了口唾沫，有些结巴地问，你，你是谁？跟陈庆海是啥、啥关系？女人拘谨的样子似乎很难回答。老胡突然聪明了一下，说我明白了，你等着。

老胡把老陈喊了来,脸上鬼魅地笑,眯着眼睛看他,那意思说,我都懂,甭瞒我。因为他知道,老陈是光棍,不是离过婚,死了老婆的那种,是从根儿上就还是童男子。老陈却不理老胡的神模鬼样,接过葱花肉饼就让女人回了。女人瘦丁丁的个子,两只大眼是双眼皮,走出老远还在回头看。女人的面相有些凄苦,身形单薄得厉害,似乎风一刮就能倒。老胡接过了老陈手里的袋子,推了他一把,让他去送送。老陈一闪身,就去摸靠在树上的那把钉耙,他正在给菜畦搂土。老胡翘着脚看女人走远,嘴里说,大老远来的,你咋不让人家屋里坐坐。女人拐过墙角不见了,老胡回屋拿来盘碗盛葱花肉饼,卷起一块先咬了个月牙。咕噜一口咽下去,扯起脖子对老陈说,赶热吃了再干活,你相好……手艺不赖。

老陈说,我二嫂子。

2

先是打扫卫生,花岗岩台阶上一星土都不能有。机关的人手里都有一块小抹布,连外面的栏杆都擦得锃亮。高的矮的树冠花草全部用水喷一遍,还别说,叶子是清亮翠绿了很多。然后就是食堂的采买车进进出出,半天跑了四五趟。管理员和司机大袋子小袋子往里鼓捣,有一只鳖脑袋甚至钻到了草袋子外头,老胡还以为是蛇头呢,吓得用手指点话都说不完整了。老陈告诉他,秃脑袋没睫毛,那是王八,这是要做王八汤了。司机小秦也忙得脚不沾地,他每只手提个大袋子,衬得肩膀都是溜的。里面都是水果、点心、茶叶之类的东西。老胡这回隔皮看见瓤了。老胡说，这买水果可是有讲究，不能买西瓜，吃得汤汤水水洒领导一身。也不能买橘子，剥皮会把手弄成屎糕色。老陈不以为然，说那还有啥可买的？老胡说，这你就不懂了吧？他们喜欢买油桃，可以切瓣吃。也喜欢买樱桃，洗干净了放到水晶盘子里，客人一个一个往嘴里送。再不济也可以买芝麻蕉，皮往下一扯，一捌，方便。老胡先解释什么叫芝麻蕉，就似手指头长短。再模仿剥香蕉的样子，把老陈逗笑了。老陈说，买香蕉还得买芝麻蕉——这时节，樱桃多贵啊。老胡说，贵？他们买的是美国出产的……他们有的是钱，就愁没处花去……吃不了他们都会端过来，你就等着吧。

老陈由衷说，你知道的可真多。

老胡得意地说，好歹也待了四五年了……再过四五年，你也懂。

老陈正色说，说正经的，这机关要做席面，你猜会有啥喜事？

老胡抻着脖子往办公楼方向看，玻璃窗里的人像木偶一样来回攒动，却看不出所以然。老胡说，单位又不娶媳妇，能有啥喜事。肯定是要有贵客来，上次来个市长，也没闹这大的动静。

老陈说，那这次……

老胡信心满满，神秘地说，省上，中央，都有可能。咱贺局可不是一般的人，啥人都能结交。

老陈点点头，心想，来这地方可是来对了，能沾光见大世面。

两人正说着话，小秦气喘吁吁跑了过来，说传贺局的话，你们明天都精神点，穿整齐些。有新的穿新的，没新的穿干净的，别给行政局丢脸。老胡说，你放心吧，上次发的制服我还没上身呢。老胡问老陈，你有新衣服么？没有我这儿还有一套，咱俩身量差不多，你能穿。老陈说，那敢情好。小秦转身要走，老胡赶紧问，明天是哪儿的领导来？小秦说，省长要来调研，点名来行政局用午餐。好家伙，市里县里一共七八桌……说是四菜一汤,那是一人四菜一汤。老胡对老陈说,我说的不差吧?一看就是要来大干部!

这个晚上,老胡和老陈一通忙乱。老胡从柜子里抻出两个袋子,是蓝西服。衣服是好衣服,料子是好料子,就是穿在身上不是那么回事。大一号,不合体不说,关键是没有衬衫领带之类的东西配。就是有东西配,咱穿成那样成抢戏的了,也不合身份啊!所以老陈拒绝穿,惹得老胡不高兴。老陈忽然又想出个理由,说眼下天热了,人家省长市长都穿衬衫,就咱俩穿身西服,回头再捂一头白毛汗,领导还以为咱俩是一对二傻子,那就真给行政局丢脸了。老胡想了想,是那么回事,把衣服收了起来。老陈回到自己住的地方找合适的衣服,他就带了那么两件,怎么比量都觉得穿出去也不咋好看。

省长哪有空管我个种菜的穿什么,贺局也许就那么一说,老胡听见风就是雨。这样想,老陈倒头便睡。

一早起来,老陈还是惦记老胡,关心老胡穿成什么样。刚下台阶,就听上班的边走边议论,说昨天深夜接到了通知,省长不来了——我们足足准备了一个星期啊。

贺局,单名一个"山"字。

贺山一个礼拜值一个夜班,那天是星期三。如果不出去喝酒,值班的时候一准在读书。他是学法律的出身,做梦都想当律师,帮人打官司。可命运让他当了行政局的一把手,他总说自己的命不济,一辈子所学非所用。读累了,就出来绕着园子跑步。贺山是大长腿,跑步时腿往前扔着走,那叫一个身轻如燕。围绕行政楼的外圈砌了一圈甬路,就像跑道一样,是贺山来了以后操办的。跑累了,有时会到警卫室哨一会儿。他爱跟老胡聊天,说些小时候的事。掏鸟蛋,追兔子,逮獾。獾的肉不如兔子肉好吃，可能逮到一家几口，老的老小的小，就在山坡上做窝。在窝门口弄一堆湿柴，点燃，用芭蕉扇往里扇风。不多一会儿，大的探头探脑出来了，后面跟着三五个小的。獾肉用山柴烤了才好吃，只需放一点盐。贺山经常跟人说，以后再没吃过那么好的山野味了。那时的县城屁股大，三关四隅还都是农村。这天老陈刚好在，他从外面的小卖店里买了几样凉菜，凑到老胡的屋子里来打平伙。老胡屋里有半瓶酒，也是司机小秦放到这里的。那可是好酒，拧开盖子扑鼻香。老陈是这样想的，自己初来乍到，一切都得仰仗老胡。怎么上厕所，怎么去食堂就餐，都有讲究。食堂十块钱三个菜，米饭随便吃。说真的老陈很心疼，十块钱可以买一大块肉，放些土豆粉条炖在锅里，可以吃两天。

好在老胡不吝赐教。老胡说，你花五块钱，可以买一份半菜。桶里的菜汤随便喝，如果不买菜，用菜汤泡饼或泡米饭，都能对付一顿。可人家的米饭不收钱，这不成占便宜了么？老陈自己思忖，还是不好意思端着碗去盛饭。所以每次他都买一份菜。一份菜就一小铁勺，说真的不够吃。那就多喝汤，这也比在乡下油水大，食堂的菜炒得香。

可即使是一份菜，老胡也舍不得买。老陈发现，老胡经常不去食堂，用电磁炉煮碗面，从园子里揪几片菜叶子扔进去，就是一顿饭。老陈觉得老胡节俭得不合常理，他住三关四隅，家里有三分地亩的一片园子，哪里用得着这样。话如果在老胡嘴里，大概早问出子午卯酉了，但老陈不一样，他觉得那些事情跟自己不相干，所以，光在眼睛里看，不会问出口。

是老胡自己憋不住，跟老陈一五一十说详细。原来老胡有老婆，只是结婚晚，还不到三年。婚后却一直两地分居，老婆是东北人，在老家还有份差，说等什么时候把差了了，再来这边过日子。老陈问，什么差？老胡却支吾，说也没太问。老陈心里想，都这把年纪了还搞两地分居，这是真结婚还是假结婚？可老胡把玉芳两个字叫得像抹蜜，老陈吧嗒一下嘴，自己都觉得有些甜。

两只小白瓷酒盅倒满了酒，还没来得及喝，贺局两手扶在了门框上。老胡慌忙让出凳子让贺局坐，贺局看了看，没坐。说你们老哥俩喝酒，谁请谁啊？老胡谦逊地说，是老陈买的菜。贺局说，让老陈买菜，你的钱都在脊梁骨上穿着。老胡回头扫了眼桌子，说这几个菜，也没几个钱。贺局说，那你也不舍得。老胡说，我手头不宽裕。贺局说，你有一个存俩，当然不宽裕——话说到这里，老胡有点不知怎样应答。他低头卷烟，粗糙的大拇指和食指总也卷不拢烟卷。老陈有些过意不去，屁股颠了几颠，说，贺局跟我们喝两口吧。贺局晃了下手，说你们继续喝，别让我老舅喝高了，他还得值夜呢。说完，又去跑步了。老胡追出去问，省长还啥时来？贺局脚步没停，也许过两天来，也许永远不来了。老陈也送到门外，看到贺局跑远，回来高兴地对老胡说，我听见了，他叫你老舅了。老胡说，你因为这个高兴？老陈一下愣住了。他当然不是因为这个高兴。老胡卷完烟，低头用舌头舔了下磑口，老胡说，他是外甥，打小我就叫他小三子。

老陈搓着手说，这贺局，一点架子没有。

老胡说，这回省长没来，若能见到省长，小三子指定能高升。

升哪儿去？老陈问。

县里，市里，哪儿官大升哪儿去。老胡说得随意，像啃茶壶的耗子。

老陈嘿嘿地乐，乐得老胡有些摸不着头脑。老陈乐贺局刚才说的那些话，分明在贬损老胡，为自己挣口袋。老胡是装没听出来。虽说是玩笑话，也让老陈打心眼里感激贺局。这样大的行政局，这样高级别的领导，能为自己说话，这是多大的颜面啊！县里、市里的官有多大，老陈不懂。老陈觉得，贺局现在的官已经够大了。这样大的官为自己说话，老陈已经相当满意了。老陈又倒了一杯酒，兀自喝了。老胡奇怪地看着他，说酒好你也别这样喝啊，这样喝酒受不了。他摇了摇瓶子，里面传出了哗泠泠的响声。酒少才能响成这样。老陈不好意思地笑了下，说我不喝了，余下的你喝。老胡还是给老陈倒了少半杯，说一人不喝酒，俩人不要钱，再论的。老陈举起杯，郑重说，老胡哥，我服你，道道真多。老胡得意地说，没两下子能给贺小三当舅？打小他就调皮捣蛋，没少让我拍屁股。

老陈使劲点头。其实他没听清老胡说什么，他的眼前都是重影。

两人都不是多胜酒力的人。几杯下去，腮也红了，舌头也短了。老陈把门牙龇出来，像兔爷一样，笑个不停。酒上了脑袋，嘴就放开了。老胡忽然想起那个大眼睛女人，老陈说是二嫂子。二嫂子跑这么远给小叔子送馅饼，这二嫂子得镶金边儿吧？这是老胡的口头禅，说什么东西好，就要镶金边儿。老陈的脸一下就阴了。才刚泛上来的颜色，脸一阴，就成了茄子皮色。眼圈却是鸡血样的红，抖了下，就有泪珠儿滚了下来。老陈原来是个酒到深处就悲伤的人，他用手去摩挲眼泪，然后大手下移，捂住了嘴。牙齿打战，身体开始哆嗦。紧接着，就有打雷样的哭声传了出来，像受了天大委屈。把老胡吓了一跳。老胡吃惊地说，你这是怎么了？

一卷子手纸在门边的小柜子上，柜子上铺着报纸，放着暖瓶、饭盒、扳手、钳子等一应物件。老胡伸手扯下来一截卫生纸，用两根指头夹着，叠好了递给老陈。老陈很响地擤了把鼻涕，停顿了半天，不好意思地笑了下，说酒喝多了，人就没出息。老胡很响地打了个酒嗝，有些不以为然。他觉得，他洞悉了老陈的全部内心。老胡说，这么些年咋就没混上个女人，废物点心一个。

老陈激烈地说，咋没混上，有一个差点就成了！

象山真的是一座山，只是山不大，孤零零地矗立在村庄的东南角，是石灰岩山体，不怎么长树，也不怎么长草。可却像一道屏障，挡住了风水。光景过得不好，从南往北数，几乎家家都有老少光棍。老陈年轻的时候，人家给他说了门亲，女方是小稻地的，就在象山后面，隔一条小河。女孩很大方，过到河这边来相亲，一眼就看上了老陈，说老陈人实在，心眼好。也没要啥彩礼，老陈自己准备了两块布料送了去，一块老烟色的呢料，一块藏蓝色的凡尔丁。女方高身量，大辫子，在人群中很打眼。他们经常在河边幽会，你过来，我过去。或者，隔着河说几句话。河上有一条石板桥，夏天水大，会淹掉。有一天夜里，老陈闹失眠，翻来覆去睡不着。想烟抽，可家里没种烟。河对岸就是一片烟地，老陈经常看见有人在烟地打烟叶，用麻绳的绳股夹好，在两棵树之间晾晒。馋烟也像馋什么一样让人受不了。老陈便借着月色来到了河边。那年水大，石板桥早没了踪影。老陈脱了衣衫，穿个裤头凫水到了河对岸，想偷几片枯了的烟叶回来烤。河岸边是黑土，肥得冒油，烟叶子长得像蒲扇一样。老陈从根上打老了的烟叶，屁股刚撅起来，便有一张网张开，从空中落下，一下把他网住了。原来，烟叶的主人起夜，发现了烟地里有窃贼。顺手就把晒网拿在手里当武器。陈庆海倒霉，成了人家网里的鱼。

老陈怎样央求人家也不放人，啥条件都不应。不知谁出的主意，用报纸卷了个纸帽子给老陈戴在头上，双手反剪，后面耷拉一根绳子，游街去了。"象山的贼来偷烟叶了！""大家快来看贼骨头啊！"男人手拿镲锣，女人和孩子大呼小叫，招来了很多人。他们押拽着老陈往街巷里边走。老陈偷眼撒目，心想，可别从对象家门前过，可别让她家人认出来。怕啥来啥。这一早，对象起来支窗户，听见外面很热闹，还与象山有关。对象赶紧出溜下炕，穿鞋，跑到了外面。一行人吵吵嚷嚷正从这里过，对象走到近前看老陈，又把老陈的下巴托起来仔细辨认，老陈腿一软，晕了过去。

醒来，老陈在自家炕上躺着，是他哥陈庆山赶着队里的驴车把他拉回来的。从北边绕道，两个村子离十几里。头前放着两块布料，老烟色的呢料，藏蓝色的凡尔丁，这都再明白不过了。一家人都骂老陈丢人现眼，还把对象搞黄了。老陈每次喝酒都为这件事情伤心，已经伤了很多年了。

"要说这事不算个事。几片烟叶，不算个事。"老胡又卷烟，用舌头起劲地舔。仿佛多舔几下就能安慰老陈。老陈挥了下手，他其实很多年都不抽烟了，打那以后不单他戒烟，连他爸都戒烟。那可是杆老烟枪，一天能抽一笸箩烟叶。

老胡隔着桌子捅了捅老陈："自家园子里种的，用豆饼当肥料……"

3

"省长今天不来不代表明天不来，明天不来不代表后天不来。"老胡说起省长总是劲儿劲儿的，他倒背着手看老陈干活，时不时地给予指导。"你那棵苗又拔了……又拔了，留那么稀干啥？"老陈说，恋苗的最不是庄稼人，够间距，萝卜能当枕头睡。不够间距，最多能长指头粗。"我还是觉得你苗留得太稀了，浪费土地么。"好在老胡不坚持，自己说出的话，自己都当西北风。老陈说，干活你是二把刀，不如我。你说省长，我爱听省长。老胡于是接先前的话头，说埧城地方那么大，你知道省长为啥单挑行政局来做调研么？老陈问为啥。老胡说："小三子到省里去开会，要专门到省长家串过门。"那为啥又不来了呢？老陈顺口问。老胡说："临时有紧急事，省长去北京了……你知道省长去北京到谁家串门么？"老胡左右看了看，压低声音说："那谁家……"

"谁？"老陈有点不相信自己的耳朵。那名字经常在电视里出现。

老胡得意扬扬地说："吓着你了吧……这不是我说的，这是小三子告诉我的。"

"贺局倒啥话都对你说。"老陈这话说出来有了揶揄。老陈自己都吃惊，先前他从没对老胡这样表达过。老陈心说，贺局到省长家串门子，我信。省长去北京串门子，这个，有点远。结合老胡说话的特点，老陈觉得应该一耳朵听一耳朵冒。

老胡可不管这个那个，大嘴岔儿继续胡咧咧。"……不对我说对谁说？这机关那么大，哪有能说话的人？小秦还是个孩子……那个姓郑的副局，跟贺局根本不是一路。明里一套暗里一套，跟贺局斗法……你没看人家的车都比贺局的好？"

人家有钱。

不是有钱的事。

那是啥事？

跟贺局比阔。

不至于吧？

咋不至于？按说你个当副手的，姓郑也不能把自己当一把。买车就得比正手低，你偏买的比正手的还贵，分明是不把人放眼里么。

这也是贺局对你说的?

老胡低头摸烟,有点含糊,嘴里也开始打马虎眼。"反正行政局的人都知道。"

老陈干到畦那边去了,摇摇头。老陈说,人家兴许不是这么想的。

老胡追了过去,老胡说,他非得买四圈,少俩圈不就行了?

老陈问,少俩圈是啥车?

老胡说,你还真信有俩圈的车,少俩圈是……自行车!

雨一直都在下。一会儿大,一会儿小。一会儿紧,一会儿慢。这春才没多久,夏天就迫不及待了。警卫室在一幢大楼的阴影里,终日照不见阳光。对面的老槐树再一遮,屋里更阴了。雨过天晴,老胡觉得自己都要发霉了,登上十五级台阶去晒太阳,老陈正在用皮管子给菜畦浇水,头发上冒出了汗珠。越下雨菜畦越得浇水,这是老陈的理论。雨是酸雨,对根系发育有好处,对叶菜没好处。让老胡很不以为然。老胡原想站下来跟老陈拉几句,外面有汽车喇叭响,老胡又慌忙往台阶下面走。老陈开玩笑说:"快去开门,别是省长来了吧?"天空突然炸了一下,一条细长的蓝色游龙在天上钻得飞快,天光眨眼就暗了。树梢先是起劲摇晃,风从高处往低走,忽地朝前一卷。就像身后有几只手一起往前推,老胡磕绊了一下,一脚踏空了。

中午,老陈裹着雨衣给老胡送来了饭。两荤一素三个菜。老胡去摸衣兜,说我给你钱。老陈板着脸说,咱们谁跟谁,你咋能这么见外。老胡这才拿起了筷子,不好意思说,那我就不客气了啊。

老胡摔的那一跤,把脚踝骨蹭秃噜,掉了一块皮,骨头没碍事,但都看到里面的鲜肉了。下午贺局过来看他,拿过他的脚左转右转,问,真没事? 老胡说,真没事。贺局说,有事你可得说话……要不去医院拍个片子？老胡笑笑，下床走给贺局看。稍微有点拐，但去医院绝对不至于。贺局就是在饭堂看见老陈打了两份饭。贺局说，这个老胡，都多大岁数了，脚底下还没根。

老陈站下说，都怪响晴白日的起暴天，那风大得邪乎。在楼里可能觉不出来，好家伙，能把人撬天上去。

老陈用胳膊肘往上指了指。外面风雨弱了些，天空显得白亮，就像老天露出了一张洗干净了的脸。

贺局笑了下，那笑不是普通的笑，在老陈看来，那笑里都是嘲讽，还有言不由衷，像大人对小孩子，让老陈很不适应。老陈突然怔住了，他意识到了自己是在跟贺局呛话。这样大的行政局，大概没人敢跟贺局呛话。贺局说老胡没根就没根得了，自己何苦赖天气。

老陈有点挪不动步，眼睛追贺局，想说点什么，又不知道该怎么说。原来老陈站在了门口，他不闪开身子，贺局进不来，他后面的人也出不去。贺局扒拉了一下老陈，老陈才赶忙躲开身子。

大家一齐看老陈，老陈像慌忙逃跑的一只老鼠。老陈心想，真丢人。人家老胡跟谁说话都有底气，自己咋显得这么没见过世面呢！

贺局从政府开会回来在警卫室停了下来，查看老胡的脚伤。电视上放着来客登记簿，贺局拿起来翻了下。贺局说，找我的人你就别让人家登记了，瞎认真啥？眼还拙，来好几次了也不认得。老胡说，找你的人也有不地道的，我怕他们来搞破坏。贺局说，这幢大楼是个水泥疙瘩，有啥好破坏的？老胡说，那些人脑门上也没錾字儿，我哪知道哪个该登记哪个不该登记？贺局开玩笑说，年轻的，女的，就别登记了。

老胡说，中。省长来了登记么？

贺局说，登记个屁。净水泼街，门口得铺红毡子。

老胡说，下乡调研，我以为省长得坐蹦蹦车来呢。

这晚又是贺局值班，傍晚下班前，小秦先在楼里找到了老陈，他住洗手间旁边的一个储藏室，里面堆着一些不知用得着还是用不着的办公用具。一张床放到了门口，老陈坐在床头，小秦一推门，差点跟他脸碰脸。小秦说，陈师傅，今天晚上别买饭了，贺局请您喝酒。老陈急忙站了起来，说那怎么行，不能麻烦贺局。小秦说，贺局今天难得没事，您就别客气了。小秦是一个敦敦实实的孩子，一米七几的身高，足有180斤。可他身体灵活，一点不显笨拙。脚底下有些凉，老陈才发现自己没穿鞋。找鞋的空儿，小秦已经跑出去了。一柄带弯钩的大伞，像一朵巨大的黑蘑菇，任由雨水从上面往下淌，小秦一磴一磴地跳下了台阶。贺局居然请我吃饭。老陈幸福地自己跟自己笑，想起中午跟贺局呛话的事，人家真是大人不记小人过。他在想老家都有啥，下次回去给贺局带些土特产。对，贺局爱吃小河虾，拣大的，多贵也要买两斤。

老胡正在给受伤的创面涂药水，天气热了，不涂怕感染。老胡笨手笨脚，手指被弄得紫丢丢。小秦先趴在玻璃窗往里看了下，才当当当地敲房门。小秦说，贺局晚上请你过阴天，你能走台阶么？老胡高兴得什么似的。他知道，贺局请客，会有相当好的饭菜。老胡说，我能走。不就走到后边楼里么？天边子上我也能走。小秦说，不能走我来背您。老胡说，我又不是残疾，背啥？

老胡预料得不错。一只老板台做餐桌，只有四个座位。食堂在东面的平房里，贺局说，雨天食堂的空气不好，我们就在这里喝点小酒。老陈没敢先进来，在门口，搓着手候老胡。老胡一进来就先吸气。香，真香。老胡一眼就看见了肘子，油光光，水汪汪，冒着热气。还有大虾，还有河底壳，小秦说那叫扇贝。老陈看了这个看那个，眼睛有点不够使。即使贺局说了声都随便坐，也没别人。老陈仍没看好自己应该坐哪把椅子。他想，等大家都坐下了，剩下的那把椅子就是自己的。老胡却不管这个那个，先占了个地方宽敞的椅子，一屁股坐了下去。贺局在开酒，小秦拿了酒杯去了里屋的洗手间。这原本是贺局的办公室，因为超标，他把电脑搬到了里间，外面做党委会议室。其实，没人的时候他仍在外屋办公，一点不妨事。四个人都坐下了，满了三杯酒。小秦不喝，他给自己倒了杯白开水。贺局先说开场白，说老陈来这么多日子了，工作勤勤恳恳，园子里的菜经营得水水亮亮，一直都想请他喝顿酒。老陈心里一紧，他觉得，下一步贺局是不是该说那些花没人打理，让他卷铺盖卷回家了。可贺局话锋一转，说顺便慰问老胡，老胡今天摔得那一骨碌滚儿，按说能摔断骨头，可天可怜见儿，只掉了一块皮，这叫吉人天相啊，又碰巧我值班，外面下大雨，按年龄你们都是长辈，我操持点薄酒，略表心意。说完，端起杯子先撞老陈的，又撞老胡的，然后，一口干了。是那种小玻璃杯，能装五六钱。老陈小心地看老胡，他的心慢慢松弛了，感受到了贺局的情谊。可他提醒自己没多少酒量，万不可跟上次那样喝多，他一喝多就伤心，那伤心像滔滔洪水，无法阻挡。他小心地抿了一小口，老胡却干了。贺局用手背擦了擦嘴，说第一杯酒，老陈也干了吧。老陈没奈何，只得把杯子重又端起来，把酒倒进了嘴里。

　　小秦坐不住，又去饭堂张罗去了。贺局从第二杯开始兴奋，说你是光棍，他也是光棍。行政局就俩光棍，你们俩占全了。老陈用疑惑的目光看老胡，老胡使劲剜一块肘子上的肥肉放进嘴里，顺嘴角流出油来。老胡咕哝说，我可不是光棍。贺局说，你那媳妇叫媳妇？常年不着家。老胡说，五一还来着呢。贺局说，又拿走多少钱？老胡不言声了。贺局对老陈说，老胡这个媳妇是东北人，五一来一次，十一来一次，把老胡的钱拿走，就没事了。这是媳妇？分明是债主么。老陈心里一动，小心地看了眼老胡。老胡不以为然地说，挣钱就是给她花的。贺局说，你就是傻……挣钱都给她花，你老了谁管？

老胡说，我还有侄子呢。

贺局说，侄子就是对你不放心，早早把房本过了户。你自己手里不存些钱，将来的事，难说。

老陈尖起耳朵，把贺局的话都听了进去。老胡的事情，也就明白了七八分。原来祖宅在侄子手里。原来攒钱都给媳妇了，而这个媳妇在东北，谁也不知道在干什么。老胡说她有份差，谁知道是份什么差，也许人家是一家人在过日子。这样的东北女人可不鲜见，心眼比蜂窝煤都多，乡里的男人经常遭她们糊弄。老陈有些发呆，老胡端起杯子撞老陈，说玉芳过去在隔壁人家当保姆，知根知底。

老陈说，存几个钱不容易，还是得多加小心。

老胡满不在乎说，没事儿，都认识很多年了。你别听贺局瞎说，他净扯没影儿的事。

贺局高兴了。他也是个红脸汉，三杯酒下去眉眼就开始舞动。贺局说，小石人的事有影儿没影儿？

老胡把脸埋进菜盘里，头都不抬。

老陈看着贺局，虚心请教啥叫小石人。

贺局说，就是石女啊。你没听说过啥叫石女？

老陈想了想，乡间好像有这么一号，但也不确切。他摇头说，没听说过。

贺局放下了筷子，变得郑重其事。要说我的老舅胡连山，我打心眼里佩服他。十多年前，人家给他介绍了一个小石人，问他乐不乐意。小石人不能那样，换了别的男人，肯定不乐意。可我老舅心眼好，人实在，力排众议，把小石人接回了家。小石人不到一米五的身高，还有先天性心脏病。我老舅那个时候还年轻，仗着身体好，给人家扛水泥沙包，每天能挣一两百块钱，都给小石人买药吃了。关键是，小石人不单是个药罐子，还啥都做不了。我老舅早上临走给小石人准备午饭，晚上回来给小石人包饺子，就这么伺候也没长久。结婚的第七年，小石人一命呜呼了。小石人临走说啥来着？

老胡又开始卷烟，头也不抬说："下辈子我还跟你。"

"下辈子我还跟你。你瞅瞅，你瞅瞅，她算是不撒手了，可我老舅一个人儿糟蹋。"贺局说得半真半假。

老陈不住地咂嘴，觉得很震撼。他没想到老胡有这么悲壮的往事。他后脊梁毛茸茸的，直起鸡皮疙瘩。他端起酒杯刚要说话，贺局又把话头抢了去："下辈子说啥也不能找个石人了，咋也得找个能过夫妻生活的，老陈你说是不是？"

老陈窘得连头也不敢抬。

贺局恍然。说我忘了，老陈是葫芦，还是童男子吧？

老陈连忙摇手否认。

贺局说，我听说你偷烟叶把媳妇偷黄了，是不是先把事儿办了？

老陈恨不得找个地缝钻进去。这个贺局，咋啥都敢说啊。

老陈赶紧转移话题，说贺局，你为啥说我是葫芦？

贺局说，葫芦没嘴……没有葫芦哪有瓢。

听明白了。还是在损老胡呢，说他是二瓢。话说回来，老胡的行为是够"二"的，娶小石人，给东北女人拉帮套，还说自己不是光棍。

贺局这人可真有意思，老拿他老舅开涮。

贺局这才书归正题，说你们俩去饭堂吃饭总要一份菜，以后再不要这样了。年纪大了,身子骨需要营养。以后我每个月给你们各涨300块钱,专门吃饭用。谁也不能再省着,听到没有?

老陈站起身来搓手,赶忙说,谢谢贺局。

老胡却是老大辈子气度,仰着脸说,我们吃饱就得了,你管那么多干啥。

4

这院子凉快,行政局是福地。

老陈怀疑老胡是阴性人,他的确是个不怕热的家伙,动不动就说晒会儿太阳。不像老陈,总是四脖子汗流。当然,老陈干的是体力活,几车粪肥都是他用手一把一把撒进田里的。还没发酵好,一股子腥臭味。种子都是贺局找来的,名特优新。出来的苗有的老陈都不认得,那些菜名他在象山从没听说过。

深挖垄沟,铺好粪肥,再撒一层土,然后才能撒种子。种子上面,再撒薄薄一层土。那土坷垃都像小米一样匀称,攥一把,都能捏馒头。也有人劝老陈不必那么用心,老陈说,地勤人不懒,你咋糊弄它,它咋糊弄你。

所以那些苗老陈虽然不认得,但都长得壮硕。

热得实在受不了,老陈来到槐树底下,摘下草帽子扇风。草帽子是他从大集上买来的,是城里的大集,乡下的大集反而没有卖的了。是没有卖这种麦秸秆编的草帽,乡下大集卖的是竹子的,或塑料仿麦秸秆编的,戴上一点不凉快。据说槐树有一千多年了,枝杈上拴着许多红布条，说是能辟邪。机关大院也信这个，老陈仰脸琢磨了半天，看见红布条上隐隐有字，却看不清写的是啥。老胡拿着旱烟出来让老陈，老陈摆手，再也不接了。啥家里的豆饼当肥料，老陈觉得自己忒容易上当了。老胡常年在这里看门，谁给他种烟苗，谁给他打烟叶，经育烟苗也费事着呢。老胡的帽子还在脑顶上，原来他没头发。此刻帽子有些歪，老陈仔细打量帽檐遮不住的地方，那里光洁得像手掌心一样，的确连头发的迹象也没有。

老陈心里说，认识这么久，也不知道他原来还是个秃子。这家伙，身上都是秘密。

老胡说，过去这里是大庙，这台阶子都是大庙的老石头。盖大楼那年考古挖掘，墓穴里没有尸骨，却有水，水里有一条金鱼，这么长。

老胡用手比了比，又加了句，有筷子长。

老陈瞪着老胡说，这可新鲜哪。

老胡说，谁说不是呢。附近住着的老人都说这是条龙——那时这附近都是民房，大庙里的事他们都清楚。

老陈不解，这是啥意思？

老胡凑近了些，声音放小了。小三子……就是贺山贺局，办公的地方就是龙穴，风水宝地。他整天在龙穴上办公，会没有大出息？

老陈"哎哟"了一声，说贺局这么年轻，已经很出息了。

老胡不屑老陈的话，脖子一扭说，差远了……怎么也得弄个县长、市长干干。那次市长来，我看还没贺局有貌相。

老胡哧哧地笑，说这哪看得出来。

老胡说，行政局是大局，在县里有位置。

老陈问，啥位置？

老胡说，重要，重要位置。你懂了么？

又加了句:"你就等着沾光吧。"

老陈不好意思地笑了,他不懂啥位置重要,也不想沾光。那光沾得着么?可老胡就像他肚里的蛔虫,诡秘地说,我们现在已经沾光了,又涨钱了。过去老崔在这里干的时候可没给过那么多。他手艺好,可钱给得少。老陈知道老胡在说园艺,这是自己的弱项,现在维持的还都是老崔的水准,除了浇水施肥,老陈也不会干别的。老陈不认识老崔,所以没接话。他问这里是啥庙。老胡眨巴眨巴眼,说就在嘴边上,咋就忘了呢……这庙够大,我们小时候经常来这里玩,柱子都有这么粗。老胡用两只手环住比,说庙里住着的蝙蝠有上万只。

这么好的庙咋拆了?老陈啧啧。

老胡说,文化大革命么……你们村没拆庙?

老陈想了想,说象山太小,没庙。附近的村里倒有座庙,闹日本的时候就烧了。

老胡说,不烧文化大革命也得拆,那时闹红卫兵么。红卫兵天不怕地不怕,绳子往佛像的脖子上一拴,就给拉倒了。

他们倒没遭报应。老陈说。

咋没遭报应?老胡说,我们村里的那谁,拉倒佛像以后总闹脖子疼,疼了一辈子。后来也是疼死的,脖子上长了一圈疮。

老陈说,有这事?

老胡说,庙后面还有一眼井,那水像冰糖水一样甜。这里地势高,那井的水位也高,我们玩累了,趴在井边上,用手就能舀到水。

老陈说,是不是现在使的这眼井?

老胡一想,不是。这井是后来打的,机井。

老陈说,但总归在这院子里,估计水层是一样的。我有时渴了会喝一口,凉,但没有冰糖水甜。

说完了，老陈想，老胡估计又是在满嘴跑火车。

老胡把烟卷好了却不想抽了，夹到了耳朵上。他眨巴眨巴小眼睛，他的眼睛是传说中的那种母猪眼，上下都有毛毛。快速而紧张地眨巴时，甚至都能听到风声。老胡说，这里比垻城城里至少要低三到五摄氏度，晚上睡觉多热的天也不用开空调。

老陈说，我昨天热得都有点睡不着了，那房子没有后窗。

老胡说，你热是屋子有毛病，不是地方不行，我还盖没脖被呢。

外面有人摁喇叭。老陈开玩笑说，来人了，快去开门，看是不是省长来了。

老胡回头看了眼，却不动。喇叭再三再四催，老胡才迈着八字往外走。是一辆鸡血红的车，一张戴大墨镜的脸从车窗里伸了出来，唱歌似的高挑儿："师傅，给我开下门！"

太阳有些刺眼，老胡歪着脑袋打量半天，说等着。回屋去取登记本，出来进去都磨磨蹭蹭。大墨镜有点不耐烦，说我找贺局，又不是来一趟两趟了，怎么还登记啊！

老胡说，别人登记都使身份证，你就登一下姓名和车牌号就行了。

大墨镜说，我上周登过了。

老胡说，这周登过也不行，这是王八的屁股——龟腚（规定）。

老胡忽然想起了什么，弯下腰去瞅，你多大了？

大墨镜抱着肩膀不理他。

老胡说，要是年轻的女人就不用登了。

女人说，你看我年轻么？

老胡说，你不摘墨镜我看不出来。

女人说，你开不开？

老胡说，你摘不摘？

女人气呼呼地从副驾驶座上翻包，想找手机。手机还没找到，老胡缓慢而悠长地摁动电动按钮。一下，一下，又一下。

大墨镜狠狠瞪了老胡一眼，老胡却没瞅她。车子嗖地飞了过去，掀起了一股热浪。一拐，进了左边的停车场。下车，那鞋跟高得足足有三寸，而且也是鸡血红。

大墨镜穿着短裙一扭一扭往上走，头发是黄色的波浪，披在肩背上。腿很细，后背很直，是个美人。

老陈说，找贺局的，看样子跟贺局熟。

老胡说，我知道她跟贺局熟。

老陈说，那你还刁难人家。

老胡又往北看，大墨镜已经上了最后那组台阶，快要看不见了。

老胡说，贺局人又俊，又有前途……那些女人可不就围着他转。

把烟从耳朵后面拿下来，在手心里戳了戳。

老陈呆呆地看他，琢磨透了老胡话里的意思。憋了半天，老陈说了句，贺局可不是那种人。

老胡"嚓"地打着了火，火苗就在他的鼻头前跃动。老胡歪着脖子吸燃了，把火摇晃灭，说了句，就怕让母狗缠上。

老陈问，今天星期几？

老胡说，还能星期几，星期三。

5

老陈回了趟家，取了几件衣物，回来一脸的闷闷不乐。老陈每次回来都闷闷不乐，而且说好的去两天，都是当天就回来了。你家养着老虎呢，老胡爱开他的玩笑。二嫂子没给你烙葱花肉饼？其实每次都烙，老陈总是吃完摩挲嘴头就出来。一只大茶盘里放着沙瓤西瓜，都是切好了瓣的。老胡说，是小秦送来的，又凉又甜。老陈吃了一块，就不吃了。老胡说，你再吃一块。老陈说，够了，一块就够了。老胡说，够啥够啊，大热的天，你就再吃一块，不吃也坏了。挑了牙大的递给老陈，老陈只好又吃了一块。你就是忒客气。老胡说，那么客气干啥。

老陈不爱说家里的事，老胡问过好几次二嫂子的事，老陈都没露过口风。可今天这事有点过不去了。他刚到家，侄子陈先就找上门来了。陈先是大哥的儿子，大哥年轻的时候被人招了上门女婿，几年前去世了。陈家宅院里老陈和二哥陈庆山住对屋。家里穷，俩人年轻的时候都没说上媳妇。二哥几年前在唐山那边务工，带回来一个女人，就是这位二嫂，在建筑工地上打杂。工程结束了，跟着二哥来到了象山。原来，她跟儿子媳妇不和，人家把她撵出来的。

三个人过了几年安稳日子，老陈或是在面粉厂看门，或是给人看稻田，都是偶尔回家吃顿饭的事。二嫂是个沉默的人，但手里的活计好，就像做葱花肉饼，比村里的女人做得都好吃。可去年冬天那场大雪，二哥去赶集时过冰河，掉进了人家钓鱼打的冰窟窿，三天才找到尸首。这下问题来了。东屋住着二嫂，西屋住着老陈，村里人总说闲话。老陈这次来行政局种菜，其实很大程度上是来躲那些闲话的，他觉得没法在村里待了。

可每次回家，村里人见了他就一句话，把事儿办了吧……那意思仿佛是板上钉钉了。

"都把我看成什么人了！"老陈很愤怒。

没想到侄子陈先上门也是为了这事。陈先说,这个女人现在跟陈家没关系了,老叔你或是娶了她,或是赶她走。你这样躲下去不是个事儿,这宅院以后还不成外姓人的?你不在家,她儿子孙子都往这里跑。

侄子跟人搭帮在水库里挖河沙,手臂文了条龙,说出话来有点咄咄逼人。

老陈没有看见她的儿子孙子往这里跑,但老陈问过她,想不想回唐山,她惊惧得像一只枪口下的兔子,连连摇头说,我不回去。

她不回去就得住在这里。嫂子跟小叔子住对屋,想不让人说闲话也难。

老陈陷入了两难的境地。他既不能做不伦之事,也不想做恶人。二嫂子说无家可归,老陈就不能把她轰野地里去睡。

可侄子不管三七二十一。他对老陈下最后通牒,说给你一个月的时间,过一个月我来要结果,你不了,我了。你不做恶人,我做恶人。

老陈惶惶地回来了。

"那小子的脾气起小就难揍,"老陈显得心有余悸,"吐个唾沫就是个丁儿,他说得出来就做得出来。"

"你二嫂子好像有这个心。"老胡紧着眨巴小眼睛,脑子里回闪那天来送馅饼的女人,个高,大眼。手里却不紧不慢卷着烟。他不说烟丝是豆饼做肥料描出来的了,他说卷烟纸是贺局给的,都是好纸,那上面带金星,有香精味。老胡说:"她跑这么远来给你送葱花肉饼,你没觉得她也有这个意思?"

照老胡的想法,这个事儿非常好解决。

"她有想法是她的。"老陈仍很激动,说起话来唾沫四溅,"我不能做猪狗不如的事。她住在这里一天,就是我二嫂子,我不能对不起我二哥！"

老胡嘴里一连串的"喊喊喊"："你说的啥是啥啊。"

"该啥是啥！"老陈越说越起劲。

"好像你多有德行似的。"老胡小眼飘了起来，"你还偷过人家烟叶呢。"

老陈没想到老胡说出这种话，心一急，嘴里就磕巴："那，那是年轻的时候，不懂事！"

"都该娶媳妇了，还年轻？真是头犟驴。没想到你老实巴交的这么犟，我可没本事说服你。"老胡有些无奈，他觉得跟老陈说话简直是鸡同鸭讲，根本不能同频共振。回头让贺局评评理，他还是学法律的，问问他你就清楚了。

"问他我也不清楚！"老陈继续梗脖子。

老胡大人不记小人过，两天以后的晚上，他来找老陈，说今晚贺局值班，你听他跟你好好掰扯掰扯。老陈说，这样的事咋好麻烦领导。老胡说，你心里的疙瘩，只有贺局能解。

老陈不屑，说贺局是大干部，不会跟你那样想事情。

老胡提高声音说，我咋想事情？我想的是人之常情！

老陈说，拉倒，你心里净是歪九九。

老胡咂了一下嘴，说你这人难怪打一辈子光棍，敢情是个死猪心。

老陈气咻咻地不再反驳。可心里却在想，谁知道你是不是也打光棍，那个东北女人，谁知道是啥人。

他赌气地跟在老胡的身后去找贺局。那意思是，我倒看看贺局怎么说。

贺局屋里有客人。小秦从里面出来，让他们在外面等一会儿。小秦问他们找贺局什么事，急不急。老胡说，贺局知道什么事，不急。

老陈很吃惊，说你把事情告诉贺局了？老胡说，告诉了，我让他给你拿主意。贺局当即说，老陈傻不傻，这样的好事不是天上掉馅饼么？回头你让他来找我，我好好开导开导他。

你怎么能这样！老陈突然很生气，这怎么叫好事！

难道这不是好事？老胡装着不理解。

老陈说，她是我嫂子，我二哥要不是掉进冰窟窿，他们现在还在好好过日子！

老胡说，可你二哥死了呀。

老陈说，那她也是我二嫂子！

老胡这下也烦了，说她又不是你二妹子，你激动个啥？

老陈挥了下手，一步从门厅里蹿了出去。老陈说，我的事不要你管，你管好自己就行了！

老胡的舌头在后面打轧板，啧啧啧，好像谁多爱管似的……还不是为你好。

白萝卜下种，三天就出苗了，两周小苗就可以上餐桌了。老陈大中午也不歇着，光着脊梁在菜园里间苗。看见贺局走过来，连忙从树杈上拽下背心，套在了身上。老陈说，贺局没睡个晌午觉？

贺局说，眯了一会儿，醒了。大中午的，你咋不歇歇再干，小心中暑。

老陈说，庄稼人没那么金贵。这才晴天，要抢收抢种。

黄瓜、豆角刚下了架，竹竿在水龙沟里躺着，好大一捆。贺局问，这里种啥？老陈说，种娃娃菜，娃娃菜比白菜好吃。

行啊，老陈，有见识了。贺局夸奖。

旁边的畦里是西红柿，今年雨水多，长得不好。刚成熟的西红柿就裂了口子。老陈拣模样俊俏的给贺局摘了一个,贺局"吭哧"就是一口。是沙瓤吧?老陈问。

贺局说,味道不赖,一点不酸。

老陈得意地说,那是。外面卖的西红柿籽是青的,都抹一种药水,外头红里头绿。

贺局说,老陈是好把式,这菜种得真不赖。

老陈说,有的是肥,有的是水,想种赖了都赖不了。

贺局说,那也得人勤勉才行,又不用除草剂,这畦里一根草都没有。

老陈继续得意,说咱是干啥的呢,我能让它长草?

贺局拔了一个小水萝卜,拧巴拧巴往甬路方向走。那萝卜只有算珠大,老陈起初很不理解,同样占块地方,为啥不种大水萝卜呢?贺局说,大水萝卜不雅观,上级领导来食堂就餐,上一盘小水萝卜,虽然味道一样,但层次不一样。

老陈就明白了。很多事情都是这样,要换个形式。

对了。贺局回头说,你屋里那些个办公用品,回头我让行政科给倒出去,给你换个双人床。你那个二嫂子,是吧?如果她愿意,让她也一起过来,在菜园里给你打个下手,顺便打扫一下卫生,工资跟你一样。你觉得呢?

老陈眼睛直了:"可是……"

贺局挥了挥手:"上了床就是一家……老陈,你又不是关云长,抓紧把事办了吧,过了这个村,就没那个店了。"

6

老陈一上午咣当咣当刨地。贺局的话,他想不动心,可不动心很困难。二嫂是一个苦命人,唐山地震把父母砸死了,丈夫又去世得早,好不容易把儿子拉扯大,给儿子娶了媳妇,两口子又搁不得她。这些都是二哥活着的时候跟老陈讲的。二嫂自己不说,她也是个没嘴的人,一天到晚难得说句话。

二嫂对他好是真的。他给人看稻田不能按时回来吃饭,回家盘碗都在桌子上扣着,稀的是稀的干的是干的。他的衣服嫂子也管洗,晾干叠整齐,给他放到屋里。他手里有钱也会给二嫂子几个,二嫂子转手会给他买件衣服,或一双鞋。

可她是二嫂子啊!

汗水像瀑布一样往下淌。若从楼里往外看,会觉得老陈像是在配合拍电影。镐头举那么高干啥?下手那么用力干啥?可老陈还是觉得有力气没有挥发出去,憋在心里是个疙瘩。贺局的打算真是好。二嫂子若是真能出来,估计她会欢喜坏的。打扫卫生没问题,在菜园子当帮手更没问题,二嫂子干啥都是把好手。可……贺局的意思让她跟自己来住双人床,老陈一下子就泄了气。他想贺局怎么跟老胡一样想问题,不知道那是自己的嫂子么?

可二嫂子不来,就会被陈先赶走。赶走她去哪儿呢?

要不,跟贺局说说,这屋里放两只单人床,中间拉个帘子?老陈马上又摇头,不行不行不行。那样二嫂子出去咋见人么。

真是愁煞人啊!

老陈蹲在了畦垄里,呆呆的,从干瘪的胸脯里呼呼往外喘粗气。日光很晒,可打在身上是凉的,像敷了薄薄的冰片一样。他觉得眼前发黑,身上绵软无力。似乎有个什么精怪把他身上的力气吸走了,就像《聊斋》里说的那样。他挂着镐慢慢往起站身,"轰"的一下,天地都折了个个儿。眼前一片金星,赶紧把眼死死闭上了。他像抱着一棵树一样抱着镐柄,半天才敢把眼睛睁开一条缝。身上落满了冷汗珠子,他都要虚脱了。

他费了很大的劲才让自己平稳地走下了那几十级台阶。嘴里不断叨咕着不行不行不行。自己说不算,他还想跟老胡商量一下。虽然明知道老胡不会支持自己,可除了老胡,他哪还有可以说话的人呢。他其实羡慕老胡那张大嘴,什么话从嘴里说出来都云淡风轻,真的也是假的,假的也是真的,真真假假神仙也休想闹清楚。人家自在啊。老陈在门口停顿片刻,才推开了老胡的门,却发现床边上坐着个女人,赤着两只脚,一只蹬在床沿上,膝盖支着腋窝。一只在下垂着。那是两张大脚片子,像河蚌一样。女人在吸烟,短袄有肩没袖,露出了半个膀子,松下来的肉在那里晃。老胡坐在对面的方凳上,整张脸都在阴影里,嘟噜着。

老陈尴尬地看看这个看看那个,说来客了。想退出来。女人说,你是陈庆海吧?

老胡这才介绍,说这人是玉芳。

老陈赶紧叫嫂子,反而不好意思朝那边看了。他看老胡,问多久来的。玉芳是个大嗓门,说才到。跑了一夜的路,连口水都还没喝,人家就给我甩脸子看。老胡说,你进屋就要钱,你钱刚拿走几天啊。玉芳说,老陈你给我评评理,我是搭人家便车来的,根本在这里待不了多久，可不就得拣要紧的说，他却对我那样，吹胡子瞪眼。老胡说，我哪有？这不就要去给你支钱么。玉芳说，可你的脸子不好看，我千里迢迢而来，就看你的驴脸。我如果不是缺钱，才不会来看你！老陈搓着手，这回看了玉芳一眼，这话听起来咋那么不顺当。玉芳是张大扁脸，鼻子很小，有很深的法令纹。这样的女人主意正，却也会撒娇。她说的这些话，说不定就是撒娇的话，否则老胡咋会这样干听着。老陈刚要转身走，老胡慢慢悠悠站了起来，老胡说，让老陈你说说，我平时多节俭，为了谁，还不是为了玉芳么？我知道她缺钱，可我就挣这么多。从五一到现在，这才几个月？玉芳说，快四个多月了。老胡说，我不吃不喝？玉芳说，你当我不知道，食堂里一块钱就吃一天的饭。一听就是老胡吹过的，老陈赶忙说，嫂子，不是的。中午一顿饭，要十块呢。玉芳却不回应，指点着老胡说，你指定给你侄子了，你心里压根没我！

老陈忽然心里一动，觉得面前真是有个大好的机会。老陈激动地说，玉芳嫂子，大老远来的，快别争执了。老胡大哥不是心里没你，是心里全是你。这局里刚好缺个打扫卫生的，你快来这里上班吧。工资一点不少给，你跟老胡哥还能团聚。玉芳"哼"了声，说我能出来就好了，家里还有个瘫子呢。老陈没听明白，啥？玉芳平白说，东北还有个瘫子呢，说死一直不死，你当我不想出来？老陈有点被震住了，过去老胡说玉芳东北有份差，原来是这。这不是差，是个人。老陈看老胡，看他怎么应答。老胡卷了一支烟，舔好了先给女人。玉芳像抢似的一把抓在手里，大声说，他这是嫌弃我了，当初他说多久都等我，他现在就是嫌弃我了！

老陈实在受不了，从屋里逃了出来。他想，老胡果然是光棍，人家那边敢情有老头。

老胡追了出来，带上了房门。走过来几步说，玉芳来的事，你别跟贺局说。

老陈说，老胡，你这是何苦。

老胡噘了下下巴，她这是闹小孩子脾气呢，你甭走心。

老陈说，你不嘱咐我也不会告诉贺局。

老胡说，我不是怕她，她那张嘴，刻薄。

老胡后来跟老陈解释，说玉芳是跟当地一个出租车来的，所以还要跟人家回去，好不容易来一趟，落不下脚，所以她心情不好。放在平时，她可温柔呢。老陈怅然地笑了笑，想玉芳温柔起来什么样，估计更让人受不了。老陈还是没有忍住想说的话："老胡，人家那边没离婚吧？"老胡说："我们摆过喜宴的。"老陈说，结婚证呢？打没打结婚证？老胡说，打那玩意干啥，麻烦。老陈便想老胡连吃饭都节省，原来是拿给女人养瘫子老头。唉，咋有点像学雷锋呢。

老陈问玉芳拿走多少钱。老胡说，三千。她想拿走五千，我不得自己留点？老陈拿过烟纸自己卷了一支烟，他的手有些抖，他觉得老胡比自己还不容易。

活着难哪！

要不，让二嫂子过来？

老陈的心跳了下，他真有点活动了。他问今天星期几。老胡说，星期三。

要是二嫂子愿意，就让她过来，至于别人说闲话，让他随便说去。老陈自言自语。

晚饭以后，贺局一直没出来。他的屋里有客人。老陈在外面转了好几遭，也没好意思敲门。晚上九点多，天气彻底凉快了。老陈走出了屋，他觉得贺局该出来跑步了。他想好了，先让二嫂子过来，他可以在外面对付几宿，等天凉了，就去老胡那里打个地铺，哪怕给他几个钱呢。他告诉自己，这些话不能告诉贺局。贺局说给他换双人床，就换上好了。不管谁住，双人床肯定比单人床舒服。老陈边走边想，遇到贺局这样的人，烧高香拜都拜不来。

槐树底下一闪一闪地冒鬼火，老陈就知道老胡在抽烟。自从玉芳走，老胡一直情绪不高，中午吃饭就打一个馒头。他是不是害了相思病呢？老陈想到这点，偷偷笑了一下。那天老陈前脚走，老胡没容回去，玉芳就出来了。他把电动门打开，跟玉芳一前一后走了，估计是去支钱了。储蓄所就在那条横街上，走过去也用不了五分钟。后来，老胡是一个人回来的。耷拉着脑袋，走路擦地皮，脚都抬不起来。老陈揣摩老胡的心理，是不是把钱给出去后悔了，还是玉芳走让他伤心了？

这明明是让人家糊弄么。老陈心里这么判断，却没有对老胡说。

这个晚上老胡没话儿，让老陈觉得很尴尬。他在这里坐了会儿，就站起了身。"你也早点歇着吧。"老陈边打哈欠边伸了个懒腰。"我还早着呢。"老胡说得怨声怨气，"那个大墨镜不走，我就得候着她。好家伙，有一天半夜一点才走，她家里也没人找。"

还戴着墨镜？

还戴着墨镜。

还穿着大红高跟鞋？

还穿着大红高跟鞋。

也不知她是干啥的。老陈像是在自言自语。

老胡岂容她这样。这世界上的事，就没有老胡不知道的。老胡吧嗒了两口烟，说她是来跟贺局谈生意。据说她能安一种摄像头，在家的时候能看见单位的办公室,在办公室又能看见家里面,贺局很动心。老陈说,那玩意有啥好,就像在澡堂子看人洗澡,布丝都不挂,连块遮羞布都没有。老胡说,照我说这是扯哩。就凭她,走路一扭一扭的,能办那么大的事?老陈摇摇头,又顺着原路回去了。走到停车场,他特意去看了眼那辆鸡血红的车,这里没有路灯,鸡血红变得黑乎乎的。老陈在车体上抹一下,真比大姑娘脸蛋还细腻润滑。也不知这车多少钱,老陈自言自语。下坎的老胡听见了,嚷了句,八十万。

我的那个祖宗!老陈赶紧离车远点,摸坏了可是赔不起。

夜有些微凉,是过了立秋的缘故。空气温润潮湿,风打在身上,能溅起鸡皮疙瘩。那辆红车迟迟不开走,老胡有些烦了。他大声嚷:"这是干啥呢,深更半夜的,还让不让人睡觉了!"声音在岑寂的夜空里有些扎耳朵,好在只有老胡一个人能听见,传不到办公楼里。老胡回屋了,拉亮灯,打开电视,歪在了床上。电视里正在举办奥运会,那个叫里约热内卢的地方,几个丫头正准备游泳。砰的一声枪响,丫头像鱼一样跃入水中……老胡却有些心猿意马,他这一天都很气闷。他觉得,玉芳不是原来那个玉芳了,哪有变化,他又说不清楚。他跟玉芳很多年前就认识。那个胡同,就住两家人。玉芳给人家看孩子,后来又伺候老人。有一天,主人都去走亲戚,玉芳把钥匙锁屋了,进不去门,老胡招呼她来到了自己的家里,给她做了一顿小米捞饭,玉芳直嚷好吃。后来熟悉了,玉芳来他们家就像来自己的家一样,赶上饭就吃,有牢骚就发。玉芳话言话语总说自己孤苦伶仃没人疼,让老胡动了心。

他决定跟玉芳办喜宴,是玉芳回东北以前。家里人都不同意,说玉芳让人不放心。她恐怕是看上了陈家三分地亩的宅院。为了让家人参加婚礼,老胡把房产过户给了侄子保管,他和玉芳只有居住权。因为这些，老胡总觉得自己有短儿，要千方百计地对玉芳好。

玉芳从东北回来，说家里有个瘫老头，一直想离婚，却没能离得了。玉芳的解释是，过去是没空离婚，现在是想离离不了。他一个瘫子，总不能撅难死吧？

老胡能说什么呢。玉芳说啥是啥，老胡从没到过东北，不知道东北长什么样。相比过去那个小石人，老胡已经觉得玉芳有温度了。想到玉芳，老胡会觉得满足。

小石人身上永远是凉的，真像石头做的一样。

外面传来了脚步声，啪嗒啪嗒啪嗒。不像大墨镜。大墨镜的声音老胡听得出来，橐橐橐，橐橐橐，就像在地面敲小鼓一样。房门突然被撞开了，来人进来的一刹那，似乎把外面的黑暗带了进来，屋里也黑了。但只是回闪了一下，电灯又亮了。

电视机发出了滋滋的电流声，荧屏上一片雪花。

7

进来的是贺局。

突然置身在光影里，这让老胡的眼前产生了戏剧效果。老胡从来没看见贺局这么惊慌过，像个戏里的人物一样。上衣敞着怀，扣子一粒也没有扣。裤子也没有穿好，一个裤腿长，一个裤腿短。拉链的地方还开着口，好歹约在了皮带里。皮带头则没穿进裤襻，就在肚子上支棱着。

"我完了，我完了！"贺局的小白脸是柴灰色，嘴唇一个劲哆嗦。

两只手不住往虚空里抓挠，不知道想抓住什么。"我完了，我完了！"贺局的声音里都是哭腔，他在不大的屋子里转磨，脚底下像撑着陀螺，碰到了那只方凳，方凳一下子被踢翻了。

"老舅，救救我！"贺局从没喊得这样心甘情愿过。

老胡赶紧下床，临危受命的一种感觉油然而生。"先别慌先别慌，快说说，到底发生啥事了？"

贺局满脸都是泪，语无伦次地说："人好像，好像死了。咋好像死了呢？"

一秒钟也不迟疑，老胡冲进了外面的黑暗里。老胡自己都觉得黑暗似乎被撞了个口子，分割了他和小三子。现在跟在后面的就是小三子，像小时候一样，跟不上自己的脚步，需要老胡不时扯一下，提拎一把，或者拍一下屁股。深夜的十五级石阶比想象得要漫长，但老胡的脚步很稳。老胡告诉自己要镇定，不能像小三子那样自乱阵脚。那必定是只小公鸡，只有追小母鸡的时候才能抖出威风。老胡是谁，老胡是山巅上盘旋的老鹰，什么样的风雨没见过？

外间大的办公室没异样，可手机突兀地响了起来，一个小孩子尖叫：来电话啦！来电话啦！吓了老胡一跳。手机在沙发里，外套是一个棕色的毛毛熊。贺局一个健步飞过去，把手机抓在手里，先扒皮，把电池卸了下来。老胡赞许地看着他，指了指里间。里间的门关着，老胡小心翼翼地推开门，外间的光亮透进来，正好打在了地上蜷缩的人身上。短裙掉在了屁股下，明显是临时押上去的。内裤能看见一角，是大红的，跟车一个颜色。老胡甚至看清了那张脸，墨镜歪在一边，嘴边有一堆秽物流到了地板上，大概能盛满一海碗。老胡把墨镜摘了下来，那人眼角一堆细碎的鱼尾纹，一直深入到鬓角。老胡回头说了句："小三子，她没有你年轻。"贺局险些被这句话逗笑，身上的力气登时回来了不少。

老胡绕着光影走到了头前，小心地蹲下身，靠前了，又往后捎了捎，试了试她的鼻息。没错，人是死了。人有活气跟没活气不一样，老胡有经验。他晃悠了一下她的胳膊，还是软的，但该回弯的地方已经不能回弯了。凉凉一碗水也就出去放个屁的空儿，老胡嘴里叨咕，把墨镜摘下来装进了自己的衣兜。老胡走了出来，带上了房门。贺局可怜巴巴地看着他，就像看着上天派来的救星一样。

老胡问，咋弄？

贺局又要哭，抖着两只手说，我完了，我完了。这可咋办啊！

老胡沉默地回头看了看。老胡很少沉默，这让他的沉默有一种力量。

老胡问，最坏的结局是什么？

贺局就会说"我完了"。

老胡歪着脖子喝了声："别说了！完什么完，离完还早着呢！"

贺局一下住了声，惊恐地看着老胡，说你快给我拿主意啊，我不知道咋弄啊！

"通知家里？报警？还是报告你的上级？"老胡威严地发声，小眼睛立了起来，炯炯有神。贺局把头摇得像拨浪鼓，嘴里一个劲地说，我还年轻，我不能这么完了。她不是我害死的，她的死跟我没关系。

老胡其实已经有主意了。一边走台阶时，他就想到了屋里的局面。眼下的情形没出圈儿，他有心理准备。他就想起了龙穴。贺局一直在龙穴上办公，他不能这么让人毁了。贺局现在是遇到坎了，过了这道坎，他就可以海阔天空了。

老胡问，你听我的？

贺局胡乱点头。

老胡说，有谁知道她在你这里？

贺局说，没人知道。值班的原本还有一个主任，一个小秦。碰巧今天两人都有事。

停了停，贺局说，她有没有跟人说就不知道了。

"不管她。"老胡轻蔑地说，"她来这里是祸害你的，你上她的套了。"

"那咋办？"

"挖个坑把她埋了，不算对不起她。"

"能行？"

"你说咋办？"

"我不知道。"

"那就听我的。我去找老陈。"

贺局一把抓住了他，说这种事咋能让别人知道了，多一个人知道就多一分危险。

老胡说，老陈不至于。这院子里有土的地方都种了菜，无故毁了菜地老陈会生疑。你不用管，让老陈挖坑，他有力气。

老胡沉着自若，像位大将军。

贺局慢慢松开了手，这时的他，真像一个无助的孩子。

老陈正在做梦的时候被老胡喊醒，他在黑暗中拉开门，老胡进来了，反手把门关上了。老胡说，贺局对你咋样？老陈觉得这话问得多余，还用说？老胡现在需要你救贺局，你救不救？老陈噌地从床上下来了，两脚踩在地上，找鞋。贺局咋了？老胡说，贺局遇到麻烦了。那个大墨镜，死在贺局屋里了。老陈刚要叫，被老胡一下捂住了嘴。

老胡说，不是贺局害她，是她这样会害了贺局。她一死百了，贺局的前途就毁了。贺局要是有事，你我还能待在行政局？老陈一屁股坐在了床上，他有些蒙，这样不相干的事，老胡使劲往一块揉，让老陈听了头皮发麻。老陈问咋办。老胡说，刨坑，挖土，埋了她。老陈说，这可是犯法啊！老胡说，神不知、鬼不觉，犯个屁法。你干不干？黑暗中老陈像死了一样沉默。老胡拍了下他的肩膀，说有事我顶着，你就管干活就行。不是多大的事儿，不是我们谋害她，她已经死了，我们埋了她，是让她入土为安。老胡拉着老陈往外走，老陈的腿肚子朝前了，身体一个劲地抖。老胡说，瞧你那个尿样，我要是有力气，根本不用你。

靠西边甬路的内侧种了一些草本植物，是老陈从村里随便找来的种子，撒下去，就出苗了。如今那些花都闭着眼，草茉莉，包指甲，格桑花，在夜风中招招摇摇。老胡用脚画了个方位，说，就在这儿，怎么样？老陈问贺局在哪儿。老胡说，还能在哪儿，他早乱方寸了。老陈说，我还是觉得不踏实，这万一……老胡提高声音说，哪来的万一？老陈赶忙说，翻上来的新土，我是说万一有人问，咋回答？老胡说，把甬路那边的月季移过来，把这儿变成一个小花园。老陈说，你咋这大肚子，人命关天哪！老胡说，你这是瞎嘟嘟。人又不是我们害死的，我们问心无愧。这样对她也好，还省得她去火葬场爬烟囱。老陈沉默了好一会儿，问了最后一句话，当真不会有人知道？老胡说，只要你我不说，就是天知地知。

老陈还有些迟疑。

"拿锨，动手吧。"老胡催促。

8

    大雨一场接一场,像是把天河打翻了。这些年一直少雨,泄洪道都被盖上了楼房。马路成了河流,大风刮起,甚至形成了浪打浪。行政局地势高,雨水都顺着台阶流走了,站在三楼往下看,能看见洪水滔滔,像站在黄河边上一样。谁会想到呢,立秋都过了,还能下这样大的雨。三天了,整整三天了。远处的房舍树木都被暴雨打劫了,放眼望去,混沌一片。

    这是涤荡什么呢。贺局坐在办公桌前呆呆地想。

    天气刚放晴,一辆出租车来到了行政局大门口。一个面向老成的中年人隔着电动门打招呼:"师傅,师傅,打听个事。"老胡正在跟小安聊天,老胡坐在石头上,小安坐在马扎上,老胡给小安卷了一支烟,看着老胡舔磕口,小安咧了咧嘴,没接。要过了卷烟纸,自己卷了一支。小安的手法很笨拙,看得老胡很是着急,他总想上前帮小安卷,小安问了句,真是自家园子里种的?掺了豆饼当肥料?

    小安卷好了烟,却不好意思用舌头舔。他就那样用两根手指捏啊捏,磕口处还是敞开着。后来他用指尖沾了点唾沫,总算粘上了。

    小安负责外面那条横街的治安工作,下大雨时,他顺着水流来到了行政局门口查看情况,就这么认识了老胡。老胡起初有些不安,他打开电动门,把小安的摩托车让进了院子里。小安站在屋檐下,一张脸上都是焦灼。小安说,还以为山洪下来了,这水太吓人了。老胡说,不是山洪也差不多。行政局后面就是山,雨水都朝这里灌,夜里睡不着觉，水响的声音像是在过坦克。小安情不自禁看了老胡一眼，觉得这个老同志说话怪有意思。这棵槐树可有年头了吧？小安仰头望，雨水冲刷中槐树的枝叶摇晃，那些被打湿的红布条尤其耀眼，跟鸡血一个颜色。老胡情不自禁看了眼停车场上的车，当初贺局想开走，老胡没让。老胡说，外面横街上都是摄像头，这样反而容易露出马脚。再说，你有车钥匙么？贺局这才想起，钥匙肯定在她包里，可那个包已经随人埋到地下了。"把她的东西都埋起来，一个都别剩。"那一夜，老胡不单主宰活人，也主宰死人。每每想起，都觉得威风八面。

"你啥也别管，就一问三不知，一切看我随机行事。"老胡嘱咐贺局。

整天巡街的小安发现了这个地方僻静又消停，几乎每天都来这里坐一会儿，偷会儿懒。巡街不是好活，太阳晒着，油烟熏着，还得注意警容警貌，两条腿走得像棍子，也不敢在哪里靠一靠。知道谁给你拍个照、录个相发到互联网上啊。这年头，人人都是自媒体。行政局这个地方好，大槐树一遮，南北通风，要多舒服有多舒服。

老胡嵌了下遥控器，中年人进来了。他先递烟，是大中华。老胡一看，赶紧把自己的卷烟夹到了耳朵上。中年人给老胡打着了火。又递给了小安一支，小安摇晃了一下手里的卷烟，拒绝了。中年人指着停车场的方向问，那辆宝马，车牌是1188么？老胡摇头说，不知道，车在这里搁好几天了，我要是爱财，停车费都能有不少了。中年人往前走了几步，看清了车牌，回来说，有人说我家的车在行政局的停车场，我还不信呢，原来真在这里。那天她告诉我开车去北京，谁想她把车停这儿来了，真会找地方。老胡吃惊地问，哪天？中年人说，下大雨的头天么……电话开始是通的，后来一直无法接通。我以为她在自己的车上,看来不是。

中年人狠狠吸了一口烟,显得有些激动。

老胡紧着眨巴小眼睛,两排睫毛又密又硬,像蜜蜂飞过似的沙沙响。老胡问,车是你家的?中年人说,开车的是我老婆。老胡说,大墨镜?穿红色高跟鞋?中年人问,她来停车时,是咋跟您说的?老胡说,她跟你可真不像夫妻。中年人自嘲,都说我像她爸爸。老胡盯着中年人说,她只说认识贺局,把车搁一会儿,谁想到一搁就是几天呢。

"外面接她的人是谁?是啥车?她有没有说去哪儿了?"中年人看上去满肚子都是疑问,他特别希望老胡说点什么。

老胡却摇头。说只看她往外走,鞋跟那么高,差一点崴了脚。她个子也不矮,你应该让她穿平底鞋,年纪也不小了。老胡说得推心置腹。

中年人说,她听我的就好了。

老胡说,一看就不好调教。

中年人说,管她呢,她爱去哪儿去哪儿。师傅,停车费收多少?我把车开走。

他把吸了半截的烟甩到了槐树底下,狠狠啐了口唾沫。

老胡慌乱了一下,说,200?

小安在旁边说,500。

中年人拿出了几张钞票给老胡。老胡赶忙往外挡,说我不要,太多了。

中年人把钱塞到了老胡的衣兜里,拿出钥匙,朝宝马车摁了一下。那意思仿佛在说,瞧,我有钥匙,我没说假话吧?

车子小心翼翼地开过来,中年人把车窗打开,眼睛盯着前方,有些羞涩地说，我刚学车，技术不好。

　　车子出了大门，小安对老胡说，他们家有的是钱。靳尚承包了城内所有的电子眼的升级项目，一家伙就是几千万。

　　老胡半天才回过神来。问，谁是靳尚？

　　一天，一天，又一天。老陈每天都觉得很煎熬。下大雨的时候，他每隔一两个小时就穿着雨靴披着雨衣到外面查看。下大雨的好处，让新栽的那片月季与周围的菜地有了无缝衔接。可整体还是有些塌陷，人工踩毕竟比不过打夯，哪里会踩得那样紧实。那些月季都有些歪斜，被大风刮得一顺朝南扭，老陈寻思，天晴第一件事就是培土，让它们看上去端正些。那天天光放亮时，贺局和老胡都累趴下了。老陈一个人留下来搞移栽，觉得老胡把新填的土踩得很结实，老陈刨起坑来有点费力。现在想，就知道是自己的气力虚了，镐头扬得高，落下却绵软。他心里也是怯，怕一镐下去刨到血肉，"噗"地一溅——其实怎么可能呢，不可能的。贺局一直在旁监工，开始说好的挖两米深，后来足足有三米。在老陈的眼里，贺局一点不失分寸，冷静得很。把人放停当了，贺局不让埋土，说进屋再去看看。他居然提拎出一只高跟鞋！一只红色的高跟鞋！贺局扔到了墓穴里，里面很黑，什么也看不清楚。但老陈听到了"咚"的一声响，似乎是落在了人的肚子上。老胡这才埋土。挖土的时候他不上前，埋土的时候他很卖力。老陈假装闪了腕子，背过身去抖落了半天，估摸把人覆盖了，他才开始铲土。

　　贺局当时就想到了大雨问题。说别让一场大雨冲出坑来。老胡噔噔地跺着脚说，你就放心吧。

　　老陈不敢想那天的事，一想心就像擂鼓样地跳，跳得四肢像面条样稀软，他寻思，这身体可别出啥毛病，因为这个出毛病，不值得。

他每天做贼一样，去菜地，回屋，或者去饭堂，三点一线。他也不去大门口找老胡聊天，晚上也不去。就像俩人一起做了丑事，虽没有第三方看见，但彼此是彼此的知情人，这种感觉也相当不好。有时在屋里好好的，他会突然推门看看外面，是不是有人偷窥自己。那些月季长了起来，从一处移到另一处，也像做贼似的，还没明白怎么回事呢，就在新土上扎了根。而甬路两侧移走月季的地方，被老陈撒上了草种子。老陈预备有人问起，但，看都没人看一眼。

贺局说让行政科来搬办公用品，给他换双人床。老陈一直在悄悄憧憬，他甚而有些卑劣地想，自己帮了贺局那么大的忙，说不定贺局会给这件事情提速。自己跟老胡不一样，他们沾亲带故。工资给多少是贺局一个人说了算，下个月也许会多给几个作为奖励……老陈的想法，当然还不止这些。那天移栽完月季，他给女人鞠了三个躬，让她原谅自己。老陈对女人说，你如果没死，我豁出命去也要送你去医院。如果你是别人打死的，我宁可被别人打死也不会这样草草埋了你。我陈庆海不是糊涂人。千不该万不该你不该死在贺局的屋里。你这一死，会让贺局受热的，他还得奔前程呢。

贺局对我好，我不这样还能怎样呢？让你说说，我能怎样？要怪就怪你自己。长得如花似玉，咋是个短命鬼呢！

人是老陈抱出来的，贺局在后面拿着一条褥子，老胡拎着女人的包，那包的背襻很长，丁零当啷撞老胡的膝盖。都说死人死沉死沉的，老陈后来回忆，似乎没有什么特别的感受。当时脑子一片空白，就像抱着的是一只口袋。

二嫂子也在行政局领工资，老胡想到这个，嘴角会笑出安慰。她的儿子媳妇说不定能由此回心转意。自己也领二嫂子到大商场去转转，给二嫂子买双鞋，买两件时兴衣服。可什么样的衣服时兴呢？老陈有些犯难。他又想，试衣服的时候可别碰到熟人，万一碰到庄里的人这成什么了，人家肯定会看了这个看那个，说，你们什么时候偷偷摸摸把事儿办了，咋没请我们喝酒？老陈的脸有点烧，他觉得，还是不能这样做，这是找着生是非呢。

行政科不来搬东西，老陈一天到晚心理惴惴。话在嘴皮上，却不能跟二嫂子说。他怕说了以后办不了，让二嫂子空欢喜。那天又该贺局值班。现在很少看见贺局，他不出来跑步，也不找老胡聊天。他就在屋里看东西。灯光底下，一会儿翻书一会儿写字，忙得很。贺局显得凝重了，脸总是沉着，看上去老气横秋。不像过去跟谁都是一张笑脸，跟谁都说笑话。有天小秦叨咕，贺局咋改脾气了呢。那天小秦开车去送人，明明是贺局派的活，可回来却被爆批一顿，说他私自行事。小秦不敢分辩，站在园子里抹眼泪。小秦站的地方，两步远就是月季花丛，老陈在周遭培上土，好方便浇水。小秦自言自语的时候，被老陈听见了。老陈站了片刻，回屋了。他嘴笨，不会安慰人。再说，他也不知道说些什么好。

老陈何尝不知道贺局改脾气了呢。过去走碰头，贺局总是先说话，或者开句玩笑。现在则是撞成死疙瘩，也休想听见贺局说句什么。他总是皱着眉心，眼里斜出一缕寒光，老陈看见他心里就敲小鼓，心里有话想说却说不出的滋味很难受。这天，老陈鼓足勇气去了局长办公室。他想，这个事贺局说不定早忘了。他每天工作那么忙，咋会记着一个临时工的事。成不成给个痛快话，也省得整天惦记得睡不着觉。关键是，一个月的时间眨眼就到了，不能等陈先把二嫂子轰出去。万一这里不成，也好早想别的法子。贺局正在批阅文件，头也不抬地问，老陈有事么？老陈说，贺局，我想问问我二嫂子的事……话没说完，贺局截断说，这件事，以后再说吧。

老陈猫样地从屋里退了出来。他的心怦怦直跳，紧张得脊梁沟直冒汗。他心里晦暗得厉害，觉得贺局的态度怎么还不如以前了。他没看见贺局盯着那扇门怔怔了好久，站起身来，在屋里转了半天磨。

他不可能再调一个人来，那样知情范围有扩大的危险。

9

老胡习惯中午眯一会儿。下班时间，如果有人出来进去喊他开门他会很烦。当然，这是指开车的。电动门留了一道缝，人能进能出，这样老胡就可以踏实睡觉。小安没敲门就进来了，找火儿。老胡还在打鼾，小安在屋里趸摸了一圈，拉开了抽屉，一眼就看见了那副太阳镜，躺在一堆铁丝电线旁边。好的东西会拨动人的心弦，小安捏着眼镜腿，举起来看商标。非常巧合的是，他是太阳镜控。"老胡，你这眼镜哪来的？"喊了两声，老胡才一骨碌爬起身，用手背抹了下嘴角的口水，心里跳了一下，没有马上回答。平复了一下自己，才装作没听清的样子，问，你说啥？小安又问了句，老胡才回答，拣的。小安问在哪儿拣的。老胡说，在横街那边，银行门口的花台上。小安说，如果是真的，这款眼镜叫肖邦，是世界名牌，最贵的一款产品诞生于 2012 年，售价 40 万美元。

老胡连连摇头说，不可能，不可能。真的哪会让我拣到，那样贵重的东西人家也不会随便丢。

小安端详着，嘴里说，也是啊。能戴这种眼镜的人也不会在花台上坐着，除非是跳舞的大妈。你拣多久了？

老胡仰着头琢磨,说,有日子了,很多天了。

小安架到了鼻梁上,眼前明晰而又清凉。柜子,电视,床铺,以及床铺上的老陈都有一种古旧的感觉,眼前涌动着波纹,像水一样滋润。小安不满足,想戴着看外面的天空。房门原本打开着,挂了条布帘。小安掀起布帘往外迈腿,跟人撞上了。

小安吓了一跳,贺局在外面站着。

小安仓促喊了声贺局,把腿收了回来。

贺局的脸色铁青,像是墨镜下面把脸做旧了。贺局走进了屋里,威严得像尊神。小安很是惶恐,慌忙把眼镜放到桌子上,说贺局您忙着,我走了。

贺局问,你贵姓?

小安说,我姓安,安全的安。

贺局牵了下嘴角,权且当作笑。他说,好姓氏,生来就是保家卫国的……是刘局让你到这儿来值勤的?

话里有话。小安赶忙解释说,刘局官大,管不着我。我负责横街上的治安,归派出所管。

话没说完,赶紧朝外走。

贺局面向老胡,"嗵"地蹿出来一股邪火。这个时候的小安还没下台阶,就听贺局说,你是干什么吃的,大中午不关门,随便闲杂人员进出,我看你是不想干了!

老胡不怕贺局,赖唧唧地说,我又不是铁打的,就不能眯一会儿?

贺局余怒未消,挑起门帘看了看,电动门的一角有小安的半个脑袋晃了下,就消失了。贺局回过身来,死盯着老胡,把老胡盯得发毛。

老胡嘟囔:"你这么瞅我干啥,我又没做啥错事。"

贺局恨不得给他一嘴巴。你还长本事了,居然跟警察搭讪上了。

这样一张蠢到家的脸，居然说没做错事。那个墨镜居然还保存着，居然还给警察看。真是个不知死的鬼！

那一晚，墨镜原本在外面的沙发扶手上，跟手机在一起。贺局往外去搬救兵时看见了，随手拿过来架到了靳尚的脸上。这就像之前给她套裙子一样，只是个复旧行为，完全是下意识的。贺局看见了老胡摘下墨镜装口袋的那个动作，可因为内心高度紧张，他没把这个当回事。

后来就把这茬儿忘了。

贺局让老胡把墨镜砸碎。立刻，马上。老胡不愿意，说这是好东西，戴上看外面，可舒展呢。贺局还是没忍住怒火，给了老胡一个脖儿拐。当然动作只是象征性的，并没有多少实际的力道。只是指尖划着了老胡的皮肤，在下颏的边缘地带有了一道红线。老胡激灵一下，梗着脖子说："你打我？"

贺局说："我要你长记性。这件事不是小事，万一让警察盯上，大家一起坐牢！"

这话并没有吓住老胡。若是在乡间，帮人殡葬是要吃席面的。现在不吃席面反而挨打，这是瞎驴干的活啊。老胡赌气地把墨镜扔到地上，拿起桌子上的锤子，三招两式就给砸碎了。

贺局说，把碎片撒远点，别撒在一个地方。

缓了缓，贺局又说，你别把这事儿想简单了……警察会来找你的。

坊间的许多传说像风一样刮了起来。确实有两个警察来了解情况，一个提问题，一个管记录。他们先找了老胡，在老胡的警卫室里耽搁了足够长的时间。老陈柱着锄头朝这边望，心里想，警察肯定这样问：你是他老舅？你是他老舅？你是他老舅？声音不知是从哪儿传了来，一下一下撞击耳鼓。老陈陡一转身，一股风刮了过来，把他的草帽子刮跑了。是股旋风。乡间有说法，旋风里有人的灵魂。小时候若身边起旋风，要"呸呸"啐两口，以示与灵魂划清界限。老陈惊惧地看着草帽撵着旋风走，像车轮一样翻转，被长高的萝卜挡住了去路。老陈呆看了老半天。他越来越习惯戴草帽，眉目压得低低的，看不见人，也不让人看自己。其实天气凉了，戴草帽已经不合时宜了。他冷不丁一抬头，就发现三楼的玻璃窗上有人往外望，老陈从东往西数窗玻璃，断定那是贺局的办公室。

警察从台阶走了上来，边走边抵着头嘀咕。其中一个警察朝老陈看了一眼，老陈吓得裆里一湿，尿了。他赶紧把锄头扔得高高的，耪地。裆里的那股热只是瞬间，转眼就凉了。他刚想回屋换条裤子，就见老胡脑袋上的布帽子一级一级顶了上来，老胡低着头，手里卷着烟，脸上是一块平板，嘴唇耷拉着，一副丧门神样。老陈的心就在嗓子眼别别地跳，那种跳法很特别，像偷着跳一样。老陈仰脸看着他一步一步走近，问："警察是不是问，你是贺局的老舅？"老胡吃惊地说，你咋知道？老陈的心一下就冷了，就像被穿堂而过的风刮歪了。老陈殷殷看着老胡，希望他说仔细些。老胡给烟点火，轻描淡写说，也没问啥，就问了车的事。老陈问，你咋答的？老胡仰着脸，满不在乎说，咋知道咋答。老陈就不想往下问了，他怎么觉得，老胡变得不那么妥靠，平时一张大嘴，今天怎么变严实了？

小秦在楼门口招手，说胡师傅，你上来一趟，警察有请。

老胡慌忙掉转身，往办公楼的方向走。老陈留意到老胡的腿脚明显变软，像陷进泥塘一样拔着走，胳膊也划水一样用力，这让整个身型像只鸭子。老陈心麻乱，待老胡在楼门口消失，他把锄头丢下了，蹲下身去。想了想，又站了起来，觉得裆里的那股冰凉浸透了身子，他不想干活了，他想回屋。

郑局在廊下站着。

郑局跟贺局年龄不相上下，但看着比贺局有城府。他经常麻着脸，见谁也难得笑一笑。老陈只远远听老胡介绍过他是谁，从没到近前打过招呼。不好躲，老陈硬着头皮朝郑局走过来。郑局倒背着手，看着他走近，面无表情说，陈师傅，那些月季怎么长腿跑西边去了？

老陈觉得灵魂快要出窍了，他嘴里说"哪个西边？"滞缓地转身，见那月季凋零了不少，但中间一朵粉色的团花大朵，傲傲地挺着脖子。心是慌的，脑子是乱的，过去想好的理由都想不起来了。没容他说话，郑局又说了句："下雨的时候你一遍一遍朝那里跑，到底想去查看什么？"

"轰"的一声，老陈觉得脑顶开了口子，像开锅一样蒸腾着往外冒热气。热气冒完了，心就凉了。老陈觉得自己快要死了。他心说，完了完了，郑局把一切都看见了。他若是拿把锹在那里随便挖几下，就会发现下面的土都是客土。都是客土，底下必有掩埋。

老陈悲怆地捂住嘴，泪眼模糊地看郑局。郑局已经丢下他，走了。原来人家只是随口一问，并没想多做交谈。

躺在床上，老陈的筋骨都散了。他望着大片白屋顶，苍蝇屎一样落了只吸顶灯。他想自己真是作孽啊，人家如花似玉的一个人，开好车，穿高跟鞋，就那样被草草埋了，像埋只猫儿狗儿一样。一锹一锹的土直接落到了脸上，这要让家里人知道，多心疼啊！

下一刻，警察也许破门而入，像电视里演的一样，一边一个掰住他的膀子，大声喝：陈庆海，你被捕了！

做梦呢，这都是做梦呢。自己还在乡下看稻田。眼下稻子又明晃晃了，水里养鱼和螃蟹，逮些蚂蚱油炸，正好下酒。回家有二嫂子烙的葱花馅饼，进院子都能闻到香味。有一次，他发现二嫂子吃的饼是素馅，肉都在自己的这张饼里。老陈气坏了，嚷嚷说，我是管不起你吃肉么？你要是再这样，我就不吃你做的饭了！二嫂眼泪汪汪地说，我这阵儿不想吃肉，这素馅多搁了油呢。他当时就信了。边吃边觉得素馅也许更香，却不好意思张嘴要。眼下老陈突然想，二嫂说的是实话么？

房门是被撞开的，一股阴凉的风首先钻了进来。老陈一激灵，陡然爬起身，进来的是老胡，脸上漾着隐秘的快意和兴奋，大鼻头水滑油亮。他把一个信封丢到了老陈的怀里，鬼魅地说："整整五千块，你快数数。贺局给的，没白干吧？"老陈恨不得把他一脚踹出去，他见不得老胡的一脸贱样。可嘴里问，警察呢？老胡说早走了。老陈的心里宽亮了下，问啥时走的。老胡说，他们坐的时间不长，公安局的刘局找贺局喝酒，他们就先走了。老陈说，哦。老胡坐在床边上，看了老陈一眼，说你是不是担心了？老陈嘴里说，我担啥心。老胡说，你担心就对了，今天的事好悬，换成是你，说不定会尿裤子。

老陈看着老胡。

老胡说，你不知道小三子多能啊。我一进门，小三子就招呼我坐他后边，他能遮挡我半边脸。我想看警察，得伸长脖子。小三子回身说，听说你手里有墨镜，警察问你要墨镜来了。我吓了一跳，多亏前几天把墨镜处理了，要不，麻烦可大了。这个时候就得看反应，我说，你们要是早几天来就好了，墨镜摔坏了，让我扔了。警察问我扔哪儿了，我说，扔垃圾箱了。一个警察刚要往外走，看样子是想去找垃圾箱，我说，那天正好过个垃圾车，把垃圾箱拖走了。

一个警察哎哟哎哟地叫，另一个说，找到也不一定与案件有关。

警察说起那款太阳镜，叫肖邦，估计整个埧城不会有第二个，是靳尚从瑞士买回来的。警方发布寻人启事提供了太阳镜的品牌，碰巧手下的兄弟是个太阳镜控，世界上所有的品牌没有他不知道的。就是他提供了线索。

贺局说，小安子？

警察说，您认识？

贺局说，他老过来串门，跟老胡是忘年交。

警察用一只手挡住嘴，小声对贺局说，这个小安子是刘局的女婿，下来镀金的。他说门卫手里的眼镜绝对不寻常，世界上不会有这么巧合的事，他捡来的眼镜，恰好是失踪女子的眼镜品牌，这个品牌又如此珍稀。何况，女子的车又停在行政局的停车场，这里形成了完整的证据链。

我端着的水杯就在这个时候洒了。水是贺局给我倒的，瓷杯，上面有盖。贺局端水的时候开玩笑说，这是我老舅，我得恭敬点。两个警察都笑，他们知道我这个老舅是叔伯的。杯子盖摇晃一下，落在地上，摔成了好几瓣。贺局假装没有听见警察的话，拨电话，找刘局。电话通了，贺局站起身来说，你把女婿派到行政局来搞侦破，也不告诉我这当叔叔的一声，老刘你不够意思！刘局说，这小子在横街值勤，到你那儿添什么乱？回头我教训他。贺局说，那不行，若有诚意，你得带酒过来亲自道歉。刘局说，你不就是想酒喝了么？你过来，我请！

合上手机，贺局对警察说，我老舅就这个尿样，见不得官，买卖人口时，让警察吓着了。警察说，我们哪里是官，贺局才是呢。打听买卖人口是咋回事。贺局说，年轻的时候偷烟叶，把对象偷黄了。我心说，这不是我，这是老陈啊。但一会儿我就明白了，当然不是贺局记混了，贺局这是在讲笑话，调节气氛。贺局又说小石人，又说玉芳在东北，说老胡打光棍打得多么苦，这些人都是老胡买的。可小石人不是男的也不是女的，就是个二尾子。玉芳在东北有瘫子丈夫，他这是给人家拉帮套。听得警察哈哈大笑。然后，他们就不说案子了，说闲话。警察说靳尚的丈夫姓吴，因为靳尚经常夜里不回家，所以老吴一直不主张报警。后来是靳尚的妹妹感觉不对劲，才催着老吴报了警。报警后老吴也不积极配合，问他最近一个时期有没有跟靳尚闹矛盾，他说他们总闹矛盾，没有一天不闹矛盾，只要在一起就闹矛盾。

后来呢？老陈问。

警察走了。老胡答。

警察走了贺局就拉抽屉，拿出来两个信封，一样厚。他说这里各有5000块钱，老陈一个你一个，这个事就算过去了。

怎么会过去呢？老陈不解。

老胡奇怪地看了他一眼，说你不愿意过去？

老陈说，人还在地底下躺着，家人肯定会没完没了地找，找不到不罢休。怎么会你说过去就过去呢？

10

贺局三天没来上班，老胡就有些慌了。老陈起初没当回事，人家也许出去开会去了，旅行去了，跟领导出门办事去了，当官的不上班，理由多着呢。可老胡的慌张感染了他，老陈也有点沉不住气了。他问警察来的是哪天，老胡说，就是三天前么。老陈说，糟了，那天贺局跟刘局一起去喝酒了。老胡说，对啊，是刘局派车来接的，刘局有专车，是辆大越野。老陈缓缓蹲在了畦垄上，说自那天你就再没看见贺局？老胡说，没看见。老陈说，他肯定是被抓起来了，你信不信？刘局请他喝酒是幌子，事情一定是漏兜了！老胡一下就没魂了，脸色土灰。好半天，老胡才缓上一口气，说你这是咒人呢，你咋能咒贺局？老陈不理老胡，用特制的挖锨翻地。越挖越快，他想甩开老胡。老胡却亦步亦趋地跟紧他，老胡说，贺局不是一般人，谁也抓不了他。

老陈说，难说。

老胡说，贺局在龙穴上办公，不信你走着瞧。

总算有消息传了出来，毫无征兆，县里人事大调整，贺局调走了。属平调，到另一个局仍然当局长。靳尚的事，刮了一阵风，很快归于平淡。现在，连她的家人都相信她对生活失望离家出走了。

车为什么放在行政局的停车场是个谜。有人说，是为了不让她丈夫找到。

谁知道呢？

眨眼就过了秋分，秋寒露重。老胡早早穿了秋衣和外套。每天早晨上班，老胡就站在门口履行职责。机关里的车他都认识，遇到不认识的，他会喊司机停下来，把本子递进车窗，登个记。很多车窗都会摇下来，跟他打声招呼。特别是小青年，有时会把他喊应了说句话，这是过去。某一天早晨，一辆车的车窗也不见摇下来，老胡很纳闷。关键是，有些人，老胡愿意跟他们打声招呼。可似乎没人愿意再理老胡。老胡举起了手，脸上堆起了笑，预备跟人家对个眼神，可车子往左一闪，人家进了停车场。

老胡傻了一样戳在那儿，觉得自己变成了根木头。

老胡和老陈冷战好一段时间了。两人在饭堂见面也不说话。老胡不说话，是为赌气。老陈不说话，是越来越不待见老胡。老陈看出来了，那个事情一旦事发，老胡绝对会一推二六五。那天他在外面挖好了坑，贺局让他和老胡把人抬出去。可老胡平时咋咋呼呼，关键时刻麻杆胳膊一点力气也没有。他抬着头的这一边，那女的脑袋顺着他的腿缝往下滑。贺局急得要跳脚，关键时刻老陈把人横着一抄，抱了起来。贺局从床上抻了条褥子，老胡拎起了她的包。当时老陈心里还想了一下，觉得贺局抱了条褥子也算有情义，那土坑里又阴暗又潮湿。那个时候，老陈脑子里一点别的想法也没有，就是一门心思快把人埋掉。事后他经常想，咋不把女的放到某个地方呢，也许她会缓过来。即使缓不回来也可以及早被人发现，家属不用报失，警察也不用破案，女的死因一查明，他们和贺局也不用如此担惊受怕。想到女人可能会缓过来老陈就觉得受不了。老陈跟老胡交流过看法。可老胡嘴损，说要怪就怪老陈，坑是老陈挖的，人是老陈丢进去的，要说与他和贺局都不相干……话没说完，老陈把铁锨抡圆了举起来，看见老胡跑，一家伙拍到了脚印上。

老陈看老胡戴小蓝布帽子的脑瓜一出现，老陈就躲着他走，老胡气得扑哧扑哧的。有一天，老胡实在是憋得难受，打远处就喊老陈，说我跟你说几句话。那几句话都是苦闷，像绵绵雨水一样长无尽头。老陈一点都不同情他。老陈说，你就是个临时工，贺局在这儿你也是个临时工，能有啥区别？人家跟你打招呼和不跟你打招呼，能有啥分别？说起一些观点，敢情老陈一点也不像没嘴的葫芦，说话赶劲着呢。可老胡说，咋没区别，你整天跟哑巴菜打交道，当然感觉不到。比如小秦，过去进出大门总是您长您短的，现在却连正眼都不瞅你。这不叫分别？

老陈说，过去因为你是贺局的老舅，现在你是啥？

老胡说，现在我是老胡。

老陈说，知道自己是老胡就得了，还争这争那。

老胡说，我就是咽不下这口气。

老陈说，哎呀呀，你真是让贺局惯坏了。

老胡呲牙一笑，说他听我的。

老陈心里一凛，笑不出来。他知道老胡所指是什么。那一大片阴影像座山一样横亘，堵塞了他所有出气的毛孔，他时常感觉到无望和窒息。他不知道拿这些事情怎么办。他摆着手，烦躁地说，走走走，别让我看见你。

老胡耷眉搭眼走了几步，突然回头说："要是贺局在，你不敢这么对我！"

老陈苦笑了一下，嘲讽说："快别贺局贺局的了，你多大了，断奶了么？"

稍微耐一些寒的菜品，就剩下了娃娃菜和萝卜。娃娃菜有两百棵，萝卜也有两百个，都长得膀大腰圆，够食堂吃半个冬天。老陈计划，收了娃娃菜和萝卜，储存好，就回家了。来年还是给人家去看稻田，没在这里挣得多，但比在这里踏实。

也不知二嫂子怎么样了。有一天老陈梦见侄子陈先跟二嫂子打架，老陈二话没说就去拉偏手，结果被侄子打了。醒来他半宿没睡着。他想，陈先是不是已经把二嫂子轰走了？

想到这点，老陈很不踏实。

新领导是个女的，姓白，是从乡镇调上来的，身上一股泼辣劲。第一件事，就是把老胡和老陈的三百块钱扣掉了。白局看着表格说，天底下就没有花匠和看门的还领午餐费的，贺局可真会做好人。

郑局在旁边说，什么花匠，就是一个种菜的。

白局朝窗外看了一眼，说干活倒是把好手。

即使明年不想再来种菜，按照庄稼人拾掇土地的路数，老陈也坚持把粪肥焐到畦垄里，用挖锨排一遍，这样粪肥被翻到了土壤里，能有效保持肥力。来年开春，不管谁接手这个活计，把畦垄里的土疙瘩荡平，就可以下种了。直腰的空儿，他有时会看一眼办公楼，从东数第五个玻璃窗，是贺局的办公室，按照老胡的说法，那里是龙脉，眼下是姓白的坐在那里当局长。就像唱戏一样，你来我走，你下我上，说动地方就动地方，真是铁打的衙门流水的官啊！

大门口传来吵嚷声，老陈竖起耳朵听了下，把挖锨使劲戳到了地上，大步朝那里走。老胡背着手擦着电动门转，冷着脸对扒在外面的女人说，我说不让你进就不让你进，说出大天来也不行。这是机关单位，不是你们祖家宅！谁想进就进，还有王法么？

我是上次来送馅饼的人，今天也是来送两张馅饼，老胡大哥不认识我了？

别套近乎，我啥时认识你了？

庆海说，你还夸我的手艺好呢。

我啥时夸过你手艺好？

老胡大哥，你就替我喊一声人吧。

我不认识陈庆海。

女人凄苦的面容越发显得凄苦，她无奈地看着老胡。

老胡摆着手说，走走走，哪儿来回哪儿去，别让我看见你！

后面刮着风声挥过来一只拳头，只一下，老胡就摔倒了。

老陈把电动门打开了,小秦从围观的人缝里挤了进来,跑上了办公楼。白局正站在窗前朝外看,问小秦门口发生了什么事。小秦说,有个女的来给老陈送馅饼,老胡不让进。两个人因为这个干吵子,然后又动了手。

白局说,没想到老胡这么敬业……谁打得过谁?

小秦说,老胡哪是对手,一下就让老陈打倒了。只不过……小秦有点迟疑。白局紧着问,不过什么?小秦说:"老胡跌倒时,头正好撞到了电动门上,流了好大一摊血。"

白局说:"老陈看起来是个老实疙瘩,怎么也会打架!"

桃花寺

1

如果你年过五十岁了，是正处，有一头浓密的黑发，该是多么庆幸的事。当然，头发可以是染的，发根是森森的白。这都没什么。比罗圈头好，比地方支援中央好，比聪明的脑袋不长毛好。早些年有卖生发水的，偷偷使用的肯定不在少数。若是真有用处，就是贵似黄金估计也不在话下。在乎自己头顶的人肯定非富即贵。钱在他们眼里就是纸，纸与纸没有不同，只是有些纸擦屁股，有些纸糊窗户。糊窗口都不亮，这是蒯仰三对待钱的态度。

俞少白喜欢听蒯仰三的高见，里面尽是朴素的哲理，超越了一个上司对一个下属谈话的基本范畴。这里有两个因素很重要，偏远的车道峪乡，蒯仰三在那里当了八年乡镇长。俞少白从打字员干起，也在那里待了十五年。但两人没有发生交集。蒯仰三提职早，二十几岁就升了正处。他从车道峪乡进城，两年以后俞少白才参加工作。若干年后，蒯仰三以某行政局局长的身份下乡去车道峪，俞少白作为民政助理参与了接待。席间喝酒，俞少白像乡里的书记乡长一样叫蒯仰三三哥，蒯仰三眼一横，说你叫我什么？三哥是你叫的？俞少白连忙改口，说三叔原谅少白不懂事，我先自罚一杯。说完，三两的一杯酒一口就干了。

民政助理是科级，公务员身份。但在乡镇上升的空间很小，因为这样身份的人很多。组织、宣传、残联、企管、工团妇武，乡镇就属于那只五脏俱全的小麻雀。那次酒席蒯仰三对俞少白的印象不错。酒喝得，话说得。学历高，多才多艺，带眼儿的能吹，提起笔能写，书记镇长都夸人品。俞少白自然也参透了事，蒯仰三还在路上，俞少白的短信就发过去了。无非是认识三叔三生有幸，以后多多栽培之类。蒯仰三问他想不想进城，进城要不要位子。俞少白喜出望外，说只要在三叔麾下，提鞋都干。三个月以后，一纸调令到了车道峪乡，俞少白进城了。先在行政局当办公室主任，三年以后，加括弧了，副局长兼了办公室主任。

蒯仰三要是看上谁，能把谁当儿子待。这是俞少白的原话。

很多事情，都是天知地知你知我知，知之为知之。一晃，俞少白已经进城六年了。这六年，他与蒯仰三合作愉快，怎么个愉快法，看两个人的眼神就知道。一个像父亲，另一个，像父亲的父亲。蒯仰三说自己慧眼识珠，俞少白从一个偏远乡镇的小干事，成长为一个干才。若自己退休，俞少白掌管大局绰绰有余。当然这都是私密话，蒯仰三也只是在私密人之间才说出口。但既然说出了口，就不能不让人动心。动心的不一定是俞少白本人。俞少白是山里人，父母至今都在山里经营果树。自己能当个副处级，已经是烧高香了。最起码，表面上看去是这样。俞少白眼神沉静，也很难见他浮躁，但别人的嘴封不住，一说他跟对了人。蒯仰三是老干部，在书记县长面前说话都占分量。又说他会做事，六年把蒯仰三伺候得舒心舒意。蒯仰三是个挑剔的人，但愣说不出俞少白的半点毛病。这些言语像风一样在暗里刮，表面看不出什么，其实几个副局长都很紧张。

六年俞少白的变化并不大。他刚及不惑，脸上长了些肉，面相老成了些。每年的工作报告都是他亲自动笔写。会议召开前十分钟交给蒯仰三，蒯仰三十二分放心。但这六年对蒯仰三不一样，自从知了天命，腮帮子明显下垂。眼睑多了虚肉。更显眼的是一头浓密的黑发插灰了。蒯仰三就恨插灰的头发，说要不你就白，要不你就黑。这插灰最不叫玩意儿。过去他以此为话题没少嘲笑别人，那种说灰不灰说白不白就像落一脑袋家雀屎。现在家雀屎落在自己头上，每每提及，蒯仰三多少都有些难为情。他自嘲说，少年莫笑白头翁，仰三也不天天红。大家劝他染一染。蒯仰三说，他不是不想染，是过敏。染过一次，脸肿得像发面饼一样，十多天见不得人。大家哈哈笑，说难怪有阵子十多天没见您人影，都以为您去外地开会了。

党组会议完正事儿，副局长杜仲摸着脑袋说，该剃头了。俞少白说，那就整建制地去剃，我请客。说完，发了一个短信。另几个副局长有说该剃的，有说不该剃的。女局长屈小明快言快语，说我不去，我去会让你破产。她是方便面脑袋，打理一次得大几百。俞少白看着蒯仰三的插灰脑袋，刚要说什么，电话响了。里面有个女声娇柔说，表兄，你要的那种不过敏的染发剂到货了，是专程从尼泊尔带过来的。俞少白说，你确定不过敏？电话里说，确定。没有化学成分，是从植物身上提取的，这种植物只有尼泊尔的阳面山才有，所以很珍贵。俞少白看着蒯仰三的眼睛，继续对电话里说，你光说不过敏不行，我们得试试。电话里说，要是有空，现在就过来吧。

出门左转弯是一条细肠子胡同，长着几株大脑袋国槐。俞少白边走边向几位副局长介绍，表妹过去在京城一家发廊打工，学了手艺，回来自己当了老板。三天前开的业，门口的炮仗皮子估计都还没扫净。杜仲说，你嘴可真严，早说我们也去给表妹捧个场。俞少白说，鸡毛小店混吃喝，哪敢劳你等大驾。

店里就两个小师傅，只能一人把住一个脑袋。俞少白跟表妹坐在吧台前研究"一染黑"。俞少白详细了解了使用方法，表妹说，产品绝对是好东西，就是用起来有点费事。

俞少白问怎么个费事法，表妹说，要一点一点顺着头发打理。产品对发质没有丝毫损伤，但对皮肤不好。尤其是碱性皮肤，会有烧灼感。

俞少白说，这就是过敏啊。

表妹说，这与过敏是两个概念。液体只要三秒钟内不接触皮肤，过了三秒钟，就什么事也没有了。

俞少白把产品放到包装袋里，按原样包好。表妹问，要不要我亲自做下示范，俞少白说，等我电话吧。

2

周五下午相对清闲。下班前俞少白去了蒯仰三的办公室，说这就让表妹过来，您有空么？蒯仰三正在摆弄那些草绿色的小包装，有些心有余悸。这玩意行？俞少白心里托底，但嘴里留分寸，说我也不敢打包票，您只能试一下。蒯仰三说，合着我就给你当试验田了？俞少白说，不入虎穴焉得虎子。蒯仰三还是有点犹豫，俞少白灵机一动，说要不先用我的脑袋试试。蒯仰三说，你也过敏？俞少白说，我没用过染发剂，也不知道过敏不过敏。把蒯仰三逗笑了，说，上当就一回，咱这就走。俞少白说，哪能让您屈尊大驾，我这就让表妹过来。蒯仰三说，还是我过去吧，别影响人家做生意。俞少白说，给您服务就是最大的生意，这么点道理我们懂。

俞少白拨通了表妹的电话，说带上所有的家什，过来吧。

王雨淋敲门进来，眼神还没聚焦，先喊了声三叔好。

蒯仰三情不自禁站了起来，打量着王雨淋，说这身材怎么不去当模特——谁让你喊三叔的？这一喊把我都喊老了。

雨淋把包放到墙角的柜子上，那里有只花瓶。雨淋把花瓶往里推了推，手脚麻利地把包里面的家什一件一件往外拿，嘴里说，不叫三叔叫什么？

蒯仰三说，叫三哥。

雨淋吐了下舌头，看了眼表兄俞少白，连声说不敢不敢。我还是按规矩来，叫蒯局吧。蒯局好。

蒯仰三说，让你叫三哥你就叫三哥，看你表兄也没用。叫一声给我听听。

俞少白说，恭敬不如从命，雨淋，就叫三哥吧。

雨淋喊了声三哥。

蒯仰三说，我就缺表妹。她不喊三哥，我咋叫你表妹？

雨淋对俞少白说，表兄，蒯局占我便宜——我不想当表妹。

说完三人都笑了。

雨淋回身拿暖水瓶，给蒯仰三倒水。慌得蒯仰三抢杯子。说你到这里是客人，我该给你倒水。雨淋说，这种活就是女孩子该干，您给我倒，我敢喝么？

俞少白看着他们纷争。站起身说，雨淋一来，就显得我不懂事了。可心里想的是，早看出杯子没水了，俞少白就是给表妹留点活计。

蒯仰三说，俞少白就够厉害的了，王雨淋比俞少白还厉害。

俞少白说，我们加在一起也没蒯局厉害。

雨淋敞快地说，表兄听不出？三哥这是骂我呢。

小皮包里的家什被雨淋搬到了办公桌上。雨淋说，三哥您可别紧张。先喝水，上厕所，抽够了烟，哪儿痒挠舒坦。一会儿我干活，就不许动了。蒯仰三问为啥不许动。雨淋脸一绷，说动了容易过敏，过敏我可不负责任。蒯仰三说，过敏与动有啥关系？雨淋没绷住，笑了。俞少白说，蒯局别听她胡说，她是跟您耍嘴皮子呢。蒯局说，你当我听不出？我愿意听雨淋耍嘴皮子。雨淋朝俞少白挤了下眼。蒯仰三问染一次头发用多长时间。雨淋说，理论上要用两三个小时。蒯仰三问，如果不理论上呢？雨淋说，一两个小时也成，就是得有代价。蒯仰三问什么代价。雨淋说，明早您的脸如果变成发面饼您可别怨我。蒯仰三大惊失色，说这头我不染了，快把你的家伙收起来。雨淋边戴手套边说，这可由不得您。请神容易送神难，您以为我就那么好打发？

那种精细和温柔，让雨淋的尖尖十指诠释得充分而愉悦。对面墙上有一块镜子，蒯仰三偶尔能从镜子里看到雨淋的神情，专注得似乎连眼睛都不眨。俞少白出去抽烟的空，蒯仰三拉了几句家常。老家在哪儿，有无姐妹，读的什么书，生意好不好。雨淋有问有答，但话都说得简略。调笑的神情收敛了，雨淋变得一本正经。长睫毛的弧影下是一片浓荫，映着两方水塘。蒯仰三偶尔看雨淋一眼，问名字是谁给起的，那么恰如其分。雨淋一噘嘴，说我就知道您会笑话。因为我的名字，他姑姑跟他姑父干了半辈子仗，说这名字潮，总也晾不干。蒯仰三问他姑姑他姑父是谁。雨淋让他猜。蒯仰三说，我猜不出。雨淋没憋住，仰起脸来咯咯地笑，说他姑姑是我妈，他姑父是我爸。蒯仰三这才知道她是指俞少白说的。惨遭戏弄，蒯仰三骂了句坏丫头，顺便在她的腿上拧了一把。

这一宿没睡安稳的除了当事三人还有杜仲。杜仲是五位副职中排名第一的。资格老是一方面，还有一方面，当过县主要领导的秘书。后来领导外派，他"下嫁"到了行政局，任副职。若是领导不外派，他随便到哪里当个正职都是小菜一碟。一觉醒来不到六点，杜仲却做了噩梦。梦见蒯仰三被"一染黑"毒倒，脸肿得像黑桑葚。他惊惧地摸过手机给蒯仰三发了短信，把梦境说了。蒯仰三没回。同一个时间，王雨淋给俞少白发了短信，问有没有消息。俞少白也没回。时间还有些早，俞少白计划过六点，再给蒯仰三打电话。他知道蒯仰三睡眠不好，经常靠早晨这段时间补觉。时间一分一分地熬，那才叫度时如年。距六点还差五分钟，手机突然响了。俞少白一看是蒯仰三来电，倏然坐起身，张口就说：重不重？

蒯仰三明显还没起床，说话一股被窝味。他说什么重不重，啥事都没有。这个染发液真正好，头发黑得自然，你嫂子都说跟过去没区别。"咚"的一声，俞少白心上的一块石头落了地，同时也听出了"你嫂子"这三个字有些单出列的味道。这个"你嫂子"，按照过去的章法，俞少白应该叫婶子。可因为见面机会少，俞少白只是在背地里叫过。今天自己突然长辈儿了，俞少白很清楚，是沾了表妹的光。这个丫头不寻常，染了次头发就把人哄转了，是做生意的料。

俞少白问蒯局有啥指示。蒯仰三说，上午八点半有常委扩大会，你替我开一下。按照惯例，常委扩大会要扩大到部室委办局的一把手。俞少白心里一动，说您……真没事？蒯仰三说，真没事。回头你也告诉雨淋，让她别惦记。俞少白还是不放心，说没事您怎么不亲自去开会？蒯仰三说，我就不行有点私事？让你去你就去，啰唆什么。俞少白说，这样重要的会，要不……让杜局长去吧。蒯仰三不耐烦了，说你磨叽啥，越是重要的会越不能派他去，连个应变能力都没有。蒯仰三指的是有一次杜仲代他去开会，主管副县长问蒯局干啥去了，杜仲张口就说，中午喝多了。差点把蒯仰三气死。

俞少白在会议室门外却被挡了驾。办公室的小干事说，领导有令，今天的会议很重要，任何人不许代替。俞少白赶忙躲到落地窗帘后面给蒯仰三打电话，却见蒯仰三在院子里下了车，顶着黑森森的脑袋快步朝楼上走。原来，蒯仰三想跟秘书科的同志请假，秘书科的人说，今天县委书记要点卯，不来的人估计要倒霉。蒯仰三匆忙赶来了。

会议室外是宽阔的走廊。蒯仰三一露面，就吸引了很多人的眼球。几个人同时走向他，对他的脑袋啧啧有声，还有人上去摸一把，说昨天还顶着炉灰渣子，一夜之间怎么又成黑煤球了？蒯仰三的脑袋左闪右晃，说别瞎摸，摸坏了你赔不起。也有人艳羡得不得了，说这黑的颜色真周正，用的是啥牌子的染发剂，在哪儿染的？蒯仰三说，是朋友从尼泊尔捎来的产品，纯植物提炼，植物得长在阳面山上。那人说，送我两袋。蒯仰三说，这玩意比黄金都贵，我也就这么一两包。有人招呼开会了开会了。大家呼啦啦往会议室里走，人走完了，关上了房门，俞少白才从窗帘后面走出来，下楼。

路过那条小胡同，俞少白下了车，他让司机回单位，俞少白来到了雨淋的美发店。两边各一棵国槐架在空中，显得门脸又瘦又小。门前只有一辆电动车，大概是哪个店员的。俞少白推门进去，两个小师傅扎在一起玩手机，雨淋靠窗坐着，溜着肩膀，说不出的孤单。俞少白打量着门外说，还是深了些，外面的人进不来。他说的是小店的地理位置，离主街道最少有五十米。雨淋用力抿了下嘴唇，站起身来，摁下了热水器的开关。一个小师傅说，姐，我们去发名片了。雨淋说，一个去南口一个去北口。两人应了声，从吧台拿了名片先后走了。俞少白在一把椅子上坐下了，说那个染发剂，注意别给人使。

雨淋说，我知道。

俞少白说，贵么？

雨淋说，还行。

俞少白说，真是从尼泊尔进来的？

雨淋说，怎么可能。不过，是我过去打工的那家发廊专用的，你放心，市场上买不到。

俞少白点头，说买不到就好。

俞少白喝了口水，看着雨淋说，刚开始创业，不能着急。万事开头难，开了头会慢慢好起来。

雨淋说，房租……工资……水电……税，早晨一睁眼头就是大的。

俞少白说，我也想想办法。

3

粽子节成了欢乐的节日，单位发了洗头票。说是洗头，也包括了剪、吹、染、烫。屈小明找了一把洗头票，足够她大大方方烫一次头发，屈小明高兴地对杜仲说，单位很久没发福利了，现在外面烫头贵着呢。

杜仲说，现在女士烫头都去市里，屈同学不挑地方。

两人是高中时的同学，说话随意些，私下总是以同学相称。屈小明大大咧咧地说，只要把头发整出弯儿，蓬松起来，哪儿烫都一样。屈小明分管财务，杜仲问她这次福利一共花了多少钱。屈小明说五万多不到六万。随后，敏感地问了句：怎么了？

杜仲掩口。赶忙说，不怎么，我就是随便问问。

假日这天是蒯仰三值班，他把雨淋叫过来染头发。雨淋穿了淡蓝色的一套裙装，臂弯里搭着淡粉色的大褂。楼下司机小常正在擦车，看到雨淋走过来，赶忙接过了她手里的包。小常说，姐，啥时给我变变发型吧。雨淋说，你这板寸能变啥，要变只能变秃瓢。小常嘻嘻地笑，说自己的老爹头发白，也想来染发。雨淋说，店里有十几种染发剂，只要不过敏，用哪一种都行。小常正经说，他过敏，比蒯局都过敏。雨淋听出了小常的意思，停住了脚，眨巴着眼睛说，这种染发剂实在量太少了……小常拉了她一把，说我逗雨淋姐玩呢，我爸一个庄稼人，根本不染头发！

雨淋捣了小常一拳，小常笑着说，瞧把你吓的。

一边操作一边聊天，这次头发足足染了三个半小时。蒯仰三躺在椅子上，正好是雨淋的齐胸高。他往上挣动的时候，觉得头就像顶在了棉花包上，把雨淋胸前的大褂都蹭黑了。雨淋的家底基本上都被蒯仰三掏了出来。小时候淘气，学没上好，只读了个中专。还没学会恋爱就差一点结了婚。蒯仰三问啥叫差一点结婚。雨淋说，她是独生女，父母给她早早找了当庄的婆家，生怕她嫁得远。可结婚那天她后悔了，从洞房逃了出来。蒯仰三问她为啥后悔，她说也不为啥，就是没感情。两人在一起没话说，横竖看那人不顺眼。自己一逃了之，爹妈差点气死，赔人家酒席钱，还赔精神损失费，简直倾家荡产。蒯仰三问，后来呢？雨淋说，贴过小广告，在饭店端过盘子，给酒店拉过客。后来表兄资助我学门手艺，我就跑北京去了。在宣武门外的一家发廊一干就是五年。在那儿没法成家立业，这不就回来开店了。蒯仰三说，这个表兄真不错。雨淋说，表兄从初中到高中吃住都在我家，我们就像亲兄妹一样。

染完头发，已经是中午十一点半了。雨淋收拾东西想走，蒯仰三说，饭备下了，吃了再走。雨淋不肯，说店里还有事。蒯仰三绷起脸说，再大的事还能大过陪你三哥吃饭？雨淋说了声"恭敬不如从命"，跟他一起下楼，边走边说，没听见您安排午餐，是不是要现做？蒯仰三说，这点事还让我安排，他们就太不懂事了。两人来到楼下，果然见司机小常和管理员都在外候着。小常开车的后备箱拿了瓶红酒，管理员把帘子打得高高的，嘴里说，表妹，请。

把大家都逗笑了。蒯仰三说，从今往后，雨淋就是行政局的表妹了。

雨淋从没喝过酒，可这种场合显然不喝不行。司机和管理员原本就坐在靠外的位置，此刻好歹吃了口菜，就出去抽烟了。蒯仰三亲自给雨淋倒酒，开始用小杯，后来换了大杯。蒯仰三说，我今天不欺负雨淋，雨淋喝多少我喝多少。雨淋说，酒让我喝就糟蹋了。蒯仰三说，谁喝都是糟蹋，与其让别人糟蹋，不如让雨淋糟蹋——你知道这瓶红酒多少钱么？雨淋拿过来看，一个中国字儿也没有。蒯仰三说，朋友专门从法国捎来的，欧元也要上千。雨淋惊讶说，这么贵！蒯仰三说，今天陪雨淋喝我高兴，换作别人，还真舍不得。雨淋端起杯子先尝了下，一点点甜，一点点涩，但总归不难喝。蒯仰三端起酒杯过来碰，说雨淋是不是要谢谢我？雨淋端详着蒯仰三，说您应该谢我才对，头发染得这么好，这是多大的功劳啊！

出其不意，蒯仰三弹了雨淋一个脑锛儿。把雨淋弹得哇哇叫，捂着脑袋说，长包了，都。

蒯仰三伏过身去看，说我没用劲，哪儿来的包？

雨淋说，没用劲还这么疼，用劲还不给我弹漏了。

蒯仰三说，漏了好，漏了雨淋就不这么聪明了。

饭吃了足够长的时间。蒯仰三讲了许多笑话，把雨淋笑得前仰后合。蒯仰三讲的都是在乡镇工作时候的事，跟老百姓打交道，老百姓如何难缠，他如何机智。比如，有一户妇女不交农业税，他带领干部扛着大秤拿着口袋浩浩荡荡去了她家，给她两条路，交钱，或者灌粮。他把粮食价目表放在女人面前，玉米多少钱一斤，小麦多少钱一斤。女人以为干部是在吓唬她，蒯仰三大手一挥，干部们全部冲到了屋里，翻箱倒柜。女人坐在院子里拍着手哭爹叫娘，说我交钱还不行么。

女人是村里剧团的旦角，哭起来就像唱戏。蒯仰三学的时候，表情和手上都有动作，雨淋笑出了眼泪。

这种生活离雨淋远，雨淋不耻下问，什么叫农业税，粮跟钱怎么转换。那时蒯仰三是副乡长，到人家家里灌粮不犯法么？蒯仰三一一解释。改革开放初期，农民开始不好管，他专门管不好管的人。配合严打抓了个小女流氓，裤腿比腰还粗，说话像放炮一样冲。说我没犯法，你凭什么抓我。蒯仰三脚下用绊子，胳膊往胸前一横，两只手就被别到了身后。腰间的铐子随后就派上了用场，小流氓被铐到了柳树上。夏天蚊子多，小女流氓细皮嫩肉，蚊子打着团地攻击她。小女流氓喊他三大爷，快放了我吧，回家我就把裤子缝进去，再不敢穿喇叭筒了。雨淋嘴一撇，说人家根本不是流氓，不就穿了喇叭筒裤子么？蒯仰三说，你知道什么，那时穿喇叭筒裤子就等于流氓，上级专门有部署。

一顿饭，吃得雨淋脑洞大开。她一杯接一杯地敬酒，三哥三叔地乱叫，叫得蒯仰三心花怒放。蒯仰三提出喝个交杯酒。雨淋问什么意思，怎么个交法。蒯仰三说，喝了这杯酒，从今以后你就是我亲妹子。雨淋醉眼迷离，说亲妹子有什么讲究。蒯仰三说，以后有什么事直接来找我，不用通过你表兄。

雨淋果断喝了个大交杯，胳膊从颈项绕了过去，腮帮子差点蹭着。蒯仰三一把握住了雨淋的手，那手像葱段一样白。蒯仰三说，雨淋。雨淋叫了声，哥。

吃完饭，蒯仰三让司机小常开车送雨淋回去，雨淋不肯上车，说就几步远的路，哪里需要坐车。蒯仰三说，路都走不稳，我没空给你砌墙。管理员带头笑，说我把表妹背回去吧。说完，做了一个下蹲的动作。雨淋踉跄着绕过了他。小常已经把车发动着，开了过来。管理员过来开车门，雨淋顺势栽到了车里。

落下车窗告别，雨淋打了个飞吻。

这回是真让我捣鼓多了。蒯仰三得意地说。

窗外有一棵柳树。还有一棵，也是柳树。这两棵柳树要了人的命了。俞少白模仿着读课文的语调说，那上面也不知藏了多少只蝉，吵得人实在睡不着觉。蒯仰三想让他搬到另一个房间。俞少白说，别人搬过来，还不是照样睡不着。与其让别人睡不着，还不如我来睡不着。窗口就像一个吸音筒，把树脑袋上的蝉鸣统统收到了房间里。俞少白心里烦，起床抽了一支烟。马路要被太阳烤化了，阳光直射的地方像有水波在奔涌。楼下一个身影看着眼熟，白衬衣，灰裤子，歪着肩膀，走路有些拉不开栓。俞少白赶紧拨小常的电话，问蒯局去哪儿了。小常刚睡着，翻身从床上跳了下来，说蒯局要去哪儿？俞少白说，我问你呢，这么大热的天，蒯局怎么一个人走出去了？小常这才醒过闷儿，说蒯局经常一个人出去,他最近偏头痛,去找雨淋姐做按摩了。俞少白本来想说,她哪会做按摩。话到嘴边改了口:你应该盯着点,虽说路不远,走过去也得一身汗。

放下电话,俞少白一屁股坐到了床上。他有些心慌,雨淋会给女士绞脸修面,怎么还会治病了?

4

组织部门来考察后备干部,杜仲在进办公室之前拽住了俞少白,小声说,我推荐你。俞少白自然明白这话的意思。说老兄放心,我心里有分寸。屈小明从后面走过来,大大咧咧说,丑话说在前头,你们俩我谁也不推荐,我推荐我自己。两个人一起朝屈小明笑,杜仲心里不是滋味。屈小明是自己的同学,按理是跟自己关系近的。但她不敢得罪俞少白,才这样说话。不得罪俞少白就得罪了自己,自己比俞少白好得罪。因为俞少白的后面是蒯局。杜仲心里翻腾,但表面不动声色。他与俞少白勾肩搭背走进了会议室,人事科长已经往下发表格了。

民主评议结果,杜仲只丢了三张票,与俞少白得的票数一样多。他拉票的事传到了蒯仰三的耳朵里,蒯仰三大发雷霆。杜仲也有点小脾气,跟蒯仰三拍着桌子说,我光明正大,拉也拉在明处。论水平,论资历,论贡献,我跟谁比都不弱。副职中我排名第一,怎么就不能当后备?蒯仰三说,我们这个集体,是团结、和谐的集体,谁后备我都没意见,关键是,你这样是出杂音。杜仲说,我退出竞选就不出杂音了?那么我来问您,谁胜出才不是杂音?还有谁比我更称职?

这话不单是将军，还等于把事情亮到了明处。蒯局脸都气黑了，但他拿杜仲没辙。

俞少白心里很郁闷，在自己的屋里转了半天磨。

天都黑了，蒯仰三气得连灯都没开。俞少白在外听了会儿，里面没声了才敲门进去，打开灯，杜仲黑着脸，没打招呼就走了。俞少白喊了声杜局长，杜仲没有回头。俞少白给蒯仰三递过去一支烟，说您快消消气，因为这点事生气不值得。蒯仰三说，这小子，有反骨。俞少白说，谁后备还不是都一样。蒯仰三说，过去这种事都是走过场，现在不同了。都要入微机存档的。两人默默抽了一阵子烟，蒯仰三说，少白，你真的对位置不动心？俞少白谨慎地说，不是自己的，动心也白搭。蒯仰三不耐烦地说，你不争取，咋知道不是自己的？俞少白说，杜局长是比我有优势。蒯仰三说，他还有劣势呢。俞少白默默把半截烟摁到了烟灰缸里，他的嘴有些苦。他以为蒯仰三会说杜仲的劣势在哪儿，可蒯仰三没说。俞少白说，您别总为了我伤人，我何德何能，让您这么对我。蒯仰三说，别说没用的。我心里烦，出去喝酒。俞少白赶紧拿出了手机，问想吃什么，去哪儿，找谁。蒯局长点了两三个人，俞少白一听就明白了，小范围，都是知己。最后一个通知完了，蒯仰三像偶然想起似的说，叫上雨淋，我们去吃私房菜，让她也尝尝。

俞少白看着蒯仰三，斟酌说，这个点儿，她未必方便。

蒯仰三说，她是老板，又不用跟谁请假，有啥不方便的？

没有外人，蒯仰三在酒桌上一刻也没停止骂杜仲。说他心机太深，野心太大，不把他蒯仰三放在眼里。仗着自己在主要领导身边待过，夯起的公鸡毛一直也没放下过。雨淋负责倒酒，坐下时一眼一眼往蒯仰三那里看，俞少白则在看表妹。雨淋一顿饭也没怎么说话，但那话都在俞少白的眼睛里。雨淋坐在蒯仰三的左边，俞少白无意中一低头，看见两个人的膝盖抵着,手握在了一起。俞少白忽地血蒙了眼,眼前的一切都跟红布一个颜色。

俞少白三下两下就把自己灌趴下了,离开酒桌时,是被小常拖出来的。

一早上班,杜仲让俞少白到自己的办公室来一下。俞少白匆匆去了。杜仲还没从昨天的争吵中缓过心情,眉眼都有些凌厉。杜仲说,少白你是明眼人,蒯局那样对我够意思么?我尽心尽意在行政局这么多年,我扪心自问,没有半点对不起他。俞少白说,谁不知道杜局的为人呢。杜仲不理会俞少白的马屁,继续说,我们五个副职,我排名靠前,推荐后备学历资历全够,又有基层经验,我怎么就不能毛遂自荐?俞少白赶紧说,杜局别生气,蒯局也没有别的意思,他这两天也许心情不好。杜仲说,我们兄弟感情不错,少白我不拿你当外人。你我都知道蒯局的心思,不用揣着明白装糊涂。我不嫉妒你,我们在一个平台竞争就好。我输了心甘情愿,如果组织上决定让我辅佐兄弟我一点意见也没有——但总得给我输的机会吧?俞少白赶紧说,严重了,杜局你话说严重了。他点着了一支烟,坐到了身后的椅子上。杜仲这样明白说话,让他很不自在。杜仲又说,我不是对你有意见,我说说心里痛快。俞少白吸了一口烟,看了杜仲一眼,说杜局,我明白。

杜仲说,我今天口无遮拦,话说重了你别往心里去。

俞少白说,你没说重话。

杜仲说,我也要提醒你一句,少白,现在风声这样紧,局里还敢发福利,这些福利又与你表妹有关,你没想想这里的利害?一旦出问题,你就那么相信蒯局,凡事他都能兜得住?

俞少白心里咯噔了一下。

杜仲说，还有些话可能不当说，雨淋年轻漂亮，干点啥不好，偏偏干这个。你不觉得可惜？

俞少白的心像是被什么东西剜了一下。他冲动地说，雨淋干啥了？

杜仲自觉失言，赶忙遮掩，说她给整个行政局当表妹——明明有人比她小么。

俞少白盯着杜仲站起了身，说杜局你没有跟我说真话。

开间小，楼道在一个砖垛的后面。俞少白从这里上楼，小师傅正在给人洗头，说雨淋姐去路口拿快递了，这就回来。俞少白没有停下脚步。楼梯窄小阴暗，上面的横梁差一点碰到头。小师傅歪着脑袋看他，说俞局慢点。俞少白困难地转过了身，说叫表兄。小师傅乖巧地说了声，表兄慢点。

房间有十多平方米大，一床，一桌，一椅。粉色的薄纱窗帘被风吹皱了，裹了窗外江南槐的绿影。桌上有许多瓶瓶罐罐，俞少白走过去，一一拿起来看。都是女士专用的，霜，水，露，膏。一股混合的香气直冲鼻孔，俞少白狠狠打了个喷嚏。一只抽匣蒙了蕾丝边的盖头，里面装了很多零碎。辫花，戒指，各种珠链，套腕子的，套脖子的，一看就很廉价。门儿有些皱巴，俞少白关上抽匣时别了一下，抽匣离开了自己的地盘，也把底下的内容暴露了，拿起来看，原来是两只避孕套，大号的。

俞少白脑子里立刻浮现出那次泡温泉。一人一顶小泳帽，身子在水里，紧身的泳衣把身体箍得纤毫毕现。杜仲挨过来，龇着一口白牙，鬼魅地说，到底是老大，哪儿都大。俞少白没听明白，啥？杜仲朝蒯仰三努了下嘴。蒯仰三到池外抽烟，裆下一团物件凸起，像揣了贼一样。

俞少白羞赧地红了脸。

啪啪啪的脚步声,雨淋穿着拖鞋跑了上来,牛仔短裤,腿和脚丫子像没长皮一样赤裸。俞少白沉着脸说,你就是这样上街的?雨淋说,夏天么,可不就这样上街。俞少白皱着眉头说,女孩子光脚穿拖鞋上街成何体统。雨淋吐了下舌头,没把俞少白的谴责当回事。俞少白说,雨淋,你不小了。雨淋说,不是不小了,是很大了。俞少白突然很烦躁,说废话少说,你找个人嫁了吧。雨淋吃惊地说,嫁谁?表兄有谱么?俞少白艰难地说,嫁谁也比现在强。雨淋听出了话里的味道,低头说,现在怎么了?表兄说话我不懂。俞少白却并不接她话茬,说让你在这里开店,帮你揽生意,是想让你过上好日子,不是让你不学好,雨淋,你不能让我没法做人。

雨淋小声说,我没有不学好。

俞少白突然吼了声,你当我是傻子!

把雨淋吓了一跳。雨淋嘴一咧,眼泪就像准备好了似的往外冒。俞少白叹了口气,有些话实在说不出口,不说也罢。他在抽匣底下抓了一把,东西攥到了手心里,下楼。

雨淋在后跟着,说表兄,我给你买了件阿玛尼的衬衫。

俞少白冷冷地说,不要。

5

雨淋一周相了六次亲。男人都是俞少白托朋友找来的。有大几岁的,有小几岁的,雨淋很老实,只要有人介绍就去相看,可怎么能够相中呢。大几岁的那个，结过婚，媳妇跟人跑了，眼下在一家企业做工，一个月只挣两千块钱。小几岁的才出学校门，戴个小圆眼镜，是个小近视眼，连一毛钱都还没赚过。雨淋不敢直接跟俞少白说什么，相一个就给他发个短信。俞少白其实也知道雨淋相不中这些人，他只是想把雨淋的生活挑起来，打乱一下节奏。或者，他还想让雨淋知道，你就是个农村丫头，身价不过如此。

俞少白不知道，雨淋每次相亲回来都跟蒯仰三哭诉。她说她恨表兄，让她在那些男人面前受辱。雨淋就是受辱的感觉，相看的一个出租车司机，只有她的齐肩高。还有一个卖保险的，甚至长了一双斗鸡眼。蒯仰三听着雨淋哭诉，心里很不是滋味。他知道这是俞少白在斗法。他不说话，但在用行动表明他的看法，他觉得，自己的表妹在受委屈。蒯仰三就恨这样招数阴损的人，有话不说在明处。他对俞少白的一点点歉疚，都被这样的感觉磨没了。对雨淋的怜惜油然而生，他想雨淋要是自己的女儿，他会一巴掌把俞少白扇到门外去。水葱样的姑娘，怎么能那样糟蹋！可眼下的局面让他很为难，他喜欢雨淋，这毫无疑义。他也曾经纠结过，知道喜欢雨淋不应当，可有什么办法呢，雨淋就是刚下树的桃子，他看见就想含在嘴里。怨只怨俞少白不该把雨淋往自己身边领，还把店开在自己的眼面前儿。俞少白的心思蒯仰三自然也知道，既然都有需求，谁又能怪谁呢！

组织部分派来一个名额，点名让杜仲去市委党校参加学习班，为期三个月。俞少白把文件拿过来，请蒯仰三签阅。蒯仰三两根指头别住一支水笔，像金箍棒那样耍。耍了足够长的时间，突然一抬头，对俞少白说，你想去学习么？俞少白怔了一下，过去他也有出去学习的机会，蒯仰三不放他，让屈小明去了。现在要让他代替杜仲？这弯子转得可是够大。俞少白叹了口气，知道形势逆转，自己已不是原来的俞少白了。好吧，眼不见心不烦。他给蒯仰三发了支烟，点着了火，说如果您希望我去，我愿意。

蒯仰三当即给市委组织部的一个处长打电话，说自己的一个下属，自从提职也没去市委党校学习过，这次能不能跟县里说说，调换一下人。处长跟他是许多年的朋友，还是在他当乡长的时候，处长下乡调研住在他家，这些年关系一直没断。处长爽快地答应了。十几分钟以后，县委组织部把电话打了过来，说因为工作需要，去学习的名额有了变动，请俞少白同志参加这次学习，杜仲同志参加下一批。

蒯仰三表功样地看着俞少白，说给你两天假，回家去准备吧。

市委党校有一个大院子，栽了许多银杏树。每天晚饭以后住宿的学员打牌喝酒吹牛聊天，俞少白啥也不参与，一圈一圈在院子里走。刚来的时候，银杏树的叶子还是绿的。秋风来了，叶子一夜之间变得金黄。为期三个月的学习，俞少白不知在这院子里走了多少圈，每一圈都装满了心事。这三个月，他与单位隔绝了。每周回一趟家，却一次也没去单位。蒯仰三也一直没给他打过电话，若是在过去，这简直不可能。他是蒯仰三的左膀右臂，无论是工作喝酒还是出门见客，他总是像影子在后面尾随。现在这条影子就被齐崭崭切断了？俞少白有些空虚。他这才知道自己办了多么大的蠢事。当初雨淋选店址，是跟他有商量的。他觉得行政局女同志多，店在附近，会对生意有帮衬。哪里想到横生枝节，自己反而做了恶人，害了表妹，也害了自己。他没想到蒯局长会对雨淋下手，雨淋比他的女儿还小，他即便不顾及辈分，也真就不顾及他俞少白的脸面，他们可是情同父子啊！俞少白的手有些抖，夹着的纸烟半天送不进嘴里。单位没有任何信息，雨淋那里也没有。有好几次，他都想打个电话问问情况。手机拿在手里，就是不愿意拨那个号码。这个小表妹，实在寒了他的心。可转而一想，这又能怨谁，不都是自己一手造成的么？

他出来之前去了一趟姑姑家。是晚饭以后去的，出城向西七里地，他当年骑着自行车跑了六年。他初一转学进城，吃住都在姑姑家。他能有今天，姑姑有多一半的功劳。所以他也真把雨淋当亲妹妹，甚至管的事无巨细。姑姑姑父见了他很张皇，以为出了什么事。他赶紧说，从这里过，顺带来看看。他们正在院子里乘凉，茶壶、茶碗、蒲扇都摆在一个托盘里，像城里人一样，穿的是丝质睡衣。姑姑攥着他的手腕往屋里走，说雨淋可算熬出头了，她那个小店，一个月能挣两三万。姑姑还把耳朵指给他看，那上面挂了黄金圈，也是雨淋买给她的。姑父是个瘸子，早些年出过车祸。他说雨淋不小了，少白催她找个对象吧。姑姑扯了他一下，说我也正要说这事呢，雨淋现在是老板了，这回可不能找不三不四的人。俞少白故意问，她找啥样的？姑姑说，要找城里人，有房有车。姑父说，她还说要把我们也接到城里去呢，你就跟着说疯吧。姑姑抢白说，你别说丧气话，那是姑娘的心意。将来雨淋真来接，你不去？俞少白看着他们身上的衣服，姑姑是淡粉色，姑父是黛青色，都是年轻人喜欢的颜色。俞少白问，衣服也是雨淋买的？姑父半是抱怨半是炫耀，说正经的北京货。过去地主才穿绸着缎，雨淋这是让我们当地主呢。

看着老两口兴兴头头的脸，俞少白有些落寞。他不知道今天为啥来见姑姑。雨淋的事，他能跟姑姑讲么？不能。不能讲，那来见姑姑就没有意义。可不来又觉得不踏实。雨淋在城里开店，就是俞少白提议的，也是姑姑把雨淋托付给了自己。可他没照顾好雨淋，简直是把雨淋送进了火坑里。衣冠禽兽，雨淋遇见了衣冠禽兽！俞少白心里蹦出这样的词，自己吓了一跳。雨淋完全可以在远离行政局的地方开个小店，先混吃喝。雨淋漂亮聪明，不愁生意做不起来。是自己给她找了条自以为是的捷径，这是条什么样的捷径啊！

这才是打掉牙齿和血吞。俞少白略坐了坐就起身告辞。姑姑一再叮嘱他看好雨淋，别让她在城里学坏了。俞少白嘴里答应，心里却在说，她在北京待的那几年大概已经学坏了，瞧她哄男人多有本事啊！

要毕业了，班里要搞个书画展。因为班长是个书画爱好者。布置任务时班长说，毛笔，软笔，钢笔，铅笔，什么都成。写一句话，或者随便画点什么，都行。俞少白有点小兴奋，他是书法爱好者，调到行政局还练过一段。有一次让蒯局看见了，蒯仰三说，写那玩意儿干啥，不如抽会烟？说完，递给他一支。他就知道主要领导不喜欢，从此就把纸、笔、墨、帖子、小毡子都收了起来，那些还是他从乡里带来的。蒯仰三说，这都是没用的东西，会把人写"磨"了。

他不喜欢"磨"人。俞少白就总给自己的言行提速。

俞少白的房间在五楼，他刚开了房门，人事局的涂局长跟了过来。涂局长比他位置高，是常务。虽然来自一个县，两人也是点头的交情。俞少白让涂局长坐，给他泡茶递烟，两人发了一通感慨，来的时候觉得三个月难熬，没想到一眨眼就过来了。涂局长说，今天是来求俞局的。俞少白说，一个求字，折煞兄弟。涂局长说，那我就直说了，早就知道你书法好，顺便给我写一幅吧。俞少白说，涂局听谁说的？涂局长说，你从乡里调到行政局时我就知道，我给你走的手续么。这些年又进步了吧？俞少白咧嘴苦笑，他是童子功，当年中考高考那么紧张，他没有丢过笔，姑姑家专门有他一张小书桌。现在，久不知道提笔的滋味了。俞少白问他写什么内容，用什么体儿，涂局长说你随便，只要别让人看出是出自你的手就行。俞少白答应了。隔壁房间就有长条案，有学员在那里临时抱佛脚。俞少白刚想问是不是现在就去写,涂局长突然说,单位出事的事,你知道了吧?

俞少白盯着涂局长问,谁的单位?

涂局长说,你们行政局啊。

俞少白说,我们行政局能出啥事?

涂局长说,看来你真的不知道,县里都轰动了。

俞少白摇了摇头,说自从出来学习就没再跟单位联系。

涂局长吃惊地说,怎么可能……三个月啊!你的那些工作咋办?

俞少白说,单位有 A、B 角分工,我出来了,B 角自动补位。

涂局长说,又不是出国……补的什么位。是你要求的这样?

俞少白说,不是。

涂局长说,行政局真邪性,蒯仰三总是跟别人不一样。

俞少白说,到底出了啥事……涂局你要急死我呀!

6

杜仲跳楼的事,俞少白听涂局长说了一个版本,听司机说了另一个版本。涂局长的版本不知来自哪里,他们是枢纽局,很多时候能成为消息集散地。据涂局长说,最近几个月,行政局一直有人写匿名信,告发蒯仰三。经济问题,作风问题,都有凭有据。蒯仰三多有本事啊,每次都能在上级来调查时灭火。可越灭,火越燃得旺。终于把蒯仰三烧毛了,下决心找到写匿名信的人。他挨个排查,觉得杜仲嫌疑最大。两人在机关大动干戈,杜仲要以死明志,跑到楼顶要跳楼。连消防员都出动了,这回行政局的笑话闹大了。司机来接俞少白,俞少白让他照实讲。司机三言两语,说杜仲心眼小了。蒯局是在会上讲了狠话,但并没有指名道姓,是杜局长多心了。车在高速上行驶,并行着一排鸟阵,怎么甩也甩不掉,俞少白觉得奇怪,鸟儿飞得再快,能追上汽车?毕竟鸟儿吃虫,汽车吃油。细一端详,原来不是一拨鸟,它们从南往北飞,战线居然拉了几公里长,足有上万只。

司机说,蒯局这回是真生气了。不知谁特么吃饱了撑的写匿名信玩,让全局都跟着不安生。

俞少白说,特么。

司机看了眼倒车镜,说现在网上都这么说。

一早去单位,俞少白习惯性地先去锅炉房,又去厨房,又去车库看了看,这些地方都归他管,都有安全隐患。看见他的人都热切地打招呼,学完了?俞少白说,学完了。握个手,让支烟,俞少白总觉得羞惭。羞惭挂在脸上,脸上就不得劲。不知别人背后如何议论自己。匿名信告蒯仰三,绝对丢不下自己。尤其又把雨淋牵扯进来,俞少白觉得,脸皮都让人揭下去一层。但当务之急还不是脸面,如果真查出问题,自己脱不了干系。

祖祖辈辈面朝黄土,就自己有个小纱帽翅,俞少白格外珍惜。

几万块钱的洗头票,蒯仰三先做了防备,没有让会计入账。有一点工程款放到了下属单位,那边直接转账,局财务雁过无痕。但这些情况外人不知道。也就是因为清楚这一点,俞少白才动了脑筋。大把的钱躺在账上,眼瞅着,却不能花。不像过去,随便想个理由就可以报销。给大家发些福利,即便出事,也好担责。这跟进了自己腰包性质不一样。染发的事,是个引子,那天他帮雨淋想对策,彼此定了说法,故意在他开会的时候,雨淋打来了电话。

俞少白在院子里遇到了杜仲。杜仲是一张娃娃脸,戴近视镜,窄小的额头，爬着两三道横纹。这让他的表情也少，似乎在脸上根本没处放。他上来就拉俞少白，说去办公室说几句话。俞少白自然清楚他想说什么，没动。他刚来上班，第一个要进的肯定是蒯局的办公室，他不能不识时务。他说院子里没人，有事这儿说吧。杜仲别扭了一下，开门见山说，你相信我会写匿名信么？我是这样的人么？我去楼顶只不过是去散心，却有人说我想跳楼，用心何其毒也！杜仲的嘴像机关枪，突突突地冒蓝火。俞少白用心看着他，说你仔细说，到底怎么回事？杜仲说，五楼的天窗能上楼顶，那天我上去散步，突然看到马路上开来了消防车，许多消防人员在楼下张网，原来是有人报警。他妈的，说我要自杀。我要自杀？笑话！俞少白问是谁报的警，杜仲说不知道。俞少白看着他，心说你上楼顶散啥步，院子这样大，还不够你散。杜仲继续激愤，说我若写信，肯定是实名。我二十年的党龄，向组织汇报情况还要匿名？太小瞧我了！杜仲的喉结明显咕噜了一下，又说，玩阴的谁都会，但我杜仲不屑于玩，谁爱玩谁玩去！

谁玩阴的了？俞少白忍不住问。

杜仲气咻咻的样子，没有回答。

屈小明从后面走了过来，说大早晨的，杜同学这是跟谁较劲呢？

杜仲歪过头去，没有看她。

俞少白喊了一声屈局。屈小明说，你还知道回来，我还以为你到了花花世界就把我们忘了呢。

俞少白说，党校可不是花花世界。

屈小明说，大城市都是花花世界。

她把耳塞摘下来，放进挎着的皮包里，对杜仲说，你脸色发红，血压又升高了吧？

蒯局长的车拐了过来，三人过去迎，杜仲在前，俞少白和屈小明在后。蒯局长像秋风一样扫了他们一眼，没说话，晃了一下手，算打招呼。杜仲换了一张脸，跟在身后说，我八点半有会，是综治办召开的，蒯局有事么？蒯仰三说，没事。杜仲说，没事我就先去开会了。蒯仰三应了声，杜仲和屈小明都去了自己的办公室，俞少白跟在蒯仰三的身后来到了局长室。先倒水，又递烟。蒯仰三点着深吸一口，说，学得挺好？俞少白说，考试都及格了。蒯仰三说，好家伙，一去三个月连音信都没有，我还以为是长了毛的鹞子，飞了。俞少白站在那里没动，他不能说这三个月蒯局也没找他。蒯仰三又说，都听见啥了？俞少白摇了摇头。蒯仰三捏了两个药片放进嘴里，仰起脖子倒了口水，批评说，不想说话甭说。俞少白问，您吃的啥药？蒯局说，银翘解毒，有点病毒性感冒。俞少白说，烧么？蒯局说，就我这180斤，也得烧得动我。俞少白问，到底是谁写的匿名信？蒯仰三把五根指头用力拍在桌子上，说一连写了五封，换了别人早趴下了。跟我玩？他瞎了眼！

俞少白说，没事就好。

蒯仰三说，不是我顶着，纪委早找你谈话了，你还想在外消停？

俞少白脸上有了感恩的颜色，说一切仰仗蒯局。

蒯仰三说，别说没用的。你躲的这三个月，局里差点炸窝。

俞少白说，杜局真的想……跳楼？听说消防员都来了。

蒯仰三说，我不知道。

停了停又说，你问他。

从蒯局屋里出来，俞少白到屈小明屋里坐了坐。屈小明是一个厚墩墩的女人，后背像菜板一样宽。她的五官长得近，围着鼻子转，鼻孔朝天时，脸孔就像个包子。她热乎地给俞少白沏了杯咖啡，嘴里说，咖啡是老公从巴西带过来的，不是谁都有这个口福。她是俞少白的B

角,所以俞少白张嘴先感谢,这三个月,把屈局累着了。屈小明说,可不是,这三个月顶半年过,发生了多少事啊!俞少白说,有蒯局,有你们,什么样的困难都能战胜。屈小明白了他一眼,说你倒会说轻巧话,巡视组来了多少趟,挨个找人谈话。稍有不慎栽进去的就不止一个,我们的班子就散了!

俞少白说,老姐辛苦。谁这么手欠,没事儿写告状信玩。

屈小明说,不知道啊。还别说蒯局,我都恨不得把这人找出来,扇他俩嘴巴。实在太可恨了,给我们找了多少麻烦啊!

俞少白问杜局是怎么回事,跳楼的事都传市里去了。

屈小明不以为然,说他就是闹着玩,酒喝多了撒癔症。

俞少白就知道话题不能继续了。想起他们两个互称同学,他心里"哦"了一声。

人们发现,俞少白从市里回来以后不爱说话了。过去他是顶爱讲笑话的人,站到哪里,身边总聚拢人。现在他不爱说话,也不爱往人群里走,没事就在屋里闷着。管理员没有眼力见,这天下班跟他打招呼,说好久没看见表妹了,表妹搬哪儿去了?这话有点像嘲讽,可俞少白知道,管理员不会。他为人谦卑,跟科长都要打溜须。俞少白本来是走着,听了管理员的话,站住了。他琢磨一下他的话,先想蒯局的头发,白森森的发根出来一层,看得出,已经好久没染了。

表妹搬哪儿去了?然后是这句。

俞少白笑了一下,算是敷衍了管理员。他摸了摸自己的脑袋,头发也长了。

出了单位大门,俞少白快步朝右拐,走进了那条胡同。胡同口有个卖驴打滚的,他买了六个。依稀记得小时候雨淋爱吃驴打滚,外面沾一层炒熟的黄豆面，雨淋就爱伸着舌头舔。驴打滚提在手里，俞少白有淡淡的感伤。不知雨淋还记不记得第一次给她买驴打滚，俞少白攒了三天的早点钱。那时雨淋大概七八岁，贱得说话咬舌头。俞少白考学走的时候，雨淋抱着他的腿哭……他总是想帮雨淋，可没想把她帮成眼下的样子。

她的将来怎么办？

在市委党校学习的三个月，雨淋已然是他心里愈合的伤口。他想，雨淋是成年人，有她自己的命运轨迹。将来无论怎么样，都有她的命运承受，与自己关系并不大。他一直这样开导自己，很奏效。可一回到行政局，他就知道了那种愈合只是假象，那伤口又在隐隐作痛，又在慢慢渗血，老伤口又变成了新伤口，根本无法愈合。

国槐的叶子有的已经落了。秋风打着旋，把那些叶子吹得不知所终。俞少白躲着那些叶子走，甚至不愿意踩在上面。想那叶片春天生出来时何等娇嫩，秋天却是这般结局。可还有来年春天呢，这就强似人了。几步路，俞少白走得很郁闷。台阶有些高，他迈上第一级时磕绊了一下，一把拽住了门把手。顺势推开了门，里面一声"欢迎光临"吓了他一跳，柜台"一"字横向摆开，上面了放满了花花绿绿的瓶瓶罐罐。他急忙倒退几步去看牌匾，原来已经不是雨淋的美容美发店了。

俞少白愣住了。

怎么换成你了？俞少白把驴打滚放到柜台上，看着眼前乐不可支的小姑娘。她十七八岁的样子，抹荧光唇膏，厚嘟嘟的一种肉粉色。

小姑娘板板正正说，先生是想剃头对吧？剃头的搬走了。真奇怪，总有人找到这里。生意这样好，不知为啥要搬走。

俞少白问剃头的搬哪儿去了，小姑娘摇头说不知道。又问你是什么时候搬来的？小姑娘有些饶舌，说先生是想知道雨淋美容美发什么时候搬走的吧？我们搬来的时候他们已经搬走了。

俞少白没兴趣再理会这个自以为是的小姑娘。他慢慢摸出手机，拨通了雨淋的电话。"您拨打的电话号码是空号。"

俞少白心里一沉。

7

不像过去，上班时间俞少白寸步不敢离单位，提防蒯局随时找。现在，从蒯局办公室里进进出出的是屈小明。过去蒯局看不上屈小明，说她四肢发达，就一吃货。把俞少白和杜仲两个人绑在一起也吃不过她。俞少白开玩笑说，我们两个的腰绑在一起还没她粗呢。现在屈小明的腰越发发达了，去年定制的一件薄呢外套都有些系不上扣了。俞少白下楼梯时屈小明正好上来，屈小明说，俞局干啥去？俞少白停下脚步说，出去办点事。屈局有事么？屈小明说，我哪有事。我看你最近气色不好，得好好调养。俞少白说，谢谢屈局关心。两人交错上下，迈最后一级楼梯，俞少白一回头，屈小明也正在看他。

两人都有些不好意思，同时朝对方招了下手。

已经有一段时间了，俞少白自己开车上街，或者步行穿越胡同，像一个无所事事的人东游西逛。其实他是在看牌匾，他是在找雨淋美容美发。他做梦都在找，引发了老婆的强烈不满。老婆一直觉得他对雨淋的事未免太上心了，比对自家姐妹还好。俞少白嘴上没说什么，心里想的是，你的姐妹岂能跟雨淋比，我们是什么交情。

俞少白读初中高中那六年，岂止是吃住在雨淋家。那时山里寒苦，一年几百块钱的收入，父母都不希望他读书。是姑姑把他接出山来的。姑姑在附近一个工厂做保洁员，收入低微，但接济他绰绰有余。有一次，姑姑一下给了他500块钱，让他买一双"对钩"鞋。姑姑说，城里读书的孩子都是这样的鞋，我侄子说啥也要买一双。

那种鞋子，叫耐克。新鞋上脚那一瞬，俞少白泪流满面。他暗暗发誓，将来一定要多多挣钱，好好报答姑姑。

副处级的工资，要说不算少。可要还房贷，要供儿子上学。儿子已经不穿"对钩"的品牌了，嫌大陆制造。要穿纯粹的外国货，一顶帽子好几百。偏偏老婆站在儿子一边，说挣钱就是给儿子花的，别人有的，我儿子也要有。

除了过年给姑姑几百块，平时还真少有接济。姑父出车祸以后，姑姑家的日子日渐窘困，可每每摸摸衣兜，总是觉得有心无力。

有关雨淋美容美发搬走的事，肯定有知情人。但没有任何人跟他说点什么，他也不好问。他在大街上寻找的时候，经常想怎么对付雨淋，是给她一拳，还是踹她一脚，或者骂她一顿，出出心中这口气。雨淋搬走是个谜，换手机号码还是个谜。俞少白仔细回忆自己最后一次见雨淋，雨淋说给表兄买了阿玛尼的衬衣。俞少白当场拒绝。难道那次拒绝伤了雨淋的心？回到单位，俞少白上网查了阿玛尼，知道那款衬衣够高档，心里还有些不是滋味。不管怎么说，雨淋不是不懂事，是被猪油蒙了心。俞少白渴望揭开谜底。屁股大的县城，俞少白不信找不到。十几天过去了，俞少白越找越渺茫，他有些慌了，开始往不好的方面想。那天路上有人说附近的公园出现一具女尸，俞少白第一时间跑了去。他神色慌张地挤进人群，一眼就认定那是个中年妇女，有四十岁左右。

俞少白抚着胸口，这才长出了一口气。

这天下班，方向盘一打，俞少白直接去了城西的姑姑家。姑姑家添置了一台大尺寸的液晶电视，在柜子上靠墙贴着。俞少白一看心里就有了底。这种电视，适合城市家庭，客厅的空间有限，少占地方。但姑姑家还是乡下的老式房屋，大躺柜。电视站在柜子上，一点也不好看。俞少白问，电视是雨淋买的？姑姑的欢喜全挂在脸上，但嘴里说，人脸都是扁的，没有老电视里的人看着顺眼。姑父刚从菜园里回来，鞋上都是泥巴。他边用毛巾擦手边说，少白你可来了，我就是想问你，雨淋的买卖到底咋样，她咋一下子就阔绰了？

俞少白说，她阔了？

姑父说，不阔咋买这么大的电视？

俞少白释然。说这样大的电视也花不了几个钱，现在家电都便宜。姑父说，还有卡呢，快拿给少白看看。姑姑打开柜子，拿出一个小布袋，布袋是丝绸的，上面绣着花。拉开拉链，里面是张银行卡。俞少白拿过来看了看，问里面有多少钱。姑姑说，不老少的。俞少白问，不老少的是多少，姑姑结巴一下才说，有二、二十多万吧。

姑父盯着俞少白，说她这店没开多长时间，咋会赚这么多？

俞少白也很惊讶。雨淋开店的时候，曾向自己借钱，俞少白把自己的一点私房钱拿出来，算是"添份子"。但嘴里说，她在北京十了五年，应该有点积蓄吧。姑姑说，她有积蓄不都投到店里了么？俞少白心说，可不是。光房租就交了一年的，简单装修，再买那些冷烫设备，几十万扔那儿了。到底发生了什么，让雨淋没了踪影？

她多久没回家了？俞少白问。

她哪有空。姑父说。

她离你近，你多照看着。姑姑把银行卡包好，重新放回柜子里。又说，找对象的事，着不得急。再怎么，也得找个比雨淋强的。长相，家境，工作，工资，不说强多少，肩膀头得一般高。我也不想让雨淋太委屈，太委屈了一辈子也过不舒坦。

这话分明有抱怨，俞少白听得出。但与上一次强调"有房有车"相比，姑姑的想法已经显得务实了。俞少白这才明白，自己介绍对象的事伤了雨淋，雨淋一定觉得自己是被小瞧了。也许就是因为这个雨淋记恨自己了。想明白这一点，俞少白释然。他问雨淋的电话号码是多少，姑姑嘴里说，你没她的电话号？从电视后面摸出一本书，里面夹着一张纸。俞少白展开一看，是雨淋过去的电话号码。他跟手机里的号码两相对照，不错，一模一样。

俞少白说，这是旧的，她的新号码呢？

姑姑姑父几乎同时说，她没新号码。

杜仲从南方开会回来，给俞少白带来一个手把葫芦。古铜的颜色，光可鉴人。俞少白放到掌心里轻轻一握，葫芦踪迹皆无。掌心里却像握住了乾坤，那么笃实和充盈。俞少白爱看闲书，知道葫芦有关福禄，也不难猜到杜仲的用心。他问，买的？杜仲握紧的拳头慢慢张开，是个一摸一样的葫芦，放到一起，就像双生子。葫芦蒂是弯钩，一个向左，一个向右，煞是可爱。俞少白打量着说，世界上还真有那么相像的两个葫芦，而且包浆都这么好，花了大价钱吧？杜仲说，喜欢吗？俞少白说，我可不敢夺爱，这两个还是不分开的好。杜仲说，我们都流年不利，我看到这对葫芦就想起了你我。这份情谊哪能拒绝，俞少白说，那就谢谢老兄了。

小酒馆里，俞少白与杜仲在一个旮旯里推杯换盏。他们特意选了远离行政局的地方，两个人都惴惴的。这要让局里的任何一个人看见，都会觉得他们鬼祟。而他俩，也确实有些鬼祟得不愿示人。俞少白提议请杜仲,表面是接风洗尘,其实是有话要问。而这些话,他曾经试探过屈小明,过去那么大大咧咧的屈小明却眼神扑闪,出言谨慎。不知是因为位置变了,还是因为水平提高了。俞少白心里感叹,这三个月,水平提高得也太快了。她说了许多话,却与俞少白的问题南辕北辙。俞少白的第一个问题就是洗头票问题,发到手里那么多而雨淋的店却关门了,怎么向大家解释,有什么说法么?第二个问题,雨淋的店到底因为什么关门,是否与匿名信有关?第三个问题,匿名信事件最后如何收场,组织上有定论么?这三个问题,就像三个小人儿在俞少白的心尖上跳舞,小人儿不停歇,他心底的那口气就缓不上来。

面酣耳热,两人都有点肝胆相照的意思。过去没少在一起喝酒,但那都是一桌子人。像眼下这样一个人对一个人,还是头一次。桌子小,脸对脸,两人又都是红脸膛,关系没来由地近,好像瞬间就有了换命之交。俞少白说,我不怕老兄笑话,我现在联系不上雨淋了。雨淋新换了号码却不肯告诉我,我一直疑心这里有什么事。

杜仲问,雨淋不做这一行了,你提前一点不知道消息?

俞少白红着眼珠看着他,杜仲摘了近视镜,脸上突然很严肃。

8

那一晚我值班。杜仲端起酒杯跟俞少白碰了下,仰脖一饮而尽。还没咽利落就匆忙说,你知道我有早起的习惯,每天都要锻炼个把小时。我喜欢去广场,那里有跳广场操的。我不会跳,但喜欢跟着他们后面比画。那天我没有睡好,早起有些疲乏,决定就在附近转转。也是鬼使神差，我走进了那条胡同，走到了雨淋的门前。你猜怎么着，房门四敞大开，室内一片狼藉，窗玻璃都敲碎了。我预感到出事了，拿起手机就想报警，突然看到小师傅抱着被子从楼上走了下来。是那个染阴阳头的，左边是黑头发，右边是黄头发。你记得那个人吧？姓肖。我问他怎么回事，小肖说，他也不知道。他夜里接到雨淋的电话，说店被人砸了，让他一早来收拾东西。有什么可收拾的呢？连吹风机都是扁的，只有这床被子还完好。我问雨淋去了哪里，小肖说他也不知道。我问是谁砸的店，为啥砸店，他说雨淋肯定得罪人了。至于得罪了谁，那就说不清楚了。

小肖在街口打了个三码车走了。我绕到了另一条街上，心怦怦直跳。说心里话，我当时第一个念头就是给你打电话。可经过衡量，我觉得这个电话应该雨淋打，因为我什么也不知道。当然，我也没选择报警。不得不说，那一瞬间我是自私了。我不想得罪人，尤其不想得罪不知是什么势力的人。既然人走屋空，报警也没什么意义。再说，雨淋能给小肖打电话，起码证明她人没事。既然她是自由的，由她报警岂不更好。我朝城南绕了一大圈，走得热汗淋漓。回到单位正好吃早饭，蒯局那天没来吃。我问管理员蒯局为啥不来吃饭，管理员说，他去市里开会了。

这件事，居然无声无息过去了。单位没任何人议论。我都觉得奇怪，尤其是屈小明，你记得她当初找了许多洗头票么？她的头发还没烫呢。可她也对这件事不闻不问。那天我特意去她屋里坐了很长时间，我们聊了许多话题，甚至聊到了她的头发，长了，该剪了，该烫了。你不得不佩服屈小明的成熟和老练，话都说到了这个份上，她就是不提手里的洗头票和雨淋的理发店。她不提，我也不能提。我们就在那里东拉西扯说废话。后来蒯局打电话找她有事，她就匆匆出去了。

我再告诉你之前发生了什么。有一天午后，该是蒯局的休息时间，他的房间里突然出现了吵闹声和打砸东西的声音。声音很响，绝不是摔碎一只茶杯那样简单。当时我跟管理员正在楼下看葫芦藤，我们的手把葫芦老也长不好。管理员说，是因为肥水大了，葫芦都长成了大肚汉。声音几乎就在我们的头顶上炸响，管理员说，这是蒯局屋里啊。我退后几步朝上看，窗子关得严，什么也看不清。不久，就见雨淋捂着脸哭着下楼了。她肩上背着包，没带染发用具。所以我确定她不是来染发的。随后司机小常也从楼上下来了，我问发生了什么事，小常笑着做了两个扇嘴巴的动作。我说，动手了？小常说，她骂蒯局，蒯局是她骂的？扇俩嘴巴算轻的。她还摔了蒯局屋里的那只瓶，那只瓶招你惹你了？她举起来就给摔了个稀巴烂。

我故作吃惊地说，蒯局对她够好了，雨淋太不懂事了。

小常说，哪里是不懂事，她根本就是没家教。

我说，闹得这么厉害，到底因为啥？

小常可能觉得话说多了，摇了摇手，嘱咐我别把话传出去，一溜烟跑了。

我们说话的时候，都是嘘着声音的，管理员还在那里看葫芦。小常跑了他才走过来，问到底出了啥事。我故意说，雨淋把蒯局惹毛了，一会儿蒯局还得给雨淋去道歉。我是故意这么说的，蒯局给谁道过歉？管理员说，一时半会道不了，蒯局的头发刚染一星期。这话都是当笑话说的，你也知道管理员这个人，没有多少弯弯肠子。说完，我回了办公室。管理员拿出条子想找蒯局签字，我说你这个时候去，蒯局没撒完的气还不撒在你身上？

俞少白的手有些抖，瓶子嘴半天对不准酒杯口。他兀自喝了一大口，嘴里像嚼东西一样咕噜咕噜咀嚼。他看着杜仲中山装的第二粒纽扣。其实说中山装不准确，只是个大致的样子而已。纽扣站成了一排，像排兵布阵一样。杜仲总是跟别人不一样，脚上是一双老头乐布鞋，已经在往仙风道骨路线上走。俞少白又摸出烟来点，点不着，杜仲接过了火机。

俞少白不敢看杜仲的脸，他觉得下一个环节该轮到自己难堪了。

雨淋是你的表妹也是我的表妹。杜仲笨拙地给自己点上了一根烟，第一口就呛着了。他咳出的唾沫挂在了嘴角，俞少白俯身过去，用餐巾纸给他擦了擦。杜仲不以为意，继续说，我不拿雨淋当外人。记得我曾经点过你一次吧？你没去学习之前，在我的办公室，我曾经对你说过。我说，雨淋年轻漂亮，干点啥不好，偏偏干这个。你不觉得可惜？你还记得这些话么？俞少白点头，说记得。杜仲说，我这么说你可能没听透。我不是对雨淋理发染发有意见，干这行的多了，只要凭手艺吃饭，我都觉得值得尊重。我是指——你肯定也明白，我是指那方面，雨淋跟蒯局走得太近了，太近了！蒯局都多大岁数了，连孙子都有了。咱表妹还是一朵花呢，一朵花，你就真舍得，真舍得——

杜仲屁股底下像坐着转轴，不知怎样表达自己的痛心疾首。俞少白何尝不是这样，只是他不能表达。此刻如果谁捅他一刀，会发现他连肠子都是黑的。杜仲的脑门出汗了，他用餐巾纸擦了擦，汗湿沾住了一小块纸，那纸在杜仲的脑门上招摇。俞少白朝那里看，像看着远方的一处风景。

照你看是谁砸的店？俞少白明显声音发抖。

杜仲说，我哪知道？

杜仲说的是心里话，他有几分醉了，说话起了高音。

俞少白默默地端起酒杯喝了杯酒。俞少白说，你还没回答我的问题呢。杜仲问什么问题。俞少白说，匿名信的事，到底是怎么回事？

杜仲左右看了一眼，压低声音，点着桌子说，局里有鬼，肯定有内鬼。信绝对是熟悉蒯局的人写的，里面还牵扯到雨淋，说她用外国货给蒯局染头发，蒯局跟他不清不白……

"嘿，嘿，哥俩说啥呢！还挨得那么近，不知道还以为你俩男同呢！"

屈小明端着杯子过来，把两个人闹愣了。他们坐在角落里，大厅人来人往，他们一直没有关注周围。两个人同时站起身，同时喊了声屈局。屈小明说："都坐都坐。我看你们半天了，我就看你俩能不能看到我，我等了半天，还真一眼都不往我那边瞅。成天在单位碰面，还来这里说私房话，先罚每人一杯。"两人面面相觑，像两个做了错事的孩子。屈小明说，端杯啊。两人赶忙端起酒杯，浅浅啜了一下。屈小明的杯子却见底了，她大惊小怪说，哪有这样喝酒的，这不欺负人么，干了干了。她顾了这头顾那头，指头一捅，酒杯底朝天了。

屈小明说："我不来的时候哥俩又说又喝，热火朝天，我一来都变斯文了。怎么回事，我来得不是时候？"说完，起身离去。

俞少白站起来说，屈局，我还没敬您呢。

屈小明摆了摆手，说不必了。

场面骤然就冷了，两人都有些不知所措。他们选择这里就是不想碰到行政局的人，何况是屈小明呢。俞少白知道杜仲比自己心情复杂，他把菜往杜仲的面前挪了挪，嘴里说吃菜吃菜。杜仲却推说吃饱了，把筷子放下了。杜仲脸上一下就落了相，就像大好的晴天被人兜头泼了一瓢水，满脸的心神不定。杜仲说，吃好了，谢谢俞局。说完站起了身。

俞少白没动，仰头看着杜仲。

杜仲说，时候不早了，该撤了。

俞少白说，咱哥俩的话还没说完呢。

杜仲说，酒话，都是酒话，甭当真。

9

再见面，俞少白把那只葫芦握到手心里，展开给杜仲看。这是一种示好，意思是，你送我的葫芦我喜欢，而且很当回事。杜仲没反应，恰好小常走了过来。小常说，俞局哪来的葫芦，真好看。俞少白看了杜仲一眼，杜仲赶紧说，葫芦是好葫芦，就是颜色有点深。小常拿起来看，说颜色深证明包浆好。俞少白说，深浅都是好葫芦，我在兜里放着，心里就踏实。小常走了。杜仲小声说，昨天我喝多了，如果说了不该说的话，你还得多包涵。俞少白说，你还没说完呢。杜仲慌忙摆了摆手，说别听我胡说。你又不是不知道，我喝点酒嘴上就没把门儿的。

连着三天蒯局没有召见，俞少白也没主动登门，再进就有些发怵。发怵也得进，县里又发文儿了，建设美丽新农村，各大局划分了包保范围。蒯局正戴着老花镜批文件，一笔一画写得分外卖力。俞少白叫了声蒯局，把文件方方正正摆放在桌子上，蒯局看了一眼，说又来活儿了。俞少白说，是。蒯局长拿起文件看了看，说我们包桃花寺……俞少白说，是。蒯局抬起头来说，桃花寺不是你们村么？俞少白说，是。蒯局笑了笑，说你连着说了三个是，我都不知道怎么跟你说话了。头朝椅子一摆，坐下。俞少白在椅子上坐下了，蒯局扔过来一支烟，俞少白赶紧摸口袋，摸到的却是那只葫芦。蒯局已经点着了烟，又给俞少白点，俞少白受宠若惊，赶忙说，蒯局我来。

烟雾在脸跟脸之间缠绕，他们好一阵静默。蒯仰三自己也清楚，他看俞少白的眼神，不再像父亲看儿子，但也绝不像看杜仲。他打心眼里厌烦杜仲，即便杜仲把工作干得再好，他也绝难喜欢他。他们之间没缘分。但对俞少白不一样，他心底总存着一份柔软，即使，自己做了过分的事，也是父亲对儿子做的。即使俞少白背叛自己，也是儿子背叛老子。何况他还深信他和俞少白只能在一条船上，因为他们始终在一条船上，俞少白暂时还下不去。

心里上的优越还不仅仅因为自己是一把手，他深知所有男人的软肋。

烟灰撒落在桌子上，俞少白赶紧找抹布去擦。

烟雾缭绕，蒯仰三一阵咳嗽。俞少白赶紧翻抽屉找药，蒯仰三说，没事儿，今天不用吃药。俞少白说，您一咳嗽我心里就没底。蒯仰三说，是找不着底了吧？俞少白静默，他半天没有看蒯仰三的脸，包括刚才找药，其实更是煞有介事。蒯仰三如何不知，但他跟俞少白说话从不藏着掖着。过去发生了一些不愉快，蒯仰三深深吸了一口烟，说，现在都过去了。你从党校回来也有几天了，该调整过来了。今年的工作开局不错，也要收好尾，第四季度工作尤其重要，注意别出纰漏。

俞少白心里琢磨着蒯局的话，嘴里说，您放心吧。

蒯仰三说，你是我从乡镇要来的，我对你的一时负责，就会对你的一世负责，最起码我在任上敢打这个保票。所以你不要有负担，工作该怎么干怎么干。

俞少白说，我知道。

蒯仰三又说，你学习的这三个月局里发生了很多事，前后一共有五封匿名信，告我，也告你。县纪委过来查，市纪委也过来查，都被我挡了回去。事实证明我们的干部队伍也过硬，关键时刻都没有使倒劲。对这一点我非常满意。

俞少白说，一切仰仗您。

蒯仰三说，写匿名信的人也就是在暗中捣鼓，座谈的时候没敢吱声。我在会上敲山震虎，把杜仲吓着了。你听说了他跳楼的事吧？

俞少白点头，心里却在说，这件事前两天谈过了，他真是忘性大了。但嘴上问，匿名信到底是谁写的？

蒯仰三说，现在还不知道。

俞少白说，他真想跳楼？

蒯仰三说，他胆子比兔子还小，哪里敢真跳楼，他也就是吓唬我。我将计就计，拨打了119，呼啦啦来了两辆救火车，把全城都轰动了。他只得灰溜溜地从楼顶下来了。这件事搞得他很被动，把书记县长都气坏了。你以为你是老娘们啊，动不动就上吊抹脖子。哪个当领导的也不愿意有这样的下属。

俞少白说，他也许真是想去楼顶透透风。

蒯仰三神秘地一笑，我哪里不知道，这不过是将计就计。

俞少白的脊梁一阵一阵地冒凉气，凉气顺着尾骨往下窜，他有了尿意。

蒯仰三狠狠嘬了一口烟，鼓起嘴巴吐了一阵烟圈，忽然坐正了身子。蒯仰三说，少白，我这么干既有公又有私。有私，是想敲打敲打杜仲，他这两年没少给我出幺蛾子。有公，是为了行政局，为了你。我不愿意行政局的大好局面交到不放心的人手里。还有一年零两天，我就要退休了，我希望你能把这把椅子接过去。

俞少白不易察觉地皱了皱眉头。他觉得，蒯仰三的话说冒了。

我要说的就是这么多，你有什么话说么？蒯仰三亲切地问。

俞少白看了他一眼，拘谨地说，我没有。

蒯仰三说，既然没有，过去的一页就算翻过去了。咱们今天说好了，你以后可不能翻小肠。听到没有？

俞少白点头，可心里在想，他翻过去可真容易，就是一句话。可雨淋呢，雨淋的美发店呢？

但俞少白不可能说出来，他习惯了察言观色，习惯了唯蒯局的马首是瞻。

我们研究一下下一步的工作。蒯仰三拿起了那份文件。桃花寺村我去过，偏远，落后。现在还是这样吧？俞少白说，还是这样。蒯仰三说，不是这样就不用我们包保了。根据其他地方的经验，也就是修路，打井，安装路灯。你放心，有你在行政局，我们会把村子的事当成行政局的事来办。

俞少白突然有些恶心。他想起了行政局的表妹。

蒯仰三关心地问，你怎么了？

俞少白捂着嘴摇了摇头。

蒯仰三仔细问了村庄的现状，人口，土地，有无自来水，果树经营情况，有什么资源。俞少白慢慢缓出了心情，一样一样地介绍。村子不到二百口人，土地都在半山坡上，村民现在吃水也困难。山里的果子运出来也困难，出山的路还是土路。问村子为什么叫桃花寺，俞少白说，过去山上有座寺庙，庙前有棵野桃树，总是最先开花，比最向阳的桃树也要早一两周左右，比山里所有的桃树都早一两周。庙里的和尚说桃树神怪，寺庙以桃花起名。先有寺后有村，就这么叫下来了。

蒯仰三问，那棵桃树还在么？

俞少白说，早没了。我爷爷小的时候吃过那棵桃树上的桃子，据说味道非常好。

蒯仰三说，还可以再种一棵，山里有的是野桃树。若是把寺修起来搞开发旅游，说不定还能旺了香火。这样村里就可以搞农家旅游了。

俞少白心里一动，说桃花树下有桃花井，我们小的时候井里还有水，现在早就干涸了。据说桃树上的桃花都落在井里，庙里的和尚就用井水泡茶。井水有一股清香，里面飘着的桃花不腐烂，一直能到来年春天。

蒯仰三笑了笑，说，花和尚啊。

俞少白撩起眼皮看了他一眼，说那寺里的和尚口碑非常好，旱了挑着担子往村里送水。饥馑之年，把山上的收成悉数挑到山下。

蒯仰三往椅子上一躺，不以为然地说，你哪知道，他也许就是为了村里的某个小寡妇。

俞少白哆嗦了一下，陡然站起了身。俞少白此时有些不管不顾，怒气冲冲说，山里的男人都说不上媳妇，哪里来的寡妇！

蒯仰三被吓住了，他吃惊地看着俞少白，好久。蒯仰三把烟戳进烟灰缸，鄙夷地说了句，山里的男人都说不上媳妇，你是哪来的？

俞少白简直要尿裤子了。他匆匆去了厕所。尿得时间有些长，他怀疑自己的前列腺出了问题。回到办公室，感觉血压升高了，找出降压药吃了一粒。他也不清楚刚才自己的失态意欲何为，他一直对自己的情绪严防死守，严防死守。到底防不胜防，在这样的时刻没绷住。他很后悔，真的很后悔。这种损失是无法挽回的，他深知。有了这一幕，蒯仰三已经把自己划到另册了。是这样，一定是这样。无法挽回，再怎么努力也无法挽回，俞少白太清楚蒯仰三的为人了。他手有些抖，半天才点着一支烟。回首过往的一些岁月，他有些拿不准。比如，到底该不该从乡镇到行政局来。该不该跟蒯局处成"父子"关系。底线在哪儿,或者,有没有底线……他只知道,他一直小心地维护着与蒯仰三的关系,想过会有维持不下去的那一天。只是没想到,是在这个时候,在有关桃花寺的关键节点。但也许只有这样的时刻自己才能理直气壮,才能响声大气说出一句心里的话。可……然后呢?他不愿想,不敢想。嘴里是焦苦的味道,他把烟从嘴里揪了出来,在手里碾碎了。那一点炭火有些灼热,把皮肤烧出了一个黑点。他的心很疼,疼得眼角沁出了泪。桌子上的电话响了。他拿起听筒,嘶哑着嗓子喊了声杜局。杜仲关心地问,你在蒯局屋里这半天,他没为难你吧?俞少白没听明白,说他为难我干啥?杜仲说,没有就好,我怕他找你麻烦。俞少白说,我有啥麻烦让他找?杜仲说,我俩私自吃饭的事屈小明会不会告诉他?俞少白一下子恼了,说,我请你吃饭是不是给你找麻烦了?杜仲赶忙说,我哪是这个意思,我的意思是……俞少白说,回头我去告诉蒯局,是我请你,不是你请我!杜仲还要说什么,俞少白啪地把电话挂了。

杜仲发过来一条短信:我也是为你好。如果他以为我们俩结党营私,我们就都死定了。

俞少白抖着手回了三个字:我没党!

10

一米八的双人床,也觉得地方不够用。闫丽红在妇委会工作,没事整天研究养生。她说把身体打开睡觉好,便在床侧放了把椅子,椅子上放了棉垫，随时预备把手臂放上去。这边手臂打开，就碍着俞少白了。她让俞少白往边上挪挪，再挪挪。再挪就掉地下了，俞少白不动了。她用脚踹俞少白的屁股，俞少白咕哝了一声。他朝外侧着身，知道闫丽红在找碴儿，其实是挑逗。可他没心情。他总是没心情，他这一段都没心情。外出学习回来试了一次，也不怎么成功。手机在床头柜上跳舞，俞少白拿起来看，是一个陌生号码。他不想接，把手机放了回去。可拨电话的人有耐心，手机没完没了地跳。估计对方听到"稍后再拨"了，手机终于安静了。俞少白合上了眼，突然，手机又跳了起来。闫丽红翻身过来要拿手机，俞少白提前已经拿到了手。电话接通，那边喊了声，表兄……

俞少白一点也没表现出惊喜，他沉稳地说，是雨淋啊，你换号了？

边说边拿着烟盒去了厕所。关好房门，俞少白严厉地说，你搞什么名堂！你都多大年纪了，你以为自己是小姑娘么！

雨淋抽抽噎噎地哭，说自己被人欺负，不愿意告诉表兄，是怕表兄为难。俞少白不耐烦地说，好了好了，你先别哭……哭有什么用！我问你，店是谁砸的？

雨淋说，还能有谁，肯定是蒯仰三这个狗娘养的指使人干的。

俞少白说，你别说脏话，我不爱听。

雨淋说，我就知道你向着他！

俞少白说，放屁！

雨淋又是哭。

俞少白问她现在在哪儿，她说店开不成了，只得又回了北京。俞少白问，他为什么砸你的店？雨淋说，他让我搬家我不搬。俞少白说，他为什么让你搬家？雨淋说，让我远离行政局呗。其实我知道，让我远离行政局就是为了让我远离你。表兄你别拿蒯仰三当亲人，他阴毒着呢。

俞少白倒憋了一口气,说管好你自己就得了。你的破事我管不了,也不想管。王雨淋,你不是小孩子了,不能总干着三不着两的事!换了电话号码居然不告诉我,你知道我多着急吗?

雨淋说,你不着急,你一点都不着急!你一去几个月连个电话都不打,我打你的电话总也打不通……

俞少白叹了口气,说上课的时候手机是被屏蔽的,我不知道你曾经打过电话。

雨淋说,你就顾得自己……你知道我受了多少委屈么!蒯仰三这个狗娘……他居然,居然打我!

俞少白坐在马桶上,握着拳头。牙帮骨错动,却不想再说话。雨淋的声音幽幽传了过来,说好在我没怎么太吃亏,他砸了我的店,给了我20万补偿。他说一切都是看在你的面子上,我看出来了,他对你真心不错。

俞少白闭上了眼,屈辱的眼泪差点流出来。

雨淋又说,所以我看出来了,你宁肯得罪我,也不会得罪他。表兄,我心情好的时候能理解。

话没说完,雨淋又哭了。

俞少白烦躁地说,雨淋,你不知道你丢失的是什么。

雨淋说,我怎么不知道,我只是假装不知道。我不傻。

俞少白说,我还是不了解你,不知道你是聪明,还是太聪明。

雨淋说,你根本就不想了解我。

俞少白说,你怎么能这样说话。

雨淋说,我手里有蒯仰三的证据,表兄你要么?这些证据如果公布于众,蒯仰三就完了。

俞少白问什么证据。雨淋扭捏了一下才说，跟我上床的证据。怕他赖账，我特意拍了他的正脸。表兄，把他搞倒了你是不是能当行政局一把？

俞少白喝了一声，够了！这件事不要再提！

闫丽红在外面敲门，俞少白若无其事地走了出来。闫丽红狐疑地问，你怎么鬼鬼祟祟的？俞少白揽了一下她的腰，说我鬼祟了么？闫丽红问雨淋有啥事。俞少白说，她能有啥事，总是嫌我介绍的男朋友条件不好。

闫丽红说，回头我给她介绍一个。

桃花寺这个小村在大山的褶皱里，连驴友都还没找到这里，所以村里很少有陌生人。下雨天，总是雾气蒙蒙，就像孙悟空在天上飞过一样。俞少白从副驾驶座里钻出来，给围拢过来的人散烟，突然想起蒯局还在车里，赶忙过去开车门，责怪自己怎么越来越粗心。小常已经把车门打开了，蒯局从车里钻了出来。俞少白给村里人介绍，说这是蒯局长，以后要给咱村里修路办电通自来水修桃花寺。一个村民说，给我家买个电视吧。一个说，给我家盖个房吧。还有一个说，我还缺个媳妇呢。蒯局跟他们摆了摆手，问桃花寺怎么走。一个村民想带路，俞少白说，我认识路。他朝后拉了那个村民一把，意思是，不用你。

雨后的山路湿滑，走一步出溜一下。路边的树枝和葛条帮了大忙，俞少白拽哪个，蒯仰三也拽哪个。花岗岩的石头是种古旧的颜色，上面爬着松毛虫。远处有松鸡和王干哥在叫，王干哥是一种鸟，比鸽子稍小。它叫起来的声音，就似在喊王干哥。蒯仰三说，我要是有杆猎枪就好了。俞少白说，您枪法好？蒯仰三说，好，我一枪能打两只麻雀。俞少白原本走在前边，忽然脊背发凉，停下了脚步，让过了蒯仰三。蒯仰三头也不回地说,怎么,你害怕了?俞少白冲他的背影羞涩一笑,瞧您说的,我又不是麻雀,怎么能怕您呢。蒯仰三说,可我怕你!俞少白浑身一哆嗦,说您怕我什么?蒯仰三说,别跟我耍花活儿,你一撅屁股我就知道你拉啥屎。俞少白赔着笑脸说,我不撅屁股,我不撅屁股总可以了吧。蒯仰三望着湿漉漉的林木说,谁都休想背叛我,谁背叛我也没有好下场!

他把一根树枝折断了。

俞少白又是一哆嗦。他赶紧去想以往背叛过蒯局么?没有。绝对没有。除了私自请杜仲吃了一顿饭,没有任何事情瞒着蒯局。他说我可以对天发誓,从没有背叛过蒯局。

蒯仰三像俞少白肚里的蛔虫,他想些什么蒯仰三都知道。此刻在鼻子里哼了一声。说你别跟杜仲一溜一行的,他成不了事。

俞少白说,我没有跟他一溜一行……那天吃饭是他请的我!

话说完,他恨不得抽自己一嘴巴。

蒯局不再说什么,一心一意走路。他在路边捡了许多石头,飞镖一样投出去。总是有鸟儿应声落地,还有一只居然是蝴蝶,鸟儿那样大的蝴蝶,长着黑白相间的条格,被蒯仰三一飞镖砸了下来。俞少白立时就哭了,说蒯局,那个是祝英台啊!蒯局说,祝英台是谁?俞少白马上收了泪,不好意思说,其实我也不认识。蒯局说,少白,你知道我为啥对你好么?俞少白问为啥,蒯局说,你仁义,为一只蝴蝶也掉眼泪。俞少白不好意思地用手背抹了一把,说我心软。

攀上山脊,眼前一片开阔,一树桃花在风中招招摇摇。太阳穿过云层落在那树桃花上,树冠光芒万丈。树下遍布桃花,风一吹,统统像车轮一样旋转。俞少白惊叹:乱花渐欲迷人眼啊!蒯仰三说了句,酸!大步朝前走去。俞少白住了脚,他意识到了桃花树下有什么,却把意识留在了脑子里。果然，蒯仰三三步并作两步走到了树下，身子一歪，就没了踪影。哦，桃花井，蒯局落在井里了！俞少白想叫，却没有发出声音。他发现，有一种隐秘的兴奋瞬间传遍了全身。那种带电的令人战栗的快感多么迷人！那井很深，大约有十几丈。小的时候曾有孩子落在井里，没能生还！他小心地走到了井边，见蒯局身上落满了桃花，人坐在井里，头上正在咕嘟咕嘟冒血。这个位置他能看到蒯局，但蒯局看不到他。蒯仰三仰着脖子叫，少白，少白，救我出去！声音很是凄惨。俞少白摸出了一支烟，用手捂着点着火，蒯仰三喊了三声，他只悠悠回应了一声，而且是小小的一声。因为嘴里叼着烟，那声回应就像在吃热豆腐。蒯仰三听出了意味，不以为然地说，俞少白，你是不是觉得复仇的机会到了？有本事你把井填平了，我连眼都不眨巴！俞少白冷静地说，你以为我不敢？话一出口，两个人都吓住了。

太阳哔哔啵啵地燃出了响声，周围却很安静。俞少白摸索着坐了下来，身上冒汗，脸上冒油。小的时候就听说树神怪井也神怪，难道今天显灵了？俞少白甚至想到了以后的事，蒯仰三因公殉难，县里说不定会把他追认为烈士。真正难过的只有他的老婆孩子。行政局的许多人会暗暗松一口气。他实在是给了人太多的压力，

蒯仰三结巴了。少，少白。我们无冤无仇，我知道你不会害我。

俞少白吸了一口烟，说你少给我套近乎，你忘了是怎么给我戴绿帽子的。

蒯仰三扑哧笑了，一字一顿地说，俞少白，你糊涂了。雨淋是你表妹，不是你老婆。给你戴绿帽子的人肯定不是我。

俞少白也觉察出自己把话说错了，恼怒地叫着他的名字说，蒯仰三，你少嘚瑟！你知道你是什么，衣冠禽兽，你就是衣冠禽兽！

喊出这句话，俞少白觉得天清气朗！

蒯仰三马上软了口气，说少白，你不能冤枉我。

俞少白说，你自己说说，我怎么冤枉你了？

侧着耳朵听，井下半天没动静。

俞少白偷偷趴下身去，伸出脑袋往井里看，蒯仰三突然说，少白你再近点，听我仔细告诉你……

俞少白吃了一惊，赶紧缩回了头。

蒯仰三说，你一定是因为雨淋的事记恨我，我不怪你……当初你把雨淋领过来，是我先看上了她。那么水灵的姑娘，看不上她还是男人么……可你不知道啊少白，雨淋她不是一个普通人，她胃口大，我喂不饱她啊！今天要这个，明天要那个，她当我是摇钱树！一个月，光北京就跑了五趟，不信你问问小常，光给她爸她妈买衣服就买了好几套……我老了老了，还做那么大的冤大头……好吧，我忍了。可她还居然跟我耍心眼，从一开始就偷偷录音录像……你问我是怎么发现的……好吧，我实话告诉你，她店里那个小肖你记得吧？被我买通了，雨淋干啥他都告诉我……想跟我玩，让你说说，我是谁，她玩得过我么？

少白，你听着么？

俞少白往高空抛了个石子，石子一下掉进了井里。

井底下"哎哟"叫了一声。说小子……你还想杀人灭口？

俞少白慢慢坐起了身。这里离井口大概连一尺也没有，但他隐蔽着，注意不让蒯仰三看见自己。说不出的缘由，他不想让他看见自己，不愿意跟他双目对视。但没想营救他，连一丝想法都没有。他脑子很乱，他渴望来一阵风，能把他吹清醒。可风在山的后面，始终也没能走到这里。

井下的声音又陆续传了来。他说我怎么对待雨淋……我拍着良心说,我对得起她!是她出幺蛾子,居然用那些录像要挟我,让我买房,买车,否则就要把录像交给巡视组……我是干啥吃的少白你知道,我怕威胁?我蒯仰三这辈子,只能威胁别人,谁敢威胁我?!我给她两条路,搬家,有多远滚多远。走人,我这辈子都不想看见这个小婊子……少白,我要不是看在她是你表妹的分上,我不会对她这么客气,少白……

俞少白晃晃悠悠站了起来。蒯仰三一抬头,一小片蓝天底下,俞少白抱起了一块大石头,足以能盖住井口。

蒯仰三惊慌地喊,少白,少白,你冷静冷静,你可不能杀人,杀人要偿命啊!

俞少白高喊了一声:嗨!一下把石头举了起来……

俞少白蹬了一下腿,突然翻身坐了起来。他左边摸摸右边摸摸,嘴里说,石头,石头呢?闫丽红说,三更半夜的,你撒什么癔症。俞少白说,石头扔下去了么?闫丽红没好气地说,扔下去了。说完,翻身又睡着了。一身的热汗忽地蒸了出来,俞少白彻底清醒了。他晃了下脑袋,拿起手机看了看,还不到两点,有雨淋的一条短信,上写:人生真是很没意思。

俞少白自言自语了句:谁说不是呢!

11

俞少白又去了一趟姑姑家,这次闫丽红主动提出跟他一起去。闫丽红是这样的人,背后飞短流长,见了面又亲又热。闫丽红问雨淋的生意怎么样，俞少白说，不怎么样。闫丽红说，哪天我也去她那里弄头发。俞少白说，占她的便宜，你好意思？闫丽红瞪了他一眼，没再言语。雨淋开店时，俞少白跟闫丽红商量过，雨淋那里困难，咱们支持一下。闫丽红一下就炸了，说，俞少白，你别忘了她是表妹，不是你亲妹妹。你是不是觉得表兄表妹在一起挺温馨啊？俞少白清楚，她这是故意往歪领会他跟雨淋的关系，根子还在钱上。所以他把几千块私房钱给了雨淋，索性没说那个"借"字。

闫丽红见到姑姑，亲热得不得了。没说上三句话，就蹿到菜园里去了。菜园里种了许多有机蔬菜，这才是闫丽红真正感兴趣的。俞少白跟姑姑聊天，依然没说是专程前来，只说打此路过。俞少白问，雨淋最近有没有回家？姑姑说，自从那回走，连电话也没有。她咋这忙？少白你说我能不能过去给她帮忙，哪怕去扫地呢。俞少白开玩笑说，现在来剃头的人也毛病多，扫地的人家也乐意是小姑娘。姑姑不作声了，看上去心事重重。俞少白问，上次雨淋回家有没有说什么，姑姑说，雨淋什么也不愿意说，但我看出她不高兴。

俞少白说，甭惦记，她在外面挺好的。

姑姑说，你要多帮她。只有你能帮她。

闫丽红提了一大兜子蔬菜进来了。她听见了姑姑的话，接口说，昨天雨淋还打来电话呢，姑姑你放心，她好着呢。

回来的路上，闫丽红突然问，你夜里好像做噩梦了，喊了好几声石头，你梦见啥了？

俞少白想了想，说，我梦见了桃花寺的那眼桃花井。

闫丽红还是谈恋爱的时候去过桃花寺，那个幽深的井筒让她印象深刻，就是那年有个孩子落井了。闫丽红说，一个黑窟窿，梦见它干啥。

俞少白拍了一下方向盘，说你以为我想梦见？

那个梦复杂而凌乱，场景仍让俞少白惊惧。俞少白问，你说梦都灵验么？

闫丽红说，灵验，我做的梦都灵验。

建设美丽乡村工作列入了议事日程，县里要求各委办局汇报详细的包保计划。蒯仰三决定先去一趟桃花寺，跟村里的书记村长见个面。车子上了津围公路，路两边的秋色扑面撞来，却是漫山红叶。路上，蒯仰三说，咱要么不干，要么就干出个样子。我就不喜欢工作淡不流水。俞少白知道蒯仰三的心思，他是个要强的人，喜欢事事走在前边。俞少白坐在副驾驶座上，回过身来说，都是花钱的事，不花钱很难见成效。蒯仰三说，我从来不发愁钱，你没有他有，你不花他花，就看你有没有本事把钱从人家兜里掏出来。俞少白说，我就佩服您这一点，能啃硬骨头。

这话若是在过去就不是拍马屁，现在说出来，换来的是蒯局鼻子里的一声"哼"。

俞少白充分诠释了这个鼻音字，像它的来路一样充满了疑点。

蒯仰三说，我一直在琢磨桃花寺，这个村名不好。俞少白问怎么个不好法。蒯仰三说，要是叫桃花村、桃花岭，都没什么。寺院都是佛教圣地，却以桃花命名，不雅，也不吉利。俞少白问，您说叫什么好？蒯仰三仰脸说，要我说，就叫桃华寺，中华的华。在山外修个牌坊，我找大书法家写个村名刻在上面，村庄包装，先从村名做起。俞少白沉吟片刻，说改了一个字，却改出了大气象。心里却默念了句小时候的歌谣：桃花寺下桃花园，桃花树下种神仙。

种神仙，长神仙，都是一种境界。

蒯局问，你觉得怎么样？

俞少白点头说，改得好。

蒯仰三用鼻音问，真好？

俞少白沉默了。过去蒯仰三从不这样跟他说话。

蒯仰三问有没有跟村里的干部联系。俞少白说，联系了，他们都等在家里。听说行政局包保他们，都非常高兴。中午在我家吃饭，昨晚闫丽红已经先回家了，现在山鸡估计已经炖在锅里了。蒯仰三说，闫丽红的厨艺还行？俞少白说，怎么也比我妈做得好。我妈做菜就知道使劲搁油。蒯仰三笑了笑，说你妈有七十多了吧？知道使劲搁油已经不错了。俞少白说，我爸逮了只鸽子，熬汤呢。蒯仰三说，海陆空，还就齐了。真是很久没吃野味了，这次给你们家添麻烦了。俞少白说，您这是哪里的话，对我们家，对我们村，您都是恩人。

说完这话，俞少白一下沉默了。

蒯仰三看着车窗外，说，你没有说心里话。

车子进了村，往北有一条小路。俞少白介绍说，这就是通往桃花寺的路。这里离桃花寺大约1.5公里。蒯仰三看了下手表，让小常停车。说时间还早，我们先去那里看看，桃花寺的事，我还真有点上心。村里人口、耕地、果树都不会有变数，要想改变面貌，就得在资源上下功夫。桃花寺是一个好卖点，应该在这上面做文章。俞少白头前带路，小路很窄，让荒草侵占没了。俞少白折了一根树枝探路。远处传来了野鸡和咕咕鸟的叫声。俞少白突然想起了几天前做过的梦，梦里出现了一只王干哥，真是很久没听见它的叫声了。王干哥，王干哥。它就是这样叫的，像牙牙学语的小孩子一样。梦是噩梦，他醒了就再没睡着，梦中的场景却挥之不去，他在黑暗中举起了自己的两只手，梦中它们搬起了一块石头……你要干什么？俞少白像是在责问陌生人。

梦中出现了许多对话，俞少白一一检索，发现几乎都是自己各种想法、各种猜疑的呈现，无声却有声，像电影默片一样。他跟在蒯局身后亦步亦趋。这条山路他小的时候经常走，上山砍柴，割草，捡蘑菇，每天都要跑几遍。现在柴草都不是好东西了，所以它们蓬勃地把路都吃了。走到山脊上，眼前是厚厚实实的草场，有几棵伶仃树瘦小寒酸，像是久无人光顾，它们都不好意思生长。寺庙的基座高出周围有半米，隐隐看出有几级花岗岩石阶。蒯仰三用脚拨着草丛往石阶方向走，突然，俞少白的一句蒯局还没喊出口，就见蒯局身子一歪，那头插灰头发凌空飘了一下，不见了。

第一时间，俞少白点着了一支烟。

      2015 年 4 月 1 日星期三 22 时 46 分 46 秒一稿
      2015 年 8 月 4 日星期二 11 时 39 分 23 秒二稿

我们的青苗

1

我推开院子的铁门,被眼前的情景吓了一跳,我爸林广文和一帮村里的人都在我家院子里坐着。

看见我进来,一群老头和半大老头都从或坐或蹲的状态下站了起来,一起朝我笑。那些笑脸都很古怪,仿佛是被谁掐出来的。我爸原本在石榴树下的马扎上坐着,看见我进来,也晃晃悠悠站起了身。指着那些人慢声细语说,他们想求你说个人情,来了一个多钟头了,直在等你。

我"哦哦哦"地应,却并没有朝谁看一眼。女儿林林还在弹琴,是那首我听了一千遍的《献给爱丽丝》。虽然声音很小,可我还是听出了一股怨气。林林的小脸热得通红,头发都被汗水润湿了。我说,林林别弹了,快到外面来歇歇。林林小声说,妈妈,那些人怎么还不走啊?家里就巴掌大的地方,我能听见,其他人也就都能听见。我不好意思地看了一眼那些人,那些人的脸上果然都把刚才的笑意盖住了,讪讪的。说实话,推开院门的一刹那,我心里的火就腾地蹿得老高。我在心里埋怨我爸,大热的天弄这么多人来干啥,真要把人烦死?

可脸上还要笑。我让林林去冰箱里给姥爷们拿冰棍儿,每人一根。细一打量,还有辈分更高的刘姓三爷,连忙补充说,还有太姥爷。那些人却都客气地说不吃不吃。我家西院的张大明追在林林后面把她捉了回来。这些人中我顶不待见他,甚至不愿意看他的倭瓜脸。可张大明很显然是这群人中的代言人,他在哪儿都是抛头露面的。他说,林敏,你不用麻烦,我们老少爷们儿今儿个就是请你帮忙说句话,这么多人这么多张脸来求你,你无论如何也得帮我们这一回。

那些人都齐齐地围了过来,七嘴八舌,只有我爸站到了人圈外,像个局外人。

我心里莫名其妙地紧张,自己先嘀咕他们来找我是什么事。村里人过去也有人找过我,他们总以为我在小报当个记者就能办他们办不了的事。我很怕那些人和那些事,因为我清楚我比他们强不了多少。他们还能舍下脸皮到哪里去闹一闹,我呢,上街被人撞了腰踩了脚也不好意思跟人辩跟人争。我小心地问:"你们来这么多人,到底为了什么事?"

我爸的脸上马上绽开了笑容,说,让你张大叔说,他一说你就清楚了。

张大明说,你一定知道村里与永和集团闹纠纷吧?

我说,知道。

因为隔三岔五回趟家,村里鸡毛蒜皮的事我都知道。中隅村的地就在城西老城墙的外头,过去与城市还隔着几十米的青苗地。后来时兴卖地,村庄与城市之间的青苗地首先被买走了。当时的地价只有四万块钱一亩,老百姓每人分了几百块钱。那时的观念是:别人看上你的地，是你的荣耀。三关四隅那么多地，独独有人买你这一块，不是荣耀是什么？不单是荣耀，还要敲锣打鼓庆贺。地少了你就可以少挨累，就可以去做生意挣大钱，就可以板板眼眼做城里人。城里人的日子，谁不羡慕呢。所以那时的干部下来做工作都这样说：晚卖不如早卖，过了这个村就没这个店了。

村里的最后一块土地是被永和集团买走的，这与卖第一块地相差了十年。这十年间，村里的地由四万块钱一亩，翻到了百万元。四万块钱卖地的时候，村里倒天下太平，人们都乐呵呵地觉得自己离城里人不远了。卖到百万元时，村里的人则像坐在了烧红的烙铁上，乱成了一锅粥。村里人乱，还不仅仅是因为他们平均只拿到了每亩四万块的补助款，觉得吃了大亏。更重要的是，村里人根本就不想卖这最后一块地。他们现在坐在一起谈论的都是子孙后代的事，觉得眼下的卖地不仅是断了以后子孙的活路，也断了自己现在的活路。以张大明为首的一群人到处告状，说地不能卖，中隅现在就只剩下这最后一块地了，如果连这块地也卖了，中隅人就两手空空了。没了土地的人多凄惶啊，一把葱要钱买，一把菜也要钱买。现在蔬菜的价格多贵，那些补助款，还别说闹个天灾人祸，就是光买葱买菜买粮食，这点钱能吃几年呢？

这当然是村里人的说法，村里人的说法就不是个说法，土地挂牌了，出售了。永和集团出天价收购了中隅的最后一块地，极大地提升了本城房地产的价格，用官方的话来说，是极大地提高了本城人民的生活水平。

永和集团购得的土地是要建设高档别墅群，可不知为什么他们却迟迟没有动工，他们只是用铁丝网把土地圈了起来，闲杂人等不得入内。村里人见不得土地闲置，拧开铁丝网，在里面撒了些种子。眼看庄稼就要成熟了，永和集团却开来了大型推土机，把那些庄稼推了个一干二净。问题是毁了庄稼以后土地仍在闲置，永和集团并没有开工的迹象。

张大明说，永和集团就是这样欺负中隅人。他们听任土地躺在那里长杂草，也不让村里人种几棵庄稼。这次告状就是因为这个。他们要求永和集团赔种子、化肥、农药和误工费，找到县委、政府、人大、政协反映情况，还给报纸写信，可告到哪里都没人管。最后，他们想起一辙，向法院提起民事诉讼，跟法律要个说法。法院前几天派人来取证，对村民们说，你们胜诉的可能性极小。

"林敏，你去跟法院院长说说，无论如何帮帮咱们的官司。"张大明从裤兜里拿出一沓钱往我手里塞。"这些钱都是我们大伙的，一分不用你花。你只管求人办事，不够我向大伙去摊派。我们也没别的更高的条件，就是让永和集团赔我们青苗费，他们毁了我们的庄稼，我们咽不下这口气。"

一听是这件事，我头就大了。我连忙把他的手往外挡，我说："我与宋连江没关系了，你们找错了人。"

张大明说："我们也知道你这话不好说，到底是离了几年婚了。可他到底还是林林的爸爸，你说话比别人说话管事。"

我心里的火已经拱到了喉咙口，我艰难地把那些火朝下压了又压，说出来还是有了枪药味。我沉着脸说，这种事我管不了，也不会管，你们回去吧。你们如果想找宋连江可以自己去，但不要在他面前提起我。

我这话像是捅了马蜂窝，院子里一下就炸了。他们大骂开发商不是人，用很少的钱买地，却用很高的价格卖楼，这一买一卖却要了庄稼人的命。

"那些地可都是肥得流油啊,种啥长啥。白白在那里躺着,我们看着心疼啊!"辈分最高的刘姓三爷用手背抹了抹眼睛。他儿子得了白血病,分到手的十几万块钱还没焐热就被送到了医院里。

阳光流水似的在我眼前晃动,晃得我头晕。村里人的难处我都知道,可我知道没有用。那些纠纷像我曾经的婚姻一样错综复杂,哪是我能管得了的?

张大明的两只眼睛像钉子一样盯着我,我讨厌他那种有棱有角的眼神。他说我们也是实在没路走了才来找你,你就不能帮我们说句话?

我努力缓和着语调说,我说也没用。

张大明的眼睛立起来看我,话说出来黏稠得很:"你没去说怎么知道没用?我们这么多人跑来找你,你好歹也去说一说,说不成我们也不怪你!"

我坚持说,我是不会去的,要去你们自己去。

张大明的脸暗了,话再说出来冷飕飕的。他说:"林敏,我知道你不好求,没想到你这么不好求。我们这么多张老脸你都不给个面子,我看你是不想登中隅的门了!"

一群人呼啦啦在后面跟着他。我爸想拦住后面的两个,但被人使劲一甩,差点甩了个跟斗。他满脸羞愧,急切地叫我的名字,我知道他是想让我开口拦住那些人。我不说话。我看着他们之中的最后一个身影在门口消失,我把铁门咣当一下关上了。

我爸回头看了我一眼,那一眼满是惶恐和不安。惶恐和不安的眼神在门缝里闪了一下,就被铁门夹碎了。

2

关上铁门，院子里骤然变成了一个封闭的世界。

我靠在铁门上，头晕目眩。我爸走了，他是很希望我能在中隅人面前答应他们的请求，去找前夫宋连江。他们知道是我不要宋连江的，离了婚，宋连江仍管我的父母叫爸妈，他们觉得，我们还有情分。可是，在众人面前，我驳了他的面子，也驳了村里人的面子。

林林小心地看着我，长睫毛小刷子一样在我眼前闪来闪去。"你为什么不去找爸爸？他也许会帮你。"林林说得有些犹豫。

我隔着桌子拍了拍她的脸，她的脸毛茸茸的。

我离婚五年了，从没主动找过宋连江。当初离婚时，宋连江曾对我说，什么时候混不上碗边儿了还可以去找他。那个时候宋连江还只是一个法院的审判员，就自负地目空一切。我反唇相讥说，我和你都是国家干部，混不上碗边儿的人怎么就一定是我？宋连江仰脸望着天，挑战似的撂下一句话："我们走着瞧吧。"

有一年，事业单位搞改革，中央有文件，说先挖渠后放水，意思是先找就业门路，然后再财政断奶。我们单位的领导是风云人物，对改革的事总是很积极。他先后筹措了几百万办经济实体，指望有一天报纸办不下去了我们能自己养自己。几年以后，那些钱不但没能生出钱来，反而赔得血本无归。报社改革一步到位，从事业变成了企业，不变的是寥寥无几的订数和广告收入，我们每个月只能领到很少的一部分工资。

宋连江却当了法院院长。人们都说他升得快的原因是因为胆子大。别人不敢想的事他敢想,别人不敢做的事他敢做。他做法院副院长时管基建,盖办公大楼。原本计划盖六层,宋连江自作主张改成了十三层。多出来的预算他跑市里和国家各部委去化缘,居然把楼盖成了。公检法司几幢大楼在一条街上,唯独法院的大楼鹤立鸡群。很多人都说他有本事,如果给他个省长,他能把半个国家的钱划拉到手。

大楼落成了,法院院长却意外身亡。宋连江于是从几个副院长中脱颖而出,成了我们这座城市最年轻的处级干部。即使我有一百个理由蔑视他的为人和官位,也不得不承认,他活得比我轻松和体面。

我动手打扫卫生,林林小尾巴似的跟着我,说:"我们打个赌,猜猜姥姥今晚会不会打来电话。"

我说:"不会。"

林林说:"你不听她的话,她一定会骂你。"

我说:"我怎么没听她的话?"

林林说:"你没听姥爷的话,姥爷最听姥姥的话。你没听姥爷的话就是没听姥姥的话。"

我点头说:"有道理。"

我妈黄彩秀却一直没有打来电话,让我预备挨骂的那颗心,一直悬在那儿。她是个最不愿意得罪人的人,不只不愿得罪,还留神一切机会讨好。哪怕我家门前跑过一条狗,她也要看清楚是谁家的狗。留待哪天遇到了狗的主人,奉承几句。我这样大面积地得罪村里人,是比她的命都严重的事。

她是地主家的女儿,当年迫不得已嫁给了我父亲,这一辈子都活得谨小慎微。

接连三天,我妈都没打来电话骂我,这让我很担心。她年纪大了,心脏不好,一生气就嘴唇青紫脸色苍白,她再经不起折腾。她不打来电话就证明她还在生气,而且气得不轻。我不怕她骂我,她骂我的时候,我最起码知道她还好。我翻来覆去想那天的事,想我的态度,想我对村里人说的话,过了,还是过了。如果来的只是张大明一个人,我怎么说都行。我们两家只隔着一堵墙,张大明做过许多伤天害理的事,把我妈气得号啕不止。我妈一生的许多眼泪大都与这位芳邻有关。他家翻修新墙,为了自己多占地就敢明目张胆地移过来一个墙基。

张大明还给了一个理由,说我家院子大。

我妈的理由当然更是理由。她说我爸林广文是个窝囊废,我们家但凡有一个顶事的,张大明也不敢如此欺负人。这种局面后来止于我与宋连江的婚姻。我们是夏天结的婚,秋天还没有到,张大明家的墙基像长了轱辘一样移回了原位——他的儿子摊上了官司,他每天都在巷子口瞄着宋连江,想打听案子的进展情况。宋连江并不理他,只是当着他的面拍拍那堵墙,张大明的脸就红了。

我一个一个去想那天来的人。除了张大明,还有辈分最大的刘姓三爷,七十大几了,唯一的儿子得了白血病,整天为医药费发愁。还有我叫不上名字的几个,他们都是第一次来我家,如果不是因为这样的事,恐怕一辈子也不会走到我家来。

想起那天我抻长脸跟人说话的样子,就恨不得抽自己一巴掌。

我让林林给姥姥打个电话。林林是个鬼丫头,问我跟姥姥说什么。我想了想,说,就说你想吃蟹黄拌面了,问姥姥什么时候做。

林林说,这都几点了,也不是做饭的时间啊。

我说,管他几点,你打电话姥姥就高兴。

电话却久久没有人接听。后来电话终于接通了,林林却把电话给了我,说姥姥让你听。我妈在电话里情绪恶劣,嚷:"你真是我的好闺女，让我连门都没法出，人家都拿我当敌人。我还活着干啥，死了算了！"

我听任她发脾气，她发脾气反而让我的心里安稳了些。肚子里有许多劝她的话，可我知道说也没用。她这一辈子都活在别人的眼睛里，别人的嘴巴里，她什么都在意，可就是不在意她自己。

我学会了在她反应激烈的时候一声不吭。我知道我从小到大都让她很受累，过去我偷偷恨她，现在我原谅了她。

听筒里好半天没有声音，我知道她也在转弯子。果然，她长叹了一声，语气变成了唠叨："你都多大岁数了，做事还这样不管不顾。你一下子得罪了这么多人，你咋回中隅？咋见中隅的人？三叔二大爷想求你个人情是瞧得起你，中隅那么多在外做事的，咋不求别人呢？你不想去说情，也得先把事情应下。这事要是换了宋连江，事办不办不说，保准先说得比驴粪球都圆。你张嘴说话就先伤人，这让我的老脸往哪儿搁！"

我说我心里烦，当时没想那么多。

我妈说："你当真不想帮帮中隅？其实也是帮咱们家，咱家这一亩二分麦田，能有一千多斤的收成，能吃多少顿蟹黄拌面啊。"

我说："您觉得我有本事帮？"

我妈说："不试你咋知道帮不了？也许宋连江就等你一句话呢。"

我妈又唠叨了很长时间，说青苗被毁的那天，谁谁哭得比死了亲娘老子都可怜。谁家一整天烟囱没冒烟儿。要不是有人拦着，就去找永和的人拼命了。她还特别提到了张大明，说他家的青苗地并不多，可那天他一直冲在最前边，想阻止推土机。后来他被永和的四个小伙子抬到了一辆汽车上，汽车绕着山环开出了几里地，才把他扔下来。我妈说起张大明用的是赞赏的口吻，就像说起英雄一样。这让我很吃惊。我清楚她与村里其他人的想法还不一样，补偿些青苗费在她还在其次，更要紧的她是想争个脸——女儿虽然离婚了，还能给村里人办事情，因为她的女儿是这座小城市报社记者，在普通人眼里，记者是无所不能的。后来我的哪根神经还是让她拨动了，我说："让我想想吧，事情哪里是那么好办的。"

我妈马上说："再不好办的事也就当官的一句话。"

我妈深谙官场形势。

我说你知道我不愿意去找宋连江。

我妈说："咱家过去对他不差，你有啥好难开口的？"

放下电话，我在窗前站得时间久了些，林林不放心地凑了过来。我没觉得我伤心，可林林的手在我的脸上左抹一把右抹一把，抹得我一脸冰凉。我把她的手握到了我的手心里，说没事了，没事了。

林林迅速爬回床上，像小兔子一样把自己团了起来。

那一片青苗，我和林林曾经见识过。

春天我们出去踏青，曾走到过小鱼山下。小鱼山在城市的西北方向，山不高，却松柏苍翠植被茂密。山下还有一座水库，水库底下有活泉，一年四季绿水盈盈，而且不结冰。有人推测泉是温泉，可以搞成项目开发。永和集团花天价买下中隅这一百五十亩地，也有人说他们醉翁之意不在酒。在不在酒只有永和人自己知道，他们就像一把锋利的剑，闪着银亮的锋芒，刺穿了这座城市，一下子就挑痛了我们这座城市的神经。

一夜之间，房价上涨了百分之三十，人们扛着行军床在房产公司门口排队，怕房价涨了再涨。永和就像成了精的老猫，躲在某个不为人知的角落，静静地打量着这座被他们搅翻了天的城市。他们花了几个亿买下的土地就在小鱼山下横陈着,他们先招了工人,工人上岗就发制服,衣裤是灰的,马甲是蓝的。帽子半蓝半灰带隐性条纹,腰带扎在裤子外面,像特种兵一样。他们都是当地人,做了永和集团的员工就是不一样,身上自然就有了傲气。仿佛傲气是种传染病,沾了"永和"这两个字,想不传染都难。

圈地的铁丝网都是他们栽下的,有一人高。他们在前面栽铁丝网,后面就有人骂他们。骂人的都是中隅人。永和招员工,先看身份证。如果是中隅的人,他们坚决不要。他们知道因为卖地中隅的人跟政府闹事,把县公安局长的车围了八九个小时,动用了市局的防暴警察,才把公安局长解围。他们觉得中隅的人刁蛮,使不得。中隅的人也因此恨永和,恨为永和做事的人。铁丝网栽好了,也到了种冬小麦的时令。中隅人不由分说就把铁丝网扯开了,犁头耙把男女老少都上,就像在自家的炕头上种地一样理直气壮。喷药、除草、施肥、浇水,侍弄得比往年也不知精心多少倍。这一冬一春,铁丝网扯开栽好,再扯开再栽好。中隅人不时要到自己的田里走走,看出苗,看墒情。连过路的游人都替中隅人说话,说永和这是图什么呢,地面上又没你的东西,你花这样大的力气反复栽铁丝网,有什么意思?

我和林林走到这里,看见那些铁丝网是被扯开的,远处的水库边上,有抽水机突突在抽水。麦苗梢上含了露珠,厚实得一脚踩不透。麦苗不是绿的,是黑的。清湛湛的黑,黑得油光水亮。我知道这是水肥过大的缘故。中隅人知道这是种最后一茬地了,家家使出了吃奶的劲儿,恨不得给青苗使上金肥银水。我和林林横着穿越了大片麦田,裤腿挽了起来,麦苗在小腿上搔来搔去,像小猫爪在抓痒痒。麦苗地里间或有一片油菜田,是去年冬天没种小麦的人家补上去的。油菜已经冒出了花骨朵,挺着长长的脖颈,在风中招摇。我对林林说,要不了多久,这里就看不见麦苗了,是一大群别墅,名叫天上花园。

林林停下了脚步,往远处看了一眼,突然问我:"如果这里造了别墅,这些麦苗去哪儿?"

我不知该如何回答,那一瞬间,我有些感伤。

3

鸟儿回巢了。

不是真正的鸟,是一辆一辆黑色的汽车,从大门口的左边倏忽冒出一辆,倏忽又冒出一辆。小纪凑到我的身边来,也伸头朝外看,介绍说这辆是谁的车,那辆是谁的车。我在几分钟之前才知道她姓纪,纪晓岚的纪。是她主动告诉我的。我说我找蔡三和,她说蔡主任不在。我问蔡主任去哪儿了,她爱搭不理。我赔着小心又问了句:"你知道蔡主任几点回来吗?"她这回不耐烦了,抢白说:"这种事我哪知道?"

我特别庆幸偶然记住了蔡三和的手机号码。我从办公室里出来,在楼道里拨通了他的手机:"我是林敏,找你有点事,你现在在哪儿?"

他说市领导今天来检查工作,下个月全国有一个关于防沙造林的现场会要在本城开。客人才刚上路,他回机关还需二十几分钟。

"林敏,你一定要等我。"蔡三和诚恳地说。

女孩再见我脸上就笑出了妩媚,她告诉我刚才接到了蔡主任的电话,让我无论如何等他来。

然后她开始和我唠家常,问我哪个单位的,孩子几岁了,与蔡主任是什么关系。天上一脚地下一脚,问题提得生硬而别扭。我实在觉得难受才蹭到了窗边上。这里离我们单位的办公楼很近,走过去也就十几分钟。可毕业十几年我与蔡三和只遇到过两三次,最近的一次大概就是十多天前。那天我在下班的路上给林林买了双鞋,我提着鞋从鞋店出来,就见蔡三和的车停在了鞋店门口,他眯着小小的眼睛朝我笑,神闲气定地坐在驾驶员的座位上。

"我隔着窗子只看见了你的侧影,就断定是你。看来今天运气不错。"他从车上下来,把手伸向我,虚虚地握了握。他明显有些发福,长脸变成了长圆脸,上窄下宽。名牌衬衫上的纽扣都被肚子扯歪了脖子,肚子摇摇欲坠。

我和蔡三和是高中同学,一个教室的前后位坐了三年。他从高二下半年开始给我写纸条,不是写谈情说爱的那种纸条,而是从哪儿抄句诗,或一句名人名言,折成小飞机放到我的桌斗里。那种小飞机隔三岔五飞来一架,我没当回事,即便被人看见,也不觉得有什么。

觉得有什么的是我妈黄彩秀。有一次,我清理书包时,从里面意外地掉出来架小飞机。我妈拿起小飞机左看右看,让我念上面的字,我老老实实给她念:"不要在阴霾的天气里乞求永恒的曙光。"我妈却听不懂,让我解释这是什么意思。我大致说了说,我妈还是觉得费解,她问我蔡三和的家庭情况,我哪里知道。我只知道他的家离城市很远,在太和洼里。他总喜欢穿绿胶鞋,从家里回来经常是两脚泥。我妈却恍然大悟,说难怪他写这样的纸条给你,原来他是有这种居心!

我妈原本也是个听见风就是雨的人。如果发现有谁对我动心思,那就该她动心思了。我敢说,假如蔡三和家住在城市,父母都是干部,我妈说不定会笑眯眯地鼓励我和他交往。可太和洼离城市足有八十里。下雨天人都出不了村,黄泥会把人的两只脚牢牢粘在地上,就像地里栽的高粱一样。我妈拿了纸条转天就找到了学校,找到了我们班。我妈让小飞机飞起来，飞到了蔡三和的手里。我妈指着蔡三和的鼻子说："你要再敢给林敏写下雨地皮湿的纸条，我就把你们家的锅砸了！"许多同学围着我妈起哄，我就坐在座位上写作业。我当时心里很生气，握着笔的手直抖。可我不愿意对我妈说什么，说什么都没用。我妈做什么事情都是应该做的，因为她是黄彩秀，黄彩秀与众不同。

毕业前夕我给蔡三和写了封信，密密麻麻写了三页纸。应该说，我写那封信的感觉有点复杂，表面上是对我妈做的事表示道歉，其实字里行间还有更深一层的含义。我妈闹了那一回以后，蔡三和就再没给我写纸条。我对那些纸条是有期待的。我每天都偷偷看蔡三和的眼神，希望再有一架小飞机飞过来。可蔡三和一直都很漠视我，也再没放飞他的小飞机。

我不是对蔡三和有好感。他是班里个子最高的男生，脑袋尖，脸很长，鼻梁骨周围有许多雀斑，再加上他的高吊裤和绿胶鞋，这样的男生不容易让女生有好感。何况那时的我蒙昧得如同八岁孩童，除了一心一意考大学，再没任何别的杂念。就是一匹白马当真驮了哪位王子来到我面前，我也不会多看一眼。我只是觉得与和蔡三和的关系应该稍微特殊一点。那点特殊不应该因为我妈闹一场就给闹没了，应该坚持点什么才对。

蔡三和是怎么想的，我不知道，我们没有就这个问题探讨过。毕业以后转眼就过去了十几年，再见面，已经拾不起过去的话题。

那天见面只匆匆说了几句话，蔡三和就有了日理万机的样子。我们这一届同学，分到企业的居多，谁都知道这年头的企业是怎么回事，十家有八家亏损，还就蔡三和的发展势头不错，在政府机关工作，而且混到了一定级别。那天他把手机号码给了我，让我有事找他，我当时还没有太在意，觉得有事找他的想法很遥远。

没想到这么快他的手机号码就派上了用场。

每天早上我妈都会给我打电话,问我今天会不会去找宋连江。我妈就是这样的人,对什么事也许可以不上心,一旦她上心了,就会要你的命。前两天我还推说没空,实在没处可推了,我骗她说,我再另外想办法,事情不是只有那一条路可走。

我当时就想到了蔡三和,他在政府部门任职,村里那点青苗费的事,说不定一句话就能解决。找他我心里并非毫无负担,但比找宋连江的负担要轻得多。这是实话。蔡三和从外面回来先来推办公室的门,招呼我跟他走。我跟着他来到了他的办公室,掩上门,蔡三和把公文包扔到办公桌上,抒情说:"林敏,你终于肯找我了。"

他眯着小小的笑眼看我,话说得似真诚又似幽默。"不管你因为什么事情来找我,我都很高兴。"

他那样说话我也很高兴。等他的那段时间我心里一直很纠结。不只因为小纪,还因为我对蔡三和心怀忐忑。我这次是有事求他,我怕他跟我打官腔。打官腔可能是习惯,我担心自己坐不住。坐不住就说不成话,说不成话就办不了事。不舒服的那种感觉有点像蚕吃桑叶,不痛不痒,却咕哝咕哝的是一种搅和。

蔡三和的办公室很气派。最起码,比我们领导的办公室气派多了。

我看了看表,已经是下午五点多了,我在计算他下班之前我能说多少话,我要把话说周全,让他听懂。如果在他这里就能把事解决了,我给他磕个头都行。

于是我开始说中隅,说青苗。小鱼山下那一百五十亩地,是中隅最后的土地,土地上的青苗,是中隅最后的青苗。春天我带女儿走到小鱼山下,看见那里的青苗长得那么好,是我从没见过的好。麦苗通常意义上都是绿色的,那里的麦苗却是黑色的,青黑青黑的颜色,像秋天夜晚的天空一样。中隅人把种子撒进地里,不仅是为了粮食,还为了收获念想。他们以后就没有地可种了,是城不城乡不乡的一个群体。他们最后的这一次耕种,从某种意义上说,有着收获和收获以外的双重含义。你如果能看到那片青苗,就能理解我说得没有错,就能理解中隅人的愤怒没有错。没有土地的人,不会理解失去土地的人的复杂和无奈,不会理解他们对土地的那种依赖是一种婴儿对母亲的依赖。说到这里我突然有了一种悲怆,我的家人都是靠土地过活的人,未来日子的那种艰窘几乎伸手可及。他们靠土地过活,其实也就是我靠土地过活,我虽然从土地上走出来了,但没能走远。微薄的一点薪水,只能供养女儿。如果有一天父母没饭吃,于我就是一场灾难。于是我突然就有了情绪,我说如果永和集团不毁那些青苗,青苗早就变成了粮食。那些粮食能晒满整个广场,黄澄澄的新鲜麦子,味道多香啊。永和集团凭什么那样霸道,别人用血汗种的庄稼,他们说毁就毁?老百姓多收一季粮食对他们没有妨碍,他们有什么权利非要毁掉那些青苗?

我激动起来就有些忘乎所以。蔡三和微笑着看着我。说你这么不理性,一点也不像个记者。"不过我喜欢你这样。"他补充说。"你就是为了这个专程来找我?"

我本来想实话实说,可话到嘴边拐了个弯。"当然也是想来看看你。"

蔡三和赶忙说:"不管因为什么,你找我我都高兴。还告诉你,你今天找我就对了,中隅的事,每次上访都是我出面处理,所以你什么都不用说,我全明白。"

我说:"那……事情有希望了?"

蔡三和嘬着牙花子说:"这个事情非常复杂,如果容易解决,早解决了。"

我问他难在哪儿。他说土地是永和的,在人家的土地上种庄稼,人家有权利做符合自己权益的任何事。我说,土地原本是中隅的,中隅的人当初怎么就没有这个权益呢?

蔡三和说:"这里面的道理还用我说,你不明白?土地不是中隅的,是国家的。国家给中隅的时候,中隅可以种庄稼,给了永和,中隅就不可以种庄稼。"

我说:"你说的国家……就是政府吧?"

蔡三和的脸,非常明显地暗了下去。他手里反复撕一片纸,撕出了许多纸屑。他把纸屑攒了攒,又吹出一口气,那些纸屑就跟头趔趄地四散奔逃。蔡三和垂下眼皮说:"恕我直言,你这个事不好办。中隅的人跑到永和的地上去种庄稼,人家不毁应该,毁了也应该。反过来再让人家赔偿青苗,你说这可能吗?"

我说:"这没有什么不可能。如果青苗是你的青苗,你就不会这样说话了。"

蔡三和笑了笑,说:"也不是你的青苗。如果是你的青苗,我豁出命去也要帮你的忙。"

我说:"是我的青苗。"

蔡三和郑重地说:"说吧,有你多少?"

我说:"一百五十亩。"

蔡三和说:"你这样说话我没法帮你。"

我说:"你帮中隅就是帮我。"

蔡三和不说话了,冷了一会儿场,蔡三和抬起头,有几分无奈地说:"要不是看你的面子,我可懒得管这件事,费力不讨好。"

我说,你答应了?

蔡三和开玩笑地说:"你亲自来,我能不答应吗?"

4

两周以后,蔡三和给我打电话,说有几个同学想一起吃个饭。我赶到那家饭馆,见蔡三和坐在主宾的位子上,旁边空出一把椅子。蔡三和先介绍我,然后给我介绍别人。介绍我的时候他说我是他的小学同学,从小我们俩就同桌,他从三年级就给我写纸条,惹出一片笑声。他给我介绍别人。张总,李总,马总,没有一张脸是熟的。我问,你不是说有几个同学吗?蔡三和认真地说,他们都是同学啊。虽然不是同一个老师,但与张总同一个学校,算校友。与李总同一年毕业,算叔伯同学。与马总读书的地方离得近,是老乡加同学。都是调笑,气氛轻松且古怪。我瞅机会对蔡三和说,既然不是同学何苦叫我来,我又不会喝酒,坐在这里干受罪。

蔡三和小声说,你来这里就是吃饭的,什么好吃吃什么。

做东的李总经营着一家印刷厂,我从他们之间的话言话语听出了端倪。原来他并不认识蔡三和,是通过张马二人介绍的。他说他早就想认识蔡主任,就为了这场饭局,他张罗了不下五次。张总做证说,哪里是五次,七次也有。只是蔡主任忙,抽出空闲不容易。蔡三和谨慎地表示自己确实忙,不是为自己忙,是为县长忙。每天的时间都被县长卡得死死的,他向东你不能向西,他打狗你不能骂鸡。自己能够支配的时间很少,就像旧社会的包身工一样。大家都笑,都笑得很崇敬。然后是轮番敬酒。李总连敬三杯，张马两位也是三杯连灌。蔡三和则一派大将风度，来者不拒。他们敬蔡三和的酒也捎带着敬我，让我很不习惯。我不习惯他们很恭敬的样子对我，屁股要欠起来，双手一上一下握杯，脸上笑得都很巴结，嘴里还说着肉麻的话。尤其不习惯的是，他们把我和蔡三和相提并论，倒好像我是他的家人一样。我想我是谁，不过是一个蹭饭的，怎么能这样惹人眼目。我一直都没怎么吃东西，盘子里的食物都是蔡三和用公用筷子给我夹来的。夹来了，我没吃。我吃不下。身为小报记者，平时吃吃喝喝的事也有，但从没有像今天这样不知所措，自己找不准位置，也不知道自己该如何定位。

空调的冷气一直在照着餐桌吹，吹得我手脚冰凉。李总又一次欠起屁股敬酒，我一抬手，一套盘碗"哗啦"被我打翻在地上。

蔡三和说："不喝酒的人倒先醉了。"

我对蔡三和说，我有点事，要先走一步。

蔡三和出其不意地攥住了我的一只手，往下摁了摁，他说不能走。我说我确实有事。蔡三和说，有事也不许走。两只手在台布后面隐匿着，较着劲。我挣了一下，没挣动。又挣了一下，蔡三和反而攥得更紧了。

蔡三和结实地说："听话，别走。"

我心底有了异样的感觉，这样亲昵的话，许久没人对我说过了。蔡三和的脸上却显得若无其事，酒一杯一杯地送下肚去，话也说得恰到好处。他不允许别人叫他蔡主任，而是叫他三哥，蔡三哥。餐桌马上就响起了一片"三哥"声，包括年龄明显比他大的张总，也叫得比谁都热闹。酒喝出了一个小高潮，蔡三和逐渐兴奋了，从守株待兔，变成了四面出击。不但自己一杯一杯地跟人家喝，还操持姓张的与姓马的喝，姓李的与姓张的喝。几个司机也被他调动起来，纷纷喝起了啤酒。蔡三和张扬地对司机说，只要不开车撞死人，余下的事我全管。交警是谁，交警也得听政府的。其他人一片附和声。说这是三哥的地盘，三哥做什么事还不都是一句话，交管局局长都没三哥说话管事。场面乱得不可收拾，所有的嘴一起说话，谁都不听谁的。我静静地看着他们，心底的那些厌烦一点一点溜走了。应酬，这就叫应酬。应酬是一层纱，能网住鱼兵虾蟹。许多不能办的事，也许就在酒桌上办了。过去我不懂这些，宋连江就是个喜欢应酬和被应酬的人，我经常因为这些事情和他生气。婚姻存续的两三年里，宋连江经常对我说："你以为你是谁……如果有个亲爹罩着你，我也可以跟你一样玩清高。"

不管蔡三和嘴里如何起劲，我能感觉到重心却在手上。他的两只手交替举杯，也交替躲在台布下面攥着我。我让他放开，我说我不走了，你可以放开我了。蔡三和对我笑笑，低声说，可能吗？抓到了我就不会轻易放开。

想起当年那些小飞机，我心里柔柔地泛起酸楚。过了许多年之后，我在回味中体会到了蔡三和的那份羞涩和含蓄。虽然蔡三和什么都没表白过，可那一年半的小飞机飞过来，负载的除了情愫还能有什么？

那些名人名言和那些美丽的诗句，不过就是外化的一种表述。

就是这种表述也被我妈黄彩秀打击了。

我妈打击的还不只是一个叫蔡三和的人的情感，她打击的是叫太和洼的那片黄泥地。

饭后他们要去歌厅唱歌，我不想去，蔡三和不由分说抓住了我，他说你不去我唱给谁听，你以为我会唱给他们听吗？别的人在一旁起哄，说我们听三哥唱歌是沾光听，你不去我们连光都沾不着。我无可奈何。狭窄的楼道里酒气熏天，李总在前边引路。蔡三和牵着我往楼上走。蔡三和解嘲地说，从现在开始我就一直这样攥着你，免得你逃跑。歌厅只是一间小包房，方方正正，屋顶很低，射灯的一点光线从屋顶打下来，屋子的四角都是黑的，只有中间是一团光晕，只有鸡蛋黄大小。沙发又大又宽，看不清皮子的颜色。坐在上面，就像坐在了面板上，硬邦邦的。张总和马总的在昏暗的灯光底下翻歌片，给蔡三和推荐曲目。李总咋咋呼呼让服务员上水果，拣贵的上。有莲雾吗？有杨桃吗？服务员说都没有，李总牛气冲天说，你们都有什么？把你们老板叫来！服务员看上去只有十六七岁，很惶恐地说老板不在家，她才来三天，还没见过老板的面呢。李总拿出了手机，说告诉我电话号码。我三哥来了他都不来照个面，我看他是不想在这儿干了！

蔡三和把服务员叫了过来，服务员的眼睛已经没处放了，人慌得不知所以。蔡三和说，都是喝了酒的人，你不用听他们的。西瓜有吧？服务员说有。蔡三和说，切个西瓜上来，要沙瓤的，然后就没你的事了。

李总凑过来说，你不会遇见像我三哥这样大仁大义的。

蔡三和摆了摆手，对这样的恭维不屑一顾。

音乐响了，蔡三和拿起了话筒，包房里却只剩下我们两个人。那些想听他唱歌的人，不知什么时候都溜了。我有点不安，我好像走进了某种情节。不是情节，而是阴谋。是的，我仿佛走进了某种阴谋。就像配合我的猜测，射灯突然闭上了眼睛——房间里停电了。世界顿时变成了漆黑一团，我的眼前除了黑暗什么也没有。我试探地往前摸了一把，什么都没摸到。我的面前空无一物。蔡三和变成了黑暗的一部分，像是被夜色挤没了。一只蝙蝠张开巨大的翅膀不知从哪里飞了来，无声无息地出现在半空中，一下就把我覆盖了。

我挣扎，撕扯，叫喊，当然是无声的。没人捂我的嘴巴，我的叫喊却只在喉咙深处。喉咙深处的叫喊没有任何作用。蔡三和就像一部机器，坚毅，沉着，耐心。我知道我所有的抵抗最终会变成不抵抗，我在挨时候。全线崩溃的时候我特别想蔡三和能说一句话，那句话与那些小飞机有关。

蔡三和什么也没说。

我与蔡三和游过几次泳，打过两次保龄球。他每次招呼我都不说多余的话，把车停在我们单位对面的胡同口，在那里等我。我们在一起时的话并不多，甚至没有谈论过那些陈年往事，他不谈，我也说不出口。有时我甚至觉得他与我的高中同学蔡三和全无关系，他不过是冒名顶替的。

蔡三和从不和我谈有关青苗赔偿的事。可我一直在焦急地等。很多时候我不好意思问，话要在肚子里发霉长出木耳，才会假装不经意地提起。他总是很随意地说，这种事着不得急，心急吃不了热豆腐。这话听起来就像搪塞，让我身上的热气像刚揭锅的馒头一样扑散得了无踪迹。我僵硬的样子大概蔡三和看了都于心不忍。他解释说："这件事不是小事，这牵扯到政治，不是你想象的那么简单。"

我还能说什么呢？

5

一觉醒来，发现林林给我留了个纸条："妈妈你好好睡吧，我去同学家了。"纸条上还有个插图，是个睡着了的小太阳。

发了一会儿呆，我顶着湿漉漉的脑袋走出了洗澡间。

从这里骑车，大约十五分钟就到中隅的那条巷口。我爸林广文从老远就看见了我，赶忙走过来说："你找人的事，有眉目了吗？"

我妈见我的第一句话也是这样说，一个字也不差。

我说，没有，还没有。

我真是力不从心啊！但我不愿意把这种力不从心放在脸上。

我妈说，你找人的事，我跟村里人说了。村里每天都有人过来打探消息。我对他们说，你们以为这是母鸡下蛋啊，说有就结果就有结果？

我知道我妈说的是好话，可她的好话我不爱听。我说八字没一撇的事，瞎说什么？

我妈理直气壮说，怎么是瞎说呢。我闺女是为村里人做事情，让他们知道是应该的。

我说做不成，哪里会做得成。你以为我是谁，县长么？

我妈说，你还是应该去找宋连江，让法院判中隅赢官司，让永和集团包赔损失。如果永和集团不包赔，咱青苗费也不要了，就要那片地，那片地本来就是中隅的。

我妈就是这样聪明，她能忽略很多过程而让事情简单明了。只是我不像她那样聪明，我知道这中间有个环节是政府，政府拿了大笔卖地的钱去修广场、修马路。广场一眼望不到边，马路宽广得就像广场。许多名贵的花木从天南地北源源不断地运了来，把城市打扮得漂亮和妖娆。

只是，这一切与中隅有什么关系？

我知道这没关系。中隅人也知道这没关系。无论城市多么漂亮，城市也不属于他们。如果硬要说中隅沾了城市什么光，就是城市的路灯能在夜晚投过来一些影子，把中隅的街道映得影影绰绰。中隅在外撒疯的狗，跑累了能顺顺当当回家。

我坐在炕沿上,我妈坐在方凳上。我们认真讨论这些问题的时候一点也不像母女,而像两个国会议员。关于那些青苗,我们又涉及了许多话题,横向纵向延伸着以往的现实和想象。我妈说,谁也没有想得到那块地会卖,中隅那样大的村庄,那样多的人口,咋能手里连块屁股大的地块都不给留呢?过去卖了那么多的地,中隅人不心慌,只有卖这块地,中隅人急了,疯了。量地的时候他们用的是毛头绳,横几下,竖几下,一百五十亩地就给量了出去。中隅人把那些人和那些人手里的绳子统统围了起来。公安局来解救,他们把公安局也给围了起来。中隅两千多口人,把天搅翻了也没挡住卖地。然后又是抢种,谁都说一季庄稼不值几个钱,可中隅人看得重,他们心中的那口气都在那季庄稼里。永和集团毁了青苗,就是堵住了中隅人的喉咙口,中隅人要活命,除了咬永和一口,还能做些什么呢……

我妈说的那些话,拉拉杂杂。过去我也听她不止一次说过,可从没像今天这样听起来有切肤之痛。她的银盘大脸朝向我,神情庄重而严肃。没有谁的头发比她头发白得更有质感,浓密,茂盛。就像小鱼山下那片青苗,让人肃然起敬。

她说你找的人,到底有几成把握?

我老实地告诉她,一成把握也没有。是的,我越来越不相信蔡三和。

我妈忽然把脸笑成了一朵花,人也急急地朝外走。我扭头一看,见邻居张大明走进了我家院子里。他进了院子就东张西望,响亮地对我妈说:"林敏来了?"

我妈说:"刚来。"

我有一点别扭。我不想见到他。这么多年,什么时候见到他我心里都不舒服。对他我是记仇的,我不会淡忘过去的那些林林总总以及我妈的号啕和眼泪，他像一只巨大的黑色翅膀，许多年里，遮蔽了我家所有的光。

张大明坐在了我妈坐过的那只方凳上。也就是说，他坐在了我的对面。他坐下以后，先发布了一个惊人的消息，刘姓三爷得白血病的那个儿子，在医院里死了。

我妈喜欢细枝末节，从头到尾问了个仔细。患者是去医院进行化疗的，趁人不注意，用腰带在床头把自己勒死了。人死了直接拉到了火葬场，连张纸都没烧，连把骨灰也没留。刘姓三爷的儿子这样对家人交代过，不烧纸，不穿寿衣，不发丧，不留骨灰。刘姓三爷说，家里穷，救不了儿子的命，儿子有这样一点想头，成全他吧。反正骨灰也不能埋在炕头上。

张大明的脸越来越像一只瘪倭瓜，许多沟壑一样的皱纹都集中到了眉心的位置，这使他愈发显得苍老。他自己带了纸烟，抽一口，咳几声。又抽一口，又咳几声。我妈有些歉疚地说，家里没人抽烟，没预备下。仿佛他抽我们家的烟就不会咳嗽。我妈把人家咳嗽的原因也揽到自己身上，让我感到郁闷。

张大明说起官司。起初法院很积极，也调查取证，也到村里来走访。后来就没动静了。再去问，法院的人说，证据不足不予立案。"听说你在县里托了人了，还是托县里的人好，县里的人管法院。"张大明在烟雾的空隙眯着眼睛看我，他所说的"县里"，指的是政府。

我说我托了人也没用，也不一定管用。

张大明说，托了就好，托了就管用。我就不信永和能一手遮天，把法院和政府全买通。

看得出他的情绪有些低落，不知是不是因为刘姓三爷儿子的事闹的。我知道村里人都爱人比人，往好比，也往坏比。刘姓三爷的儿子还去医院化疗，我妈说，如果她得那样的病，一个药片也不吃，就躺在炕上等死。

他咳得厉害，到院子里去吐痰。我妈抽空对我说："别总拉着脸，你是小辈。杀人不过头点地，冤家宜解不宜结，你还能恨他一辈子？"

我笑了笑。

张大明重又坐回到凳子上，嘴角还有一丝痰迹。我清晰地看到，那些痰迹是红的，是血丝。

我说："您应该到医院查查是怎么回事，总这样咳嗽不好。"

我妈很高兴我说了这句话，赶忙帮腔："回头让林敏给你找个好大夫，不用挂号。"

我瞥了我妈一眼，只得点了下头。

张大明的脸上忽然有了虔诚，他非常认真地问我："这些年我总告状，为啥总告不下呢？"

他一桩一桩地说，开始村里卖地，干部私下分钱，他摸着了底，写了许多告状信，都没有下文分解。然后又因为卖村南的那块地，有些人家提前得着了信（主要是干部），在地上打假井。挖个坑，埋个水缸，里面放满水，电动机上接个管子，合上闸以后管子出水，人家说那是机井，就得几十万。还有人一把一把地栽树苗，其实都是从国道上现砍来的柳树枝。还有人更邪行，在地上造假工厂，用废砖石盖了几间房，就可以从中获得上百万的赔偿。谁都知道那是假的，可政府愣给钱。这些事张大明都向上反映过，可总是没人管，张大明说，他不是看别人得了钱眼热，而是那些钱都不该得。那些钱不是国家的就是大伙的，凭啥都能到个人手里，凭啥我把情况反映给了政府，政府也不给个说法？按说那些钱大伙都有份，都同样失去了土地，老实人得了几万块钱，不老实的得了上百万，事情咋就这么不公?!

他这些年告的状五花八门。村里镇里县里都告过，可哪次告也没能讨来个说法，反而把自己告成了上访专业户。每到有重大节日，他家总有许多双眼睛盯着。张大明说，这次因为青苗的事，是最后一次告状了。不管成与不成，以后他都不会再告了。按说青苗的事，中隅不全在理上。可过去全在理上的事也告不赢啊。但那些青苗实在不该毁，如果永和集团谋财害命还说得过去，可他们不谋财也害命，就说不过去了。事情过去两个月了，他说他总睡不好觉，地里那些青苗总像火苗一样烧灼他，让他浑身疼。他经常觉得骨头要散了，人要完蛋了。他叫着我的名字说，林敏，我是想让你帮帮我，帮帮中隅。你是公家人，公家人对公家人好说话，不像我们狗一样被人防着，连大门都不让进。可我知道你也难。宋连江那个人不好说话，我们想见他，他不见。我们在法院门口堵他，他见了我们比耗子见了猫逃得还快，钻进小车就跑了。林敏你不要去找他，那个人的良心坏了。当初他做中隅的姑爷，见人先说话，现在却连眼仁儿都看不见他的。你托了县上的人，我们放心了。县上的人，能够管他。

张大明咳嗽着站起了身，脸憋得通红。他又摸出一支烟想点，我说："您别抽了，抽烟对身体不好。"他听话地把烟装了起来。张大明说："林敏，我想给你鞠个躬。"吓了我一跳，我一下子从炕沿上跳了下来，我说您这是干什么？张大明不说理由，他只是站在那儿看我，好像在想这个躬怎样鞠才合适。我说您可别这样，我该回家了。

我匆忙从屋里跑了出去。

6

结婚第三年冬天的一个晚上,宋连江突然对我说:"你知道黄彩秀这一辈子有过多少男人吗?"

这个话题,我平时连碰也不敢碰。我从小就隐约知道我们这个家不是正常的人家。父亲过分窝囊,母亲过分漂亮。母亲有很多熟人,很有一些是县里的重要人物,我放学回家,经常见他们坐在我家床沿上喝茶,桌子上放着点心,或者布料。我妈让我叫叔叔、大爷、舅舅,我总是叫得很敷衍。面对他们,我总是面红耳赤,虽然那时我还不谙世事,但有一种天生的感觉令我觉得羞惭,我总是喝一大舀子凉水,然后比兔子还快地蹿出门。

张大明经常在门外堵着我,问:"你看见啥了?你为啥脸红?"

我经常想有朝一日杀了他。

宋连江跟我说话时,我们正躺在一张床上,身上盖着同一条被子。我大学学的中文,毕业以后,我妈找人把我分到了报社。又是我妈找人给我介绍了宋连江。起初我看不上他,嫌他长得糙。可我妈说,长相糙的男人才能成大事。恋爱结婚的几年里,不像宋连江娶了我,倒像是我家娶了他。

被面是大朵的玉兰花,被里的棉花散发着田野中阳光照耀下的甜暖气息。被子是我妈一针一线缝的,针脚细密匀称。中隅村谁都不会比她的手工更好,她在枕套上绣鸳鸯,那鸳鸯都会凫水。

宋连江的眼睛神秘轻佻地看着我,这让我吃惊。感觉中,他一向对我妈尊敬有加。

"听说,她和你爸从年轻的时候就不睡在一间房子里,你说她的孩子都是从哪儿来的?"

宋连江支起了身子,那张脸离我很近。那一瞬间我有些眩晕,不得不顺着宋连江的思路走,一个男人和一个女人假如不睡在一间房子里,他们的孩子从哪儿来?

宋连江脸上的笑容刺激了我,他平时经常勾连这类有关的话题,但从没这样明目张胆过。他的脸上居然有一抹无耻的红,下身毫不犹豫地朝我挤压,我陡然有些心率过速,仿佛我原本与宋连江嘴里的人物没关系,可那个人突然转向朝我扑来。

"她跟过的男人比你的一双手都多。"

宋连江把我的手从被子里抽出来,拍了拍。

我"呸"地啐了他一口,我不能说话,我什么都不想说。我这时才发现自己心底是虚的,一些往事云烟一样在我脑子里浮现,让我欲哭无泪。我所能做的就是扑过去抓他,咬他,恨不得长出八只手,撕碎了他。宋连江用蛮力把我推开了,说你怎么那么不识逗,我只是想知道你爸是谁,你怎么会因为几句话就急眼?

那样一种针刺般的尖锐的痛,不能看不能摸不能说。我坐在屋檐下给自己舔舐伤口。冬天的夜晚寒风刺骨,不多一会儿工夫,我连心都冻僵了。

一辆黑色的轿车停在巷子口,我从车后拐向胡同,宋连江一开车门走了下来,随后走下来的还有林林。

我气恼地说:"你怎么擅自把女儿带走?"

宋连江不说话,只是闷着头往前走。

我挡在了他的前面，我不想让他进我的家。

林林说："妈妈，是我去找爸爸的。"

宋连江说："我想跟你谈谈林林的事，开门吧。"

我没想到，林林下午居然一个人到法院去找宋连江。这样热的天，她是一路走着去的。在法院的大门口，门卫却不让她进去，人家不相信她是法院院长的女儿，她就一直守在门口，等宋连江下班。后来宋连江在案头的监控录像里看到有个孩子总在那里转，觉得蹊跷，让人下去问情况，才有人告诉他，林林是来找他的。

她是来跟爸爸要青苗费的，她说妈妈做梦都说青苗，你帮帮妈妈。林林说着抹起了眼泪。

宋连江问："她去找我，不是你指使的？"

我没好气地说："你一定审过林林吧？林林是怎么招的？"

宋连江像作报告一样提了三点批评："第一，你不该让孩子一个人跑这么远的路。路上那么多的车，危险。第二，你不该把大人的事告诉孩子，指望孩子解决大人的问题，这个想法是愚蠢的。第三，你应该想办法改善自己的生存环境，而不是关心什么青苗。青苗的事，是你能关心的？"

宋连江要走，我急忙把他拦住了。我说："请你听我说几句话好吗？"

宋连江谨慎地看着我："什么事？"

我说："你能不能管管中隅的青苗。"

宋连江说："中隅的青苗跟你没关系。"

我说："那也是我的青苗。"

宋连江挑起眉毛看了我一眼，刻薄说："你的青苗与我有什么关系？"

我把申诉材料直接送到了他的办公室，没想到在那里看到了蔡三和。蔡三和坐在宋连江对面的一把椅子上,看见是我,蔡三和面无表情地说:"大概是为中隅的事来的。"

"为青苗赔偿。"宋连江说。

我把材料放到办公桌上,宋连江拿起来看了看,说中隅人一直在闹着要青苗赔偿,那些农民盯着要法院立案,想给永和放点血。他把桌子上的几页纸抓起来朝蔡三和晃了晃,说,我能拖则拖,能顶则顶。这不,农民在威胁我,说要采取过激行动。

蔡三和不屑地说:"这年头,农民想钱都想疯了。甭理他们,他们闹不成事。"

宋连江说:"法院总给政府擦屁股。"

蔡三和说:"永和集团在本城落脚不容易,你知道书记、县长花了多少心思,千万别给他俩找麻烦。"

宋连江点点头。

我把材料拿起来,迅速撤出了办公室。我听懂了他们的话。

7

中隅人很焦灼,整个村庄都为青苗的事焦灼。青苗不单是青苗,已经成了一种象征。他们许多人聚集在一起分析情况,商讨办法。他们觉得这件事的蹊跷之处在于,开始法院是肯立案的,只是觉得中隅赢不了官司。中隅在别人的土地上种庄稼,怎么可能赢官司呢。只是中隅人不同意这种说法,他们觉得土地不管卖给了谁,都是国家的,只要那个地方还是耕地,中隅人就有权利在上面播种。他们把这种想法跟律师说了,但没有哪个律师肯接这个案子。村里人的情绪一日比一日高涨,我经常觉得很惶恐,不知道明天会发生什么。

这件事甚至影响了我的工作,主编点着我的稿子怒气冲冲说:"瞧你都写了些什么!中隅的青苗现在已经是敏感话题,你还拿这个来做文章,我看你是不想在报社干了!"

张大明的烟抽得更厉害了,痰也吐得更凶了。他走过的地方,到处都是血红的痰印子,看上去触目惊心。我劝他还是先到医院看看医生,张大明苦笑着说,我这条老命不值钱,还是省些棺材本吧。

我说我帮不了中隅,我没那个本事。

张大明苦笑了下,说:"我们只能靠自己了。"

早晨出了一轮又大又红的太阳。我早起上班,就见许多行人往城北方向涌。我拦住一个人问他去干什么,他说出事了,中隅人把法院包围了。我到报社处理了一些事情,谎称家里有事,也打车朝那个方向走。我戴了墨镜和遮阳帽,挤在看热闹的人群里,见中隅的人黑压压一大片,站在了法院大楼前的空场上。那些人打着横幅或胸前挂着标牌,上面写的是"我要立案""为民做主"。我的眼睛潮湿了,我知道这是一条好新闻,搞新闻的人总会被好新闻感动,可这样的新闻却难以见诸媒体,这些我都知道。

我在人群里看见了我的父母,他们手里拿着盘碗。我这才注意到,中隅人的手里大多拿着盘碗或不锈钢的饭盆,在清湛的天空底下,显得古里古怪。我正纳闷这些东西的用途,就见张大明嶙峋的身子跳上了一级台阶,吐出了一口带血水的痰。他手里拿的是一个搪瓷盆,另一只手拿了鼓槌样的木棍,神情肃穆地使劲一敲,盘碗盆碟忽地成了震耳欲聋的一道绝响,比风暴还来得猛烈。那些敲击声夹杂着各种情绪在天空回想,成群的鸽子被惊飞了,也许它们正好从天空经过,"扑啦啦"地彼此冲撞着,居然有一只鸽子掉在了地上。

那只鸽子肯定是被噪声震落的。

我躲到人圈外,迅速用手机发了条微博:求围观——中隅人为了青苗赔偿之事多次与开发商协商未果,法院不予立案。现有两千余人包围法院,以盘碗为鼓敲击,声响如钟……

我还拍了一张照片,是张大明脖子上挂着的纸牌,上面写的是"还我青苗"。

我从人群里撤了出来,顺着马路一直朝南走。微博发出去了,总算中隅的声音传出去了。不管传出去多远,传出去总是好的。走过环岛,走过两个十字路口,前面就要出城了,路上车水马龙,我稍稍净一下耳根,就能听见那些敲击声还在天空飞扬。我就是想知道来自中隅的声音能走多远,如果能覆盖一座城市,最好。

路边有一个小花园,我在石凳上坐了下来。手机响了,是蔡三和。我平静地把手机接通了,蔡三和劈头问:"中隅人围攻法院,谁是主谋?"

我轻蔑地说:"我怎么知道。"

我把手机挂掉了。

不断有短信的提示铃音,我知道,有越来越多的朋友看到了那条微博。

淅淅沥沥地下了一夜雨。一大早,我爸林广文就来敲门。他把双手扶到门框上,一脚门里一脚门外。他说林敏,我跟你说个事。我心里没来由地紧张,不知道他要对我说什么。我爸说,这场雨下透了,中隅人一早都去种大田了,你说我们种不种?

这个消息让我感到意外,我确认了他所说的大田就是玉米。我问都有谁家去种了。父亲左邻右舍数说了很多人家，我一点一点地高兴起来，要不了多久，小鱼山下的那片地又是绿油油的青苗了。可那些青苗注定长不大，要不了多久，永和集团的推土机说不定又开上去了。

我说，算了吧。

父亲转身走了，可很快又收住了脚步，看得出他有些不甘心。父亲回头对我说：这季庄稼也许能收来。

我说的是万一。父亲说。

鱼在水里游

1

我每次回罕村,母亲都要告诉我,小鱼这样了,小鱼那样了。

其实不是小鱼怎样了,是小鱼的家怎样了。比如,翻修了房,加高了院墙,新买了家具,诸如此类。当然,也包括小鱼的媳妇素枝,买了高档皮衣,拉了双眼皮儿。母亲叫不惯素枝的名字,有关素枝的事,她也一并加在小鱼身上。

后院的院墙果然高出许多,过去墙帽在我的下颏底下。我站在那里,小鱼家院子里的一棵草我都能看见。如今,我不得不站到方凳上跟小鱼说话。我们两家是邻居,却不在一条街上。他家走西门,我家走东门,要想串个门子,得往南绕出很远的路。小鱼问我什么时候回来的,我说才到家。你媳妇素枝呢?我问。小鱼回头朝屋的方向看了看,说给人拔罐子呢,敞着窗,我也难看到窗内的情景。正好有一男一女出来,都是打扮入时的人,明显不是村里的。女人细高挑儿,穿着收腰的套裙,男的西服革履。小鱼急着送客,朝我摆了下手。

我回屋对母亲说，小鱼媳妇给人拔罐子呢。母亲撇了撇嘴，说她会拔啥罐子……拔罐子的活谁都会。母亲这话说得矛盾，可我懂她的意思。前边一句话，是说她了解素枝，素枝不会拔罐子。后边的话则是解释远道而来的客人，为拔罐子不会跑这么远。我逗母亲说，您就不会拔罐子。许多年前我闹腰疼，母亲用罐头瓶给我拔罐子，烫得我"嗷"的一声蹿起来，把腰上烫了个大燎泡，有五分钱那么大。母亲抿着嘴笑了笑，说有那事？我不记得了。据母亲说，素枝自打几年前得了夜盲症，好了就开了天眼。世界在她的眼前没了屏障。啥东西一看就准。比如怀孕的女人，长瘤的男人，小三的模样，先祖的音容，等等等等。只要说出名姓和方位，素枝就能看个八九。我问母亲信不信素枝的本领，母亲说，你到那条街上看看就知道了，小汽车把整条街都排满了，都是从远处来的，听说还有电影明星呢！

吃了晚饭，我闲转到那条街上来了。因为在村边上，长长的一条街，其实没有几户人家，家家户户都称得上是深宅大院。离得这样近，我也很少到这里来。这里是一道死胡同，往北是各家各户的菜园，被横向纵向的小水沟分割。你不浇地他浇地，到处都是泥泞。再往北顶着一条大堤，河里有水，当然水已经很臭了。西边则是长条坑，我小的时候，岸边生着许多荻子。荻子跟芦苇的模样相仿，但比芦苇光滑娟秀，现在貌似都绝迹了。坑里的青蛙成千上万，吵得一个村庄的人都睡不好觉。当然，眼下成了死坑。坑里没水，坑就死了。这条街上的五户人家，都是于姓祖先的后代，属小鱼家的亲门近支。你可别以为小鱼叫于小鱼，事实是，小鱼是小名，他的大号叫长国，于长国。小鱼是我母亲从小就叫习惯的，小鱼结婚后的一些年，母亲也试图改，可改来改去，就是叫不习惯。后来母亲征得了小鱼和素枝的同意，就这样叫了。母亲这样叫，我也这样随着。村里铺了水泥路，但这条街因为地势偏,还是土路。母亲说的"小汽车排满街"的盛况已经不在了。但确实有三辆车在小鱼家的门口,我不太认牌子,但冲高高大大的富贵相,也是高档车无疑。

小鱼家院墙长高了,红砖到顶,明显是耐火砖,看着光滑平整。两扇大门都有点像城门了,吊环从狮子头的鼻孔里穿过来,是铜的。我有些奇怪,这才几年的时间,小鱼家的青砖矮墙头就换了人间。

我试着拍了几下门,那门厚重挺拔,纹丝不动。我原本也没想进去,就是看那门实在高端大气上档次,手痒,就拍了拍。

旁边住着的小鱼的婶子走了出来,她有些认不出我是谁。寒暄了几句她才说,我想起来了,你是东门的二姑娘,叫云丫吧?我赶忙应了。小鱼的婶子问,你是去长国家吧?不使劲拍门里面根本听不见。说着,拿起一块砖头,是代我拍门的架势。我赶忙拦着,说您快别……我没事,就是看那门好奇,这么大个儿。婶子说,这门寻常人进不去。我开玩笑说,婶子有多久没进去了?婶子说,我?由他妈死我就没去过。

我说,哎哟,街坊住着……这都多少年了啊。

2

说起来,我家与小鱼家有一点亲戚。他父亲和我母亲是表姐弟。我们小的时候,曾经管小鱼的父亲老于叫老表舅,可我父亲不喜欢这种亲戚关系,让我们兄妹几个都改了口,叫大叔。

大叔就是庄亲,显得远。

但小鱼一直管我母亲叫表姑，管我父亲则什么都不叫。在他们眼里，我父亲大概就是个不近人情的人。

实在是我父亲跟老于大叔说话就犯相，两人尿不到一个壶里。父亲是一个像牛一样傻干的人，老于大叔则是有名的投机倒把分子。改革开放以后，他在外面倒东卖西，发现家口是累赘，就干脆不回来了。起初，在京郊某地跟一个女人姘居，后来就不知去向。小鱼的母亲去世，小鱼曾经遍天下去找他，却没有找到。

埋葬母亲时，小鱼用青砖给父亲刻了牌位。意思是，他们合葬了。也有人提出异议，说老于将来回来咋办呢？小鱼胸有成竹说，他死了。

小鱼结婚的时候，家里没人给张罗。做被褥，剪窗花，买蜡烛，细节上的事，都是我母亲包揽。结婚后，小鱼几乎天天到我家来串门，有时也带素枝一起来。来的次数多了，母亲对我说，小鱼这个媳妇不着调。

咋不着调了？我说，年轻人的事您别看不惯。涂红嘴唇，抹指甲油，那是爱美的表现。女人爱美是好事。

母亲说，我不是指这个，是她太会说话。

我说，小鱼就拙嘴笨舌，他总不能再娶个拙嘴笨舌的吧？

母亲说，会说话也不是这个说法。这个媳妇子，眼睫毛都是空的。

我笑了，说还这个媳妇子，您这是跟谁学的。其实我懂母亲话里的意思，这句"眼睫毛都是空的"是形容一个人太聪明，不好糊弄。但这不是母亲想要表达的意思。母亲话里的准确含义是，睁俩眼说瞎话，或者，说瞎话不带眨巴眼的。是说小鱼的媳妇子是一个爱说谎的人。

我说，这也是人天生的品性，她爱说谎就由她说去。您一耳朵听，一耳朵冒就是了。

我跟素枝接触得不多。偶尔见了面，她都姐长姐短的，特别嘴甜。我比小鱼大三个月，小鱼从来没喊过我姐，他总是直呼其名。有一次，当着素枝的面，我开玩笑说，小鱼你喊我一声姐，我请你吃炒螺蛳。

小鱼耳朵都红了，笑得特别难为情。

丫丫出生前，小鱼原本以为是个男孩子。说话气也壮，走路身板也直。把手放到素枝的肚子上，响声大气地喊儿子。可孩子生下来是个丫头，小鱼一下子就打蔫了。他到集镇上买鱼，给素枝熬鱼汤。一堆鲫鱼，他拣小的买。卖鱼的都奇怪，说大鱼熬汤好喝。小鱼生气地说，生儿子的人才配吃大鱼！人家劝他说，时代不同了，男女都一样。小鱼说，把你儿子给我，我把丫头给你，你乐意么？

丫丫大约三岁的时候，素枝跟人去城里买衣服，把丫丫送到了我家，让我母亲照料。那天我正好休假，带了孩子住娘家。我女儿六岁，见了丫丫喜欢得不得了，说小妹妹是个玩具娃娃。那是我第一次好好端详这个小丫头，宽额头，深眼窝，一头毛茸茸的黄头发。你看着她，她就不错眼珠看着你，神情一会儿一变，都是话，就是不会说。我有些奇怪，说这孩子像谁，怎么跟小鱼是连边儿都不沾啊！我母亲赶紧说，咋不沾边儿，瞧这眼睫毛多长，跟小鱼小时候一样，像把小刷子。还有这元宝耳朵，也像小鱼的。我说，小鱼可不是元宝耳朵，他没耳垂。母亲说，上面的耳郭像，不晒骨。我宽容地笑了笑，把带来的小食品分给丫丫，丫丫接得很腼腆。我问，小鱼跟素枝一起进城了？母亲说，小鱼哪有空，他跟包工队锄泥呢。小鱼没技术，干最累的活，工钱却最低。我说，素枝倒会玩，孩子一丢就走。母亲说，素枝哪里丢孩子了，她每次都送到我这里来，我为了照看孩子，一天连饭都没空做。

素枝回来时，天色将晚。丫丫明显不安，这屋那屋到处找妈妈。我有些不耐烦，说素枝出去玩可以带上孩子，咋能这样把孩子扔给别人呢。母亲说，这不是扔给别人，我是孩子的表姑奶。我说您怎么总向着她说话，表姑奶是多远的关系啊！可母亲说，小鱼家的娘家在东北，这边又没公婆，别说还有亲戚关系，就算没有，自己也不应该不搭把手。正说着话，素枝提着大袋子小袋子走进了院子，身后跟着唐龙。我一怔，有几年没见着唐龙了，唐龙的身上一点也没有乡间人的种种元素。墨镜架到额头，摩托车的钥匙上拴着长毛尾巴，走路一甩一甩的。细格子的西服，配一条老板裤，皮鞋都能照镜子。唐龙跟我握手，说城里人到底不一样，你比小时候白多了。化妆品用哪个牌子？我说，你还说我，若不是在这里碰见，我都不敢认你了。我说得随便，唐龙听得敷衍，都有些言不由衷。唐龙做木材生意，从东北买圆木，用电锯破成板材，是门好生意，养着二十多个工人。我还没有回过神来，两人抱着孩子一前一后走了。素枝在前，唐龙在后。唐龙的元宝耳朵，深眼窝，黄毛头发，都惊得我一愣一愣的。两个人大大方方道别，母亲却像做了亏心事一样不好意思面对我，她去灶屋生火做饭，我追了过去。我说，看您再给素枝看孩子，以后再不许做傻事了！我的意思是，这不是给人家行方便么。这样做，太对不起小鱼了。可母亲说，小鱼家的把孩子送了来，说去城里买衣服，我不好意思不看。再说，我也不知道唐龙和她一道去。闷了一会儿，我说，孩子的事这么明显，小鱼会不知道？火光把母亲的脸映得通红，母亲叹息了一声，在地上蹭了蹭冒着烟的烧火棍，地上出现了乱七八糟的一堆线条，大概就像她的心情。母亲说，小鱼疼丫丫，你就忘了吧。

忘了什么？我明知故问。

母亲却不回答，叹息说，小鱼总是受欺负，这日子什么时候是个头啊!

　　再见小鱼,我会留神仔细观察他。小鱼习惯靠墙柜站着,一条腿戳直,另一条腿上去编十字花,脚尖着地,抖。小鱼爱跟我打听外面的事,比如我开始买了楼房,小鱼就神情专注地问我,听说楼房都在屋里解手,不臭么?有一次,我偶然说起同事在饭店请客,要了一条罗非鱼。小鱼很吃惊,说咱们家的河里,就出产鲤鱼,鲢鱼,鲫鱼,葫芦片子,蒿子根,鲇鱼,黑鱼,鲅鱼。从没听说过罗非鱼。它长什么样?把我问愣了。我吃过不止一次罗非鱼,却从来不好奇它长什么样。鱼长什么样,对吃鱼的人不重要。可小鱼说,你下次在吃鱼之前好好端详端详,看看它到底长什么样,再看看它在水里是怎么游的。我嘴里应了声,心里却在说,看看长什么样还可能,还想知道人家怎么在水里游,你以为我是水母啊!

　　总而言之,我从小鱼那里什么也没看出来,提起素枝,提起丫丫,就像任何一个丈夫和父亲一样,面色坦然,神情愉悦。于是我想,乡里这样的事情不是大事,是大事的时候都是被别人编成了话本,制造矛盾和冲突。过去生产队的年月,曾经有刘姓一家五个丫头,各像五个人。他们就那样年复一年地在一起劳动,彼此井水不犯河水。

　　丫丫后来长大了,像谁不像谁的话,都没人再提起。丫丫七岁那年,小鱼又生了一个女儿,取名妞妞。妞妞是个漂亮女孩,取了父母的优点。小鱼有时候抱孩子来串门,身后跟着丫丫,看不出他对两个孩子有分别。

　　做爹做成小鱼这样,也让我非常感慨。

3

　　单位的大姐姓罗，是个科长。我不爱称呼人官衔，从认识她那天，就叫她罗大姐。有一段时间，罗大姐对我总是爱搭不理的，走碰头跟她说话，她只从鼻子哼一声，看也不看我。我不知道哪里得罪了，后来跟人咨询，才知道症结所在，原来她不愿意人叫她罗大姐，愿意人叫她罗科长。偏我是个拧脾气，乡间有句俗语是，先叫后不改。改了倒显得我没有气节。我既然叫了罗大姐，那你就是永远的罗大姐。转眼过去了二十年，眼下罗大姐都要退休了。当然，现在全机关的人都叫她罗大姐，再叫她罗科长，她反而不乐意了。有一天，罗大姐对我说，王云丫，我想求你点事。

　　我说，您把"求"字去了，有事您说话。

　　罗大姐说，我记得你的老家是罕村。

　　我说，是罕村啊。

　　罗大姐说，我有点私事，想求个人……这个事你对谁也别说。哦，不是求你，是求大仙看阴宅……不是我信，是我婆婆信……你能给行个方便么？听说大仙得提前预约。

　　我说，罕村有大仙？我没听说过啊！

　　罗大姐笃定地说，罕村有大仙，我早几年就知道。你姐夫腰里长了个疙瘩，吓得不敢去医院，就是先让大仙瞅，结果瞅好了……那时人还好求，他们家的栅栏门就是几块木板，矮墙头外边就是你娘家，这些大仙都跟我叙谈过。

我真着急了，罗家姐夫是个画家，我见过几次，是个非常好的人。我说，你那时咋没说一声。到了我家门口，咋也得吃个饭再走。

罗大姐说，是你姐夫不愿意让别人知道，他那个人，胆子小，差点让那个疙瘩吓死……那时大仙名气还小，我们自己找了去，家里正冷清。据说现在早就涨行情了。

我还是有些难以置信：难道你说的是沈素枝？

罗大姐肯定地说，是叫这个名字。

我说，我们两家多少有些亲戚，人很熟，可我没听说她是大仙。

罗大姐说，所以真人不露相，单凭这一点，这个沈素枝就不是寻常人。

我好奇得恨不得一步迈回罕村，见到小鱼素枝两口子，问个究竟。这时代发展快，但再快也不会把人变成仙吧？我邀请罗大姐跟我一起去罕村，罗大姐说，你还是去预约一下吧，这样对人家不礼貌。我说，预约啥？没必要那么麻烦。罗大姐说，看来你们两家关系真是不一般。我麻着胆子说，那当然。见了面，他们都管我叫姐！

罗大姐坐炕沿上跟我妈拉家常，我搬着凳子来到了墙边。小鱼正在给豆角秧插架，两根竹竿编十字花，上面再用竹竿做横梁。他过日子是好手，园子里的菜都比我们这边长得好。我喊了一声小鱼，他放下手里的竹竿走了过来。问我啥时回来的，我说才到。素枝呢？我问。他说给人拔罐子呢。我说，怎么总有人来拔罐子啊！小鱼说，有病的人多。我说，我有个同事罗大姐，前几年她爱人腰上长疙瘩，让素枝看过。她今天又来了，想让素枝看看阴宅。素枝啥时有空？小鱼掏出手机看了下，说下午过四点吧，素枝现在有点累。我说，今天人多？小鱼说，哪天人都不少。我伸着脖子努力朝窗里看，自然什么也没看清。我说，素枝怎么忽然长了那么大的本事。小鱼笑了下，说她的本事你看不到。我现在夜里都不敢跟她睡觉，她睡着了身上长鳞片，会发光，像龙一样。小鱼坦诚地看着我，一点也不像在信口开河。我想不出一条龙女什么样，试探说，像鱼？小鱼说，像龙。鳞片比鱼的大一倍。小鱼用拇指和食指对成一个圈，比画。说得我直起冷痱子。我说，四点你给我留着门，你家的门我拍不动。小鱼说声好，又去送客了。这次出来的客人是一个年老的女人，和一个高个子的男人，男人关照着女人走路，一直侧着身子，看上去像一对母子。我从这里只能看到背影，但还是想起了一个词：非富即贵。我从凳子上下来，罗大姐不知啥时候出来了，她说，预约上了？我说，预约上了。我说起素枝夜里睡觉长鳞片会发光的事，罗大姐肃然起敬，说过去了这几年，她一定了长道行了。一般说"道行"，是指红、黄、灰、白、柳之类的迷信玩意。红是狐狸，黄是黄鼬，灰是耗子，白是刺猬，柳是蛇。罗大姐这样一说，就把素枝说到那个阵营里去了。这样的传说民间很多，不由让我多了想法。我倒希望素枝与那个阵营有关，最起码能够解释。

午后的时光有些漫长，我和罗大姐到那条街上转了转。车不多，有三四辆。但彼此之间拉了很长的空当，证明它们之间曾经有别的车辆开走了。罗大姐说起几年前的这条街，居然比我还熟悉。这家的房子什么样，那家的影壁什么样。小鱼家的院墙外面种了一排葱，那葱都冒仙气，长得又高又壮。罗大姐说什么，我都应，我不破坏她内心的美好感觉。婶子拎着桶出来倒泔水，问我啥时来的。我说上午来的。问罗大姐是谁，我说是我同事。婶子说，瞧病来了？我赶忙说，不是瞧病。婶子说，我说你们公家人不至于到这里来瞧病，有病还是得去医院。

我赶忙把罗大姐拉走了。罗大姐跟我说，看来这里的人并不信服沈素枝。也难怪，有有眼不识金镶玉这句话。我心说，我也没看出素枝与金镶玉有啥关联。时间还早，我拉着罗大姐去大堤上转，周河也是一条龙，把罕村包围了。堤上是成排的白杨树，风一吹，一片拍手声。罗大姐说，你们这村风水真好，将来说不定会出凤凰。

我应了一声。

4

民间传说来自大堤后面的那块河滩，据说那里曾经有过龙脉。有一年周河泄洪，龙脉被冲断了。我好奇，曾经认真打问过是哪一年的洪水。有人说朱元璋登基那年，也有人说1958年。村里的老人们都说，如果龙脉不断，这里应该出个天子。后来退而求其次，说不出天子也会出个凤凰。村里人说的凤凰，是指正宫娘娘。

我小的时候，这个说法还相当普遍。谁家女孩长得周正，村里人说的最多一句话就是：说不定将来能进宫当娘娘。其实这样的称呼及表述方式，早就扫进历史的垃圾堆了。可村里人不管，村里人总对天子和娘娘这样的称呼情缘深厚。

素枝在炕上盘坐着，柔如无骨。见我们进来，匆忙下炕。她原本就是俏眉俏眼的模样，眼下穿了件丝绵的白衬衣，长发拖到腰际，又不怎么见太阳，脸荧光似的白，看上去人都有几分神道。她只是更瘦了，纤细的手指除了皮就是骨头，一枚钻戒在那里咣里咣当。她还像过去一样喊我姐，说老想去城里去看姐，可就是抽不出空来。天天累得我啊……罗大姐说，您是累瘦了，得注意保养身体才是。我看了罗大姐一眼，注意她用了个"您"字。素枝用两只手去捋长发，似乎想扎起来。可没有凑手的东西，手一松，那头发又都披散了，瀑布一样。素枝说，哪由得了我。要是由得了我，我整天就不开大门，谁来也不让进……我夏天盼着下大雨，冬天盼着下大雪。就盼着把天底下的路都淹了、都封了……可有些人下大雨、下大雪也来，我就没有哪天能消停。素枝笑了下，样子满足又无奈。小鱼干巴巴地说，是这样，整天都是这么忙。素枝说，不说这个了，姐好不容易来家一次，我看见姐就高兴。姐快坐。

我们都坐在炕沿上，一铺大炕平平展展，现在乡间已经很少见了。炕上空无一物，这又与平常人家不同。炕席是新的，结着数不清的人字花，像一排一排的大雁一样。见我打量炕席，小鱼解释说，素枝每晚躺在光板炕席上才能睡觉，铺一点东西，她就嚷烫得慌。我想起小鱼说过的话，素枝一到夜里身上就长鳞片。我摸了摸，炕席阴凉。我心说，难道素枝是把炕席当成了水塘？否则，她瘦成那样，肯定硌得慌。罗大姐说，我又给您添麻烦来了。素枝说，你过去来过？罗大姐虔诚地说起上次来的情景，丈夫腰间的疙瘩，奇迹般地不治而愈。我们家里都供牌位了。罗大姐凑近了素枝，神秘地说，丈夫是一个唯物主义者，通过这件事，也相信有神灵这回事了。素枝问，供了谁的牌位？罗大姐指了指墙上，也是这位师傅。没想到素枝突然发了脾气，大声说你怎么这么不懂事，这是凡人能供的吗！把我们都吓了一跳。罗大姐窘得不知如何是好，结巴说，我们也是好意，让仙家受些香火，是因为我们心存感激，这有啥不对呢？素枝说，连我都不用香火，你怎么敢用香火……香火本身就是俗家蒙事的，你这样做真是太伤人了！罗大姐陡然变了脸，一下跪在了地上，磕头如捣蒜。嘴里念念有词：

请仙家原谅，千万不要降罪。小鱼连忙赶过去摇素枝的肩头，说师傅醒醒，师傅醒醒。你看咱家谁来了？素枝浑身一阵痉挛，眼睛越睁越大，人像定住了一般。慢慢缓过神来，素枝像面条一样软，缓缓躺在了炕上，声息全无。

小鱼解释说，素枝就怕生气。一生气就要耗损几天的心力。

罗大姐鼻尖冒出了汗。她把素枝的手握在自己的手里，那手像绸缎一样软。

我注意观察着素枝，瞬间的变化确实不像装的。小鱼的紧张和惶恐也像真的，就更别说跪在地上的罗大姐，吓得面如土色。这屋里只有我一个人是旁观者，一个惶惑的看客。我看了这个看那个，非常想能从中看出些什么，但我确实没有看出来。

屋里空旷得像四壁旷野，但洁净得一尘不染。我注意看了眼墙上贴着的那幅画像，是用铅笔描出来的，构图很精准，一看就很有功力。画上是一位长眉老者，两腮各有一块疙瘩肉，嘴很小，真像樱桃一样。我问这个人是谁，小鱼说，素枝的师父，无人佛。我问谁画的像。小鱼说，素枝做梦画的，醒来她自己却什么也不知道。罗大姐终于缓了缓，靠在了我身后，轻声说，你姐夫就是因为对这张画像有感觉，回去才比照样子临摹了。素枝梦呓似的说，烧了吧。我说，烧啥？素枝说，让这位大姐回去烧了画像，她家庙小，住不下那样大的佛。我打量了一下这屋子。素枝继续说，她家跟我这里不一样。罗大姐赶忙应了，问去哪里烧好。素枝说，你家往前不有一个十字路口么？往前走，在第三个路口烧。罗大姐说，那就出城了。素枝说，离城越远越好。

小鱼从另外一个屋子往这边端茶，素枝渐渐有了精神，从炕上爬了起来。素枝的茶杯是一个敞口的罐头瓶，满满一下子水，素枝咕嘟咕嘟都喝了。我目测，这一大杯水可不少，换了我要喝三五回。素枝却是费尽周折、历尽千辛的焦渴模样,转眼喝了个底朝天。罗大姐把茶杯握到手里,眼神一刻也不离开素枝的脸,仿佛离开一刻素枝就会飞走。罗大姐紧着说自己家的那块阴宅,傍山根。山叫五名山,山坡上有许多鱼鳞坑,左边是一道壑谷。公公埋在那里。可这几年,家里总是不太平。大伯小婶都相继横死,大师给看看,此地是吉地么?我也紧盯着素枝,看她如何运气发力。素枝却一点大师的架子也没有,闭着眼睛默想了会儿,问,是在城西么?罗大姐说,是在城西。素枝说,是在二道坎上。罗大姐说,对,就在二道坎上。素枝说,对着高速路口。罗大姐说,就是太对着路口了,所以家里人总起疑心。素枝用手摸了摸,像是在摸方圆四至。素枝皱着眉头说,你公公下葬的时候是二回下葬。罗大姐大惊,想要说什么,却又把嘴闭上了。素枝又说,你这里还是兔地,难怪家里总出事。罗大姐问,啥是兔地?素枝说,有龙地有虎地,兔地是最差的,你这里还正好是兔子尾巴上。我"噗"的一声笑了,说,是兔子尾巴长不了的意思?素枝划动的手停止了。罗大姐也责怪地看了我一眼。素枝说,你是谁,出去吧。你的气场不适合这里。

小鱼拉了我一下,我尴尬地跟着他去了另一个屋子。

我去了另一个屋子,才发现丫丫在看电视,丫丫站起来喊了我一声姨。小鱼说,叫姑,这是你姑,不认识了?小时候还抱过你。丫丫不好意思地笑了下。我蓦然想起了丫丫的元宝耳朵、深眼窝、黄头发。丫丫与小时候相比,变化不大。只是耳朵藏到了头发里,头发更黄了,明显是染的。深眼窝依旧明显,眸子灵动,有一点素枝的影子。我问她咋没上学。小鱼疼爱说,没出息,读初中就不想再上学了。丫丫用瓜子皮砸小鱼,娇嗔说,你不说认识男女厕所就行么?小鱼说,我那是跟你说笑话。丫丫说,你说话我就当真了么。我想了想丫丫的年龄，快十八岁了。我问丫丫平时都干些什么，丫丫瞟了小鱼一眼，说我爸啥都不让我干。话没说完，眼睛又盯了电视。韩国的男女影星在荧屏上发嗲，但真是赏心悦目。

我问起妞妞。小鱼说，妞妞今年中考，整天紧张得要命。我说，紧张是好事，成绩应该差不了。小鱼说，成绩也一般，不是第七就是第八，总在这两个名次中间晃。我说，那已经不错了。小鱼说，她还有潜力没发挥出来呢。丫丫边看电视边嘟囔了句：人心不足蛇吞象。

我朝小鱼笑笑，说丫丫说你呢！

从小鱼家出来，罗大姐急切地告诉我，有一件事情让素枝说准了。公公是个有身份的人，曾官至常务副县长。当年去世也是请风水先生探了坟地。那时五名山没有被破坏，当然也没有鱼鳞坑和高速公路。墓地在一块山包上，棺材落地时，才发现墓子打小了。差一拃的地方怎么也放不进去。棺材只得抬了出来，又把墓穴扩大了。下二次葬的说法民间都有解释。我问怎么说，罗大姐说，百天之内死家里的当头之人。我问，应验了？罗大姐说，大伯哥去世年仅56岁，正好是公爹去世的96天。我寒噤了一下，问大伯哥是怎么去世的，罗大姐说，两辆车相撞，他坐副驾驶座上，从风挡玻璃飞了出去。

5

晚饭以后，小鱼过来串门，丫丫也来了。母亲把板凳都从堂屋搬了出来，放到了院子里的桑树下。桑葚有成熟的了，空气中都是甜丝丝的香味。有的被风吹落，会掉在脑袋上或肩膀上。

小鱼问起罗大姐,我说罗大姐回城里了。小鱼说,今天的事对不起了,让你在朋友面前难堪了。我不知道他指的是哪一宗,是罗大姐下跪,还是我被素枝驱逐。不管因为什么,我都没兴趣再说。丫丫蹬着板凳采桑葚,采一个放到嘴里。又采一个,又放到嘴里。小鱼说,就不给你老爸采点吃?丫丫应了声,几个桑葚放到手心里,过来喂小鱼。小鱼想用手去捏,被丫丫打了一下手,丫丫的手心扣到了小鱼的嘴巴上。我感觉丫丫有点小,不像她差点十八岁的年龄。我说丫丫还是应该去上学,可以上技校,能学一技之长。小鱼说,现在上学也没什么用,国家又不给分配。丫丫把板凳蹬翻了,差一点摔倒。丫丫说,我爸不舍得放我出去,我去哪儿他都不放心。

我说,妞妞呢,将来妞妞也不出去上大学?

小鱼说,她敢!考不上大学我把腿给她打断!

丫丫在身后点着小鱼的脑袋说,就对妞妞狠,就像不是亲爹!

我看着丫丫的深眼窝,心里忽悠了一下。

月亮缓缓地在云层里穿行,那些丝丝缕缕的云真像轻柔的纱,就那样且行且舞。丫丫采够了桑葚,在小鱼身边坐了下来。她无论说什么,都是面对小鱼一个人。让我愈加感到她好小,都不怎么会与人沟通。我不甘心,又说,丫丫如果不想上学,就出去找点事做,整天待在家里多闷啊。丫丫低着头抠指甲,说我一点都不闷。小鱼弓起指背在丫丫的头上敲了一下,说你会啥?丫丫装羞恼,作势打小鱼,嘴里说,我啥都会!小鱼歪过身子招架,角度有些大,一下仰面朝天摔倒了。

丫丫哈哈大笑。到身后把小鱼像沙发一样抽起来。小鱼还有点撒赖,跟丫丫别着劲。丫丫却不予理会,抽得很认真。

母亲一直坐在树影里。此刻说,天气不早了,不早了。

小鱼说，再待会儿，再待会儿。大长的夜，忙啥呢。

我奇怪地看了眼母亲，觉得她有点反常。她平时可是顶好客的人，喜欢人，谁来都喜欢。

我说，您是不是累了？要是累了就回屋歇着吧。

小鱼说，对。表姑先回屋吧，我跟云丫再说说话。

母亲顺势站了起来，把板凳提在了手里，拿回了堂屋。母亲拉亮了屋里的灯，窗玻璃上映出了母亲的影像。她把房柁下垂着的灯绳拉到了炕席边上夹好，爬上炕，拉严了窗帘。

小鱼压低声音说，云丫，我信得过你，我想跟你说说素枝的事。

我有点紧张地看小鱼。还以为说的事与丫丫身世有关，情不自禁瞥了丫丫一眼。小鱼一张嘴，我就笑自己傻，想法就像个爱戳破气球的孩子。小鱼说的是两点疑惑。素枝的收入合不合法，这是经济层面。还有社会层面，素枝现在名气越来越大了，将来能到什么地步，会不会成为大师呢？小鱼把板凳拉近了跟我说话，我甚至闻到了他呼吸中有种不洁的气味。丫丫此刻安静了，她靠到桑树上，把两条腿伸直，在那里一晃一晃地摇。嘴里没出声音，但我觉得她是在唱歌。其实我很关心罗大姐今天给了多少钱，可小鱼不说，我也不好意思直接问。关于收入合不合法，我奇怪小鱼怎么会问这样的问题。我说，你觉得不踏实么？

小鱼遮掩说，也不是不踏实。我们又没蒙人骗人。

我说，既然没蒙人骗人，又何苦心里不安。

小鱼说，也不是不安……就是……怕有啥麻烦。

我笑了笑，说还是不安。

小鱼仰脸看天，自己跟自己在那里较劲。纠结了半天，小鱼仍然说，我们挣的钱光明磊落。我说，既然相信自己光明磊落，就不用心里不踏实。小鱼摆了下手，似乎这个问题有点理不清。连着说，不说这个了，不说这个了。

至于素枝会不会成为大师，这个谁说了都不算，你们自己说了才算。我说。

小鱼问，照你看呢？

我说我看不懂素枝。

小鱼问有啥看不懂。

我说啥都看不懂。

我忽然想起小鱼不止一次说过拔罐子。我问，在你们家没看到医疗器械，素枝给人拔罐子，用什么拔？

小鱼说，用意念。拔罐子是最累的。有时候拔完一个人，素枝得歇半天。

我问拔完了什么样。

小鱼说，你没见过用火罐拔罐子？就那样。

出痧？我问。

小鱼说，出痧。

我说，若没出痧呢？

小鱼说，那就是没有痧。

哦，我明白了。

小鱼历数这些年素枝治好的病人，丫丫在一旁做补充。哪年哪月，什么毛病。几乎都是危难险重，若不是来得及时，早就一命呜呼了。丫丫说，老爸你还没说那个电影明星呢，我也来了兴趣，问明星叫啥名儿，演过啥电影。丫丫抢着说，明星跟张艺谋拍电影，演过《三枪拍案传奇》。名字我却陌生。其实，没有我不陌生的影视明星。我问明星看啥毛病。小鱼说，她妈妈上长疙瘩。丫丫叫了一声，老土，那叫乳房！小鱼尴尬地笑了笑，说是乳房，差一点就扩散了。我转向丫丫问，那个影星漂亮么？丫丫看着天说，一点不漂亮，脸上都是雀斑。我说，那就不如丫丫漂亮。小鱼说，你还别说，她真没我闺女漂亮。

我说，他们那些人出手阔绰，是因为来钱太容易。

小鱼说，他们才抠呢。阔绰的是那些当官的，都有跟班的。钱就在包里，一把一把往外掏。

我说，这些年，素枝看过的病人，没有啥……闪失吧？

小鱼说，没有。病其实不是她看的，是她师父看的。素枝不过就是个替身。

我问起素枝的师父，那个老头形象有点像黄帝，就是没有胡须。小鱼告诉我，他是无人佛。素枝出道以前，总是大病小病不断，其实都是这个无人佛在折磨她，直到素枝得了夜盲症，答应出山诊病，无人佛才罢手。我问素枝会不会画画。小鱼说，素枝一点不会。你让她现在画，她什么也画不像。丫丫是吧？丫丫说，我妈手拙，都不如我画的好。我想起那张画像上的樱桃小口，以及两腮上的疙瘩肉，还是有些疑惑。小鱼说，你不相信是素枝画的吧？原来我也不知道她会画画。有一天夜里我睡得正香，被哗啦啦的声音扰醒了，睁眼一看，素枝正在翻动一张纸，然后趴在桌子上画。当时屋里漆黑一团，我想拉亮电灯，才发现自己动不了，想说话，嘴却张不开。我就那么眼睁睁地看着素枝在那里晃。后来，我就睡着了。醒来发现素枝还在睡。她这一觉睡了三天三夜，醒来跟我说，她夜里去拜师父了，不拜不行了。我问她去了哪里，她说去了无人山，拜了无人佛。我问她无人山在哪里。她说一直朝北走，过了兴隆的雾灵山，过独乐河，那里有一座无人庙，庙里有一尊菩萨，就是无人佛。我说，你夜里画了张像你知道么?素枝却一点也想不起来。看到画像,素枝一眼就认出,这就是我师父!

我忽然打了一个哈欠。

小鱼问,你困了?

我赶紧说,没事儿没事儿。

小鱼也意兴阑珊,说要是困了,就早点睡吧。

丫丫也站了起来,过来薅小鱼。我赶紧问,丫丫见过你妈身上的鳞片么?

丫丫说,我没见过,我害怕。

我说,她是你妈,有啥好害怕的。

丫丫说,我怕无人佛。

小鱼两条手臂往后摸索,似乎要把丫丫背起来。小鱼说,无人佛有啥好怕的,他是到这个世界来治病救命的。

我说,是啊,要是真有能治病救命的菩萨就好了。

我这话说的有毛病。可又一个哈欠袭来,我已经没有时间修正了。

6

罗大姐几乎每天都来我的办公室坐。她跟我的亲密程度超过了单位的任何一个人。即便在厕所碰上,她也要跟我扯几句罕村的事,或她家的事。有一天,罗大姐非要拉我到外面的一个小饭馆吃饭,坐在那里才知道,只有我们两个人。饭馆是她弟弟开的,所以我们两个占了唯一的一个单间。我一再要求坐到大厅里,别影响人家的生意。罗大姐说，我来就是最大的生意。这个饭馆的全部投资都是她这个姐姐掏的。

罗大姐告诉我，她家把坟地迁了。这回选择的地方在城市东北的黄花山下，那里埋着荣亲王。你知道荣亲王是谁么？我摇了摇头。罗大姐说，哎呀，你怎么连荣亲王都不知道，电视剧里常演啊。我说，我不看电视剧。罗大姐痛心疾首说，你怎么连电视剧都不看……荣亲王是顺治帝的四儿子，生母是董鄂妃，只活了三个月就死了。董鄂妃是那谁演的，是谁来着……为了安慰董鄂妃，顺治追封这个连名字还没起的人"和硕荣亲王"。在清宗室十二等封爵中为头等爵位。不仅如此，还在黄华山下为这位皇四子专门修建了陵寝。并添守备一员，千总两员。守兵一百多名巡护守防。

罗大姐的样子像是在背书，而且背得磕磕巴巴。我好笑，问她从哪儿听来的。罗大姐不好意思地说，这些说法网上都有。我说，那个地方我去过，属清东陵外围，视野开阔。陵寝早已不在了，墓碑都成了断壁残垣。周围被附近农家堆了柴火垛。罗大姐说，那是"破四旧"的时候砸的，属于人为毁坏。不过那个地方的风水真正好，山环像一把躺椅，头枕黄华山，面前是一道清水河。我说，夏季的时候才能形成河流，因为上游是赤霞峪水库，山水下来，娶井闸放水。罗大姐说，你也知道那里？太好了！迁坟是件麻烦事，若不是我这次去罕村，家里还是拿不定主意。多亏素枝看出了我家阴宅是兔子地，这回是不迁不行了。我又差点笑出声。我实在是笑点太低，听不得兔子地三个字。我说，黄花山下是风水宝地？罗大姐说，这次也请风水先生看了，就在和硕荣亲王陵寝右后边边，那里是龙地。我心说，清朝皇家陵寝占尽了风水宝地，却既没有保佑自己，也没有荫及后人。当然，这话我得留在心里。我和罗大姐一人一瓶啤酒。都卖力气喝，最后还是剩了半瓶。我忽然想起了罗大姐家的那幅画像，问她烧了没有，罗大姐说，那天回家就烧了。我问，出去过了三个路口？罗大姐说，我们是开车出去的，素枝不是说离城越远越好么？说来奇怪，画像点着以后，随风就走了。那火苗像是长着眼睛，带着纸灰走。所过之处，一点痕迹都没有。

我问，什么叫一点痕迹也没有。

罗大姐说，你要是在场就好了，火过之后连纸灰都没看到。

一点都没看到？我问。

罗大姐肯定地说，一点都没看到。

我看着罗大姐，罗大姐从打年轻的时候就是迷信分子。那时我刚进单位，罗大姐跟我们几个小青年说，新婚的时候租住在城内老百姓家的民房。除夕包了一盖帘的饺子，放到墙头上冻着，预备初一早晨煮。可早晨起来一看，盖帘放在那里，饺子一个都不见了，雪地上排满了动物的脚印。罗大姐由此得出结论，饺子被黄鼬搬走了，而且是有道行的黄鼬，否则不可能搬得这么干净彻底。记得当时我质疑了一下：如果邻居烧开了锅里的水，把饺子下到了锅里呢？罗大姐愣住了，连说不可能。邻居就住着一个光棍，每天都很晚才起床。我说，您有没有想过，就因为邻居是一个光棍，才有这种可能啊！罗大姐对我不满，也是因为很多时候我与她的想法不一样。

唉，都过去了。再过三个月，罗大姐就要退休了。

有个朋友找到我，想去素枝那里给亲戚家的孩子看病。那孩子总像蛇一样蜕皮，就像人没穿衣服一样。粉红的肉碰不得，身上遍体都是新鲜的伤口。跑了很多家医院都查不出病因，父母走投无路，才有病乱投医。我一口回绝了。我检讨了一下自己回绝的理由。绝不是因为素枝曾经"驱逐"我，绝不是。是他们的那套把戏没能使我信服。

是的，把戏。不管素枝治愈了多少病人，把罗大姐的家事说得多么精准，我仍然觉得那就是把戏。但他们的把戏我不能对外人说，我不伤害别人，我也不想伤害小鱼和素枝。其实我知道，前一种"伤害"与后一种"伤害"属于风马牛。只是，除了缄默，我还能怎样。

7

整个夏天，母亲都是在炕上度过的。院外有一株紫薇，某天傍晚，她扫几片落在地上的紫薇花瓣，被一块砖头绊倒，造成了腿骨骨折。我们兄妹几个轮流照应，我回去的时间多一点。只要单位不忙，我就匆匆赶回家。我也喜欢待在家中。除了照应母亲，菜园里的新鲜蔬菜也让我着迷。那么红的沙瓤西红柿，摘下来就放到嘴里啃，甚至都不用洗。那种感觉，实在是天底下最好的感觉。

西北角有一棵柿子树，树下放着一只方凳，是我蹬在上面，跟隔壁小鱼说话用的。后来我发现，这只方凳越来越用不着了，我就把它拿到了前院，放到桑树底下，乘凉用。母亲勤劳了一辈子，开始躺在炕上非常不适应，嘴里总叨咕：不活了，给人找麻烦，活着干啥。再不就让我们直接把她送到火化场，让人哭笑不得。手术后的疼痛让她彻夜难眠，我什么时候看她，她都大睁着眼睛看屋顶。度过了最难挨的一段时间，伤口不那么疼了，能坐起身了，也有心情聊天了。有一天，小鱼来看母亲，带来了几只香蕉和甜瓜。母亲说，那么贵的甜瓜，买它干啥。小鱼说不贵，只要5块钱一斤。母亲说，5块钱一斤还不贵？你还真是有钱人啊！小鱼有些尴尬，匆匆告别往外走。我说小鱼，家里实在吃不了这么多,你带回几个给孩子吧。小鱼跟我推脱了半天,我还是把东西分了一半给他。

母亲说,你以后别叫小鱼了,他都那么大的人了。

我说,不叫小鱼叫啥?

母亲说,叫长国啊!

我说,是您叫不惯,我才跟您一块儿凑热闹。

母亲说,我叫得惯。

我说,您叫得惯我就叫得惯。

心里却寻思母亲这是啥意思。小鱼好心好意来看她,却对小鱼冷嘲热讽。我的印象中,母亲是厚道人,从来也不刻薄谁。肯定是对小鱼有意见。只是源于什么我不知道。母亲嘴紧,对谁不满意也不会说出来。

上午没人来串门子,我就和母亲玩一会儿小牌打发时间。每人六枚硬币,输赢都会周折老半天。这天刚打开场子,有个穿校服的女孩大步走进了院子,响亮地叫了声姑奶,姑!

母亲赶忙把硬币和纸牌用一条枕巾盖上,嘴里喊,妞妞,妞妞快进来!我打帘子迎进了妞妞,赞叹说,妞妞长成了大姑娘,真是越来越漂亮了。

妞妞说,姑,啥时来的?

我说来两天了。

妞妞说,我好不容易盼着放假了,就想过来看看姑,生怕姑回城里。

她坐在炕边,斜着身子,看母亲的伤腿,问还疼不疼。母亲说,早不疼了。看见妞妞又好了一大半。

妞妞说,那我应该请假早过来,说不定姑奶的腿早就好了!

看着母亲笑开花的脸，我暗自思忖，这丫头随谁呢，这么讨人喜欢。我想起了丫丫，比妞妞大7岁，姐妹俩真是一点都不一样。我拿出从城里带来的糕点让妞妞吃，妞妞说，我小时候净来姑奶这里解馋了，现在大了，不能再吃姑奶的东西了。

我问妞妞这段成绩怎么样。妞妞说，还行。就是前边一个丫头一个小子，总也超不过去。

我说，你前三了？

妞妞说，我得好好学习，将来好去大城市发展。

我说，妞妞有志向，愿望一定会实现。

妞妞说，我作文好，将来也许会当作家。

母亲一个姿势待久了，要换个姿势。妞妞赶紧跪在炕上，帮母亲搬动伤腿。安顿好母亲，妞妞大人一样坐直了身子，说想麻烦姑点事。我赶紧说，你说，只要我能办到的。妞妞说，我想让姑帮我设计一下未来。我说，你不才要中考么？妞妞说，设计就是要趁早啊，否则就不用设计了。我说，你有没有征求父母的意见？妞妞说，我妈就会跳大神，我爸就会耍大鞋，他们懂什么！

吓了我一跳。耍大鞋是游手好闲人的统称。小鱼，不，长国是一直没出去找事做，可家里的事也够他忙活的。他的菜园子就种得比我们家的好，他怎么成耍大鞋的了？还有……跳大神，我还没听谁这么说过素枝。我不信服素枝，可也没把她往跳大神这里关联。我小的时候见过跳大神的人，都是年老的女人，挽着发髻，穿大襟袄，胸前都是粥嘎巴，衣服里面爬满了虱子。黄脸皮上像是落满了纸灰，就像一辈子不洗脸一样……我说，妞妞。妞妞说，姑是想批评我是吧？姑先听我说。我家现在是不缺钱花，可钱的来路不正。不是劳动所得，我不喜欢。我说，妞妞，我不是想批评你……你小小的年纪，怎么比丫丫都有想法？提起丫丫，妞妞不屑地哼了声，说姑，你将来等着看吧，丫丫是不会有好结果的。我说，你怎么这样说姐姐？妞妞说，我这样说已经是客气了。她来月经，血裤衩都是我爸洗。我怒气冲冲地说，你爸怎么这样！妞妞说，不说他们了，提起丫丫我就烦。我说，你不叫她姐姐？妞妞说，她不配。好吃懒做，一点都不配当姐姐。我说妞妞……我不知道该说些什么好。我说，妞妞，你这个样子你爸知道么？

妞妞给了我足够多的惊喜，我真难想象小鱼，不，长国家还藏着这样一个小叛逆。我跟妞妞打听素枝夜里长鳞片的事。妞妞气愤地说，骗人，都是骗人！我爸编了一套瞎话让我说，我就是不说。有一天，我妈睡着了我偷偷过去看了，她也铺褥子，穿睡衣，哪有什么鳞片啊！我说，画像，墙上的画像是怎么回事？妞妞说，我问过我妈，她一口咬定是她自己画的，我一点都不信。我说，其实不用她告诉，不难想象是怎么回事。会画这种画像的人多如牛毛。

我跟妞妞这里尽心尽力探讨，母亲却像漠不关心一样，头仰到被垛上，一只手背搭在脑门上，闭着眼，装睡。不像我这么吃惊，也不像我这么好奇。仿佛她原本什么都知道！我突然心如鹿撞，就像谈一场恋爱那么激动！母亲肯定什么都知道，只是她不想说。母亲从不说任何人的闲话，其实她的心里什么都懂的！

闲谈莫论人非。她总把这句话挂在嘴边上。

妞妞所谓的设计未来原来是向我讨主意，她读高中想去城里读，如果考不上，让我想想办法。

你一定考得上！我鼓励说。

这个晚上的静默……真是太静默了。母亲呼吸均匀，一动不动。

可我知道她没睡着。每天晚上这个时候都是她跟我说车轱辘话的时候，那些车轱辘话的历史漫长且悠久。飞机扔炸弹，河东修铁路，推着小车上海河，去大洼深处捋蚂蚱。每一个话题都能牵扯出一堆人物和故事。她今天什么也不想说，脑海里翻腾的一准是长国家的事。这个叫小鱼的长国，估计是让她伤脑筋了。

我试着抻起个话头：也不知唐龙现在怎么样了。

唐龙的元宝耳朵、深眼窝、黄头发，当年给我的印象太深了。只是后来时运不济，他出过一次车祸，在医院躺了十几天才醒过来，由此丢了一条腿。后来有了赌瘾，直输得倾家荡产。这些都是笼统的消息，不知在多少张嘴中传来传去。那是还有资本可传，我们还能听到他的消息。后来就听不到了。村庄大，人口多。他住在村南，我家在村北。自从那次他和素枝一同出现在我家，这些年我大概只见过他两次。一次是在桥头，他拄着拐站在那里跟人家聊天。一次是在小卖部，我买蔬菜他买香烟，他把拐杖顶在腋下，从兜里掏散碎纸钞的细节，给我的印象极深。

我的话头却没有吸引母亲。一阵鼾声传来，母亲真的睡着了。

8

罗大姐在告别的座谈会上，泣不成声。

两个月前她刚解决了待遇问题，从正科升至副处。这种解决待遇是组织上的关心和照顾，大家都心照不宣。不是工作需要你，是工作不再需要你。你心平气和地离开工作岗位好了。罗大姐平时是明白人，关键时刻却拐不了弯。她认为自己身体好，能力强，又刚履新提职，怎么能放下工作去享清福呢。据说组织部门找她谈话时，罗大姐就提出自己完全可以再干几年。组织部门的人多会说话啊，话说得一定是婉转巧妙不得罪人。罗大姐从组织部回来眉开眼笑，她用墩布擦完办公室擦楼道，看见人就说，这楼道脏得……清洁工该换人了。

关键是，机关里一个萝卜一个坑。新的萝卜到了，旧的萝卜还没把坑腾出来。领导找到了我，让我做罗大姐的思想工作。说平时你们关系好，处得像亲姐妹，替组织做做思想工作，让她及早把东西搬走，把钥匙交出来。我很为难。我和罗大姐的关系，哪里像领导说得那么简单啊！她若是我亲姐，我二话不说就把东西给她扔到外边去，把门上的锁换掉……对待这样的人有的是办法。可……不能这样对待罗大姐。我把罗大姐请到了外面的饭店里，好话说了三火车，总算让她明白了组织部门的心意。人家让咱留，咱就留。让咱走，咱就走。铁打的营盘流水的官，这里不是咱的祖家宅。

罗大姐提了两个条件。有人工作几十年，最多换十几个地方。罗大姐从二十出头来机关，一辈子都没动窝。也就是说，她把全部的聪明才智都贡献给了单位。所以，她不能这样干巴巴地走，单位要开欢送会。她要跟大家大大方方地话别。我说，这个应该没问题。过去有同志离职，单位不单开会，还开酒会。但现在不行了，八项规定出台，领导做事都谨慎了。在这方面，罗大姐给予了充分理解。她说她就想跟大家说说话，没别的意思。另一个条件呢，我问。罗大姐说，这次还有另外两个同志离岗，都是一般干部。大家不在一个部门，平时交道打得少。所以想利用最后的机会出去旅游。我刚要张嘴说话，罗大姐赶忙说，别一提旅游就紧张。受党教育多年，这个时候我知道分寸。我们不出国，不出市，就在县境内的旅游景点转转就行。我说，县境内的景点十余处,您想去哪里?罗大姐说,那……就去黄花山吧。

我跟领导汇报时,领导也纳罕。严格说,黄花山不算旅游景点,因为不收门票。但那里的植被是最好的,有天然野趣。领导开玩笑说,看来罗大姐是想给机关省银子,老同志觉悟就是高。条件都不算过分,所以说办就办,防止夜长梦多。欢送会三位主角,但最重要的当然还属罗大姐。另两个人都表示没有话说,只有罗大姐的话拉不断扯不断,都是这些年的委屈、冤枉、辛劳、贡献。如何以单位为家,如何以身作则,听的人直打哈欠。罗大姐的桌子上扔了一堆面巾纸,不知怎么的,她的眼泪就止不住。眼泪跟鼻涕像是双生子,罗大姐的鼻头都揪红了。最后还是单位领导当机立断,说会这样开下去,估计三天三夜也说不完。以后有的是机会私下说,今天就不多占用时间了。及早准备,明天去黄花山吧。就让司机陪你们,你们想逛多久逛多久。可罗大姐说,我还有最后一个条件。领导问什么条件。罗大姐说,我想让王云丫陪我走这一遭,我跟她还有好多话没说呢。

领导看了我一眼,说那就再辛苦辛苦?

另外两个人,一个是邢大姐,一个是老魏。两个人私下跟我说,退都退了,赶快回家该干啥干啥,还旅啥游啊。黄花山有啥,不就是松树多么?我给两位作揖,既然领导安排了,咱就黄花山上走一趟,权当散散心。一辆小面包载着我们朝城东走,罗大姐坐在司机后面,车窗嵌下了一道缝,风把她的头发吹得飞起来。她微微眯着眼,脸上一派怡然,看上去特别有风度。罗大姐的事,我早就有耳闻。她年轻的时候在饭店端盘子,因为容貌俏丽,被公爹看上,做了吕家的儿媳妇。于是农转非,安排工作,从一个乡下小姑娘,变成了官宦人家的少妇。那个年代的人心性还单纯,不怎么讲究门第和学历。罗大姐凭借着自己的容貌改变了命运,这一晃,就是一辈子。

应该说,罗大姐的运气非常之好。她嫁的人内外双修,从年轻的时候就画山水花鸟,眼下在我们这个城市,已经非常有名了。

黄花山海拔不高,只有300多米,我们从一条山路往上走,山体披挂的松林整整齐齐,是上世纪初第一批下乡知青植的人工林,眼下树身都已经很粗了。我们很快到了山顶,前面是一座大水库,碧波荡漾。山下是一座小山村,红墙碧瓦。再往东南方向看,那里有一片开阔地。罗大姐指点着说,云丫知道那个地方是啥么?有点远,我看不清。罗大姐说,你想想,你再想想,我曾经跟你说起过。我的脑子里突然开了一扇窗,那里应该是和硕荣亲王陵寝,只活了三个月的婴儿亲王。莫非……难道……也许……我这才明白罗大姐为什么选择来黄花山。罗大姐果然说,再往东,再往后,那是我家的墓园。你们一会儿下去看看就知道了,连工带料带地盘,我们花了50万。

邢大姐说,墓园有啥好看的。

老魏说,你没听说50万么?

邢大姐说,500万不也就埋个死人么?

罗大姐说,你怎么把话说得那么难听。埋死人跟埋死人一样么?

邢大姐说,照我说一样。不就木头匣子里装一把骨头渣子么。

我连忙打圆场,说要不也从那边走,我们正好走一个圆周,可以不走回头路。下山的气氛有些闷,罗大姐不时跟我找话说。她说建墓园的事首先就要感谢我,如果不是我约了素枝,可能他们根本不会动迁。说得我直起冷痱子。想起那片兔子地,我又差点笑出声,还好,关键时刻忍住了。我想,动迁不动迁是不一样。过去罗大姐一口一个阴宅,现在则是一口一个墓园。墓园与阴宅相比,语感都不在一个档次。

罗大姐沿路采了一把野花，放到了主墓前的石桌上。然后规规矩矩鞠三个躬。要说这没什么不对，可看邢大姐的眼神和翘起的嘴角就知道，她觉得罗大姐是在表演。

邢大姐悄悄对我说，来旅游是假吧？她就是来显摆的！

罗大姐家的墓园果然修得气魄，好大一块地盘，被大理石圈成了躺椅状。她的公爹吕副县长此刻长眠于此，墓碑刻着莲花。罗大姐极有兴致地介绍墓园的往生今世，遇到多少困难，打通多少关节，说这里是县级文保单位。罗大姐底气十足地说，就因为是文保单位，我们才把墓园建在这里。老头子在世时，带领全县人民战天斗地奔小康，连命都搭进去了，我们还不能睡在这里么？我点头认同。其实心里想的是，过了，过了。吕副县长是卸任不久因病去世，不是因公殉职。他不是县委书记，"带领全县人民"这样的表述不准确。只是我不可能把这些说出口。眼下我就是送佛人，送佛到西天，千万别节外生枝。吕副县长的墓前分别有三排灵位。罗大姐介绍说，大伯哥的，我们的，弟弟和弟媳的。我知道罗大姐的大伯哥和弟媳均死于车祸，此刻，大伯哥已经在地下安睡，弟弟那里却空空的。我奇怪，弟媳没埋在这里？罗大姐说，她年纪轻轻就死，怎么可能进吕家坟地。我问为什么不能进。罗大姐说，小弟又结婚了，将来并骨的不一定是谁。

真复杂啊。我感叹。

又感叹，你和姐夫都好好的，却把墓地摆在这儿，你们不觉得不吉利么？

罗大姐说，吉利。这才吉利。一咒十年旺，神鬼不敢傍。

罗大姐向另两位介绍我的"功绩"。我的功绩其实是素枝的功绩，阴宅从五名山下迁到了这里，就变成了墓园，选的是吉日吉时吉地。搬过来几个月，家里人明显都有了吉兆。罗大姐掰着指头数说，她家的姐夫画作卖出了好价钱，小叔子提了正处，就连罗大姐自己失眠的毛病都不治自愈。罗大姐说的起劲，邢大姐和老魏却不感兴趣，他们闲散地打了个晃，就走开了。我听邢大姐说了句，死了死了，一死百了。埋哪儿都是臭块地的事。她的意思是，死人保佑不了活人。老魏帮腔说，这可不像过去，想臭块地都不可能（他指的是骨灰）。两人的闲话像风一样刮了过来，罗大姐轻蔑地翘了翘嘴角。她站在这里，神态和举止都似炫耀，仿佛墓地成了宫殿，可以收门票参观了。

就在这时，我的电话响了。

电话是母亲打来的。从未有过的沉重语气，吓了我一跳。我以为她又栽跟头了。

母亲说，云丫呀，你在干啥？

我说，跟着同事在外面呢。您有啥事？

母亲欲言又止。

我着急，催促，快说啊！

母亲说，小鱼家出事了。

我走出几步，站到一棵松树的后面。这里远离了罗大姐。

我说，他家出啥事了？

母亲说，小鱼家的被抓起来了。

我说，谁，是素枝？被谁抓起来了？

母亲说，公安局的，来了三个人，给小鱼家的戴了铐子。

我说，因为啥？

母亲气咻咻地说，我也想问你，因为啥？她犯错是犯错，怎么能给人戴铐子呢？

话没说完，母亲放下了电话。我知道，母亲在电话那头肯定哭了。

我从树后走过来，焦急在脸上摆着。罗大姐问谁的电话，是不是有什么事。我如果厚道些，是不会告诉她实情的。可此刻我的脸上焦急，心却有几分雀跃。我直通通地告诉她，素枝被公安局抓起来了，来了三个警察，把人铐走了。

罗大姐怒气冲冲说，警察凭啥抓人，真是无法无天了！

9

那只方凳又派上了用场。我每次回罕村，第一件事就是跑到后院踩到方凳上朝小鱼家张望。大门紧闭，院子里悄无声息。因为久不浇水，菜园里的那些蔬菜大都干巴死了。我站在那里，起初要小心地隐蔽自己。我不想让小鱼一下子看到我，确定院子里没人，我才站直了身子。可小鱼家一直没人。有一天，我看见院子里的铅丝上搭了件小鱼的衣服，那衣服不是洗了晾晒的，而是路过那里，随手提着领子搭上去的。母亲质疑说，那衣服也许原来就在那里搭着，是你没看见。母亲这样一说，我又犹疑了。还有一次，我似乎透过窗玻璃看到了小鱼的影子。可我喊了好几声，小鱼并没有搭腔。母亲在下面眼巴巴地看着我，说你大点声喊，大点声。母亲的腿好了，可再也离不开拐杖了。她三条腿走路的样子颤颤巍巍的，我总疑心她的脚底下迈不利索。

素枝的罪名是诈骗，据说就是邻村一个香油坊的老板举报的。老板得了瘤子不去医院治，一心一意迷信素枝的意念"拔罐子"，结果钱花了，癌细胞扩散了。老板插了个稻草人放到镇政府门口去烧，说这是罕村的害人精，政府不管，天理难容。警察来抓素枝那天，素枝很从容。警察冲进了屋里,素枝还在给一个怀孕的女人做透视,她说女人怀了龙凤胎,要去祖坟烧纸禀明先人,定胎很重要。人家问她啥叫定胎,素枝说,你要想生龙凤胎,就照我说的做,别问为什么。两个警察上来架起素枝,素枝说,你们先放手,别在我师傅面前放肆,小心惹了天怒。一个警察上去就把画像扯了下来,素枝急眼了,尖声骂,你们不得好死,等着瞧吧!

素枝在里面待了八个月。这八个月,发生了很多事情。

先说小鱼,神出鬼没了一阵子,就不声不响地又去工地锄灰了。生活似乎画了一个圆,小鱼回到了旧有的生活轨道上。有一天,我晚饭以后到那条街上去转,恰好碰见小鱼收工回来。肩上扛着一把铁锨,头差一点抵到锨柄底下,若有所思地走路。我躲到暗影里,没有打扰他。他一晃一晃地从我面前走了过去,我发现他更瘦了,肥裤腿带着风声。

母亲也不再提叫长国的事。我每次回家,母亲都要做好吃的。然后用大海碗把鱼或者肉装满,让我隔墙喊喊小鱼。我把大海碗放在墙头上喊小鱼,但一次也没有喊应过。母亲说,自从小鱼家的出事,小鱼一次也没来过。要不你过去瞅瞅他们?

我说,这里喊不到人,过去也是铁将军把门。

母亲说,小鱼不在家,丫丫怎么也不在家?

我说,妞妞呢?她有没有受影响?

母亲说,妞妞考到城里学校去了,倒是来过一次。这孩子倒想得开,说她妈就是短教育。

有一天晚上,母亲说够了车轱辘话出去了。我以为她是去解手,可左等右等不回来,我不放心了。前院没有,我去了后院,黑暗中的阴影被扩大了，有个人像柿子树那么高。我吓坏了，声也不敢哼，悄悄摸过去，把母亲抱住了。我说，您真是不要老命了，咋站这上面来了！母亲说，小鱼家好像有人，这灯亮么。我扶母亲下来，自己站了上去。小鱼家的窗上显然拉着窗帘，只是从没遮严的地方露出一点灯光。母亲说，你喊喊他，我怪不放心的，他可别有啥事。我说，他个大老爷们，能有啥事。不是整天出去干活么？母亲说，他还是有啥事，过去他总爱过来串门子。我说，现在他心烦，可能也不愿意见人。母亲说，你喊喊，你喊喊。我清了清嗓子，喊：长国——我自己都很纳闷，我喊不出小鱼了，他现在是长国了！我又喊了一声长国，长国答应了，从屋里走了出来。长国说，又放星期日了？我说又放星期日了。母亲说，你下来，我上去。我对长国说，我妈想跟你说说话。长国犹豫了一下，说这么，我过去吧，是好久没见到表姑了。

长国坐到椅子上，我和母亲都坐在炕边上，白炽灯很亮，照得长国的脸浮着油。我和母亲对视了一眼，我抢着问了句，素枝有消息么？长国摇着头说，没有，她哪有消息。我说你没去看看她？长国说，我去哪儿看？我都不知道她在哪儿。我说，公安局的人准知道。长国说，我连公安局的门都进不去。母亲说，她走有没有带衣服？这天儿要凉了，可别冻着。长国说，这才过秋分吧，凉还早着呢。再说，有人罩着她，她抗冻。我说，长国……你真相信无人佛？长国说，信啊……无人佛跟着素枝走，素枝去哪儿，无人佛跟着去哪儿。我看了母亲一眼，母亲叹了口气，说，你还是得打听打听素枝，那地方又不是啥好地方。长国呆了一下，说好。我问丫丫在干什么。长国说，前一段腰不好，每天都去城里的医院打牵引。这段好多了，都能做饭了。我说，丫丫会做饭了？长国说，家里没人，她不做谁做。母亲说，她小小的年纪咋闹腰疼，可让她干活多加小心，别累着。

长国的脸上忽然有了兴奋。说,云丫,有一天我们在城里吃罗非鱼了,罗非鱼!

我"哦"了声,心说吃罗非鱼有什么好说的。

长国说,罗非鱼真的很好吃,肉又白又嫩,丫丫一个人就吃了一条。可惜是红烧的,端上来看不清模样。我想看看活的罗非鱼什么样,人家说,给钱才让看。

我说,那是逗你玩呢。罗非鱼哪个饭店都有,一点都不新鲜。

长国疑惑说,不可能吧?

母亲在一旁说,我没吃过,也没见过。

长国说,你知道罗非鱼咋游水么?咱河里有鲤鱼有鲫鱼有葫芦片……

我说,我想起来了,你几年前就问过我罗非鱼咋游水,你为啥关心这个?

长国不好意思地笑笑,说不为啥。第一次听你说罗非鱼,觉得那么洋气的名字,肉肯定好吃。不瞒你说,我好几次做梦都梦到了。既然名字那么好听,游水肯定不像咱河里的鱼。就像,就像……就像咱的狗刨PK人家奥运会的游泳冠军……

长国的比喻把我逗笑了,我说你都知道PK了,行啊。

长国说,总看电视么。

我说,以后我去哪里的水族馆,一定好好替你研究一下罗非鱼游水的事。

长国说,我就想知道它与咱河里的鱼游水时区别在哪儿。

我说,河里的鱼怎么游……你知道么?

10

母亲给我打电话，说不过三句，母亲一准问，小鱼家的有消息么？

我说，叫长国。以后不许叫小鱼，我听着别扭。

母亲马上改口，说长国家的……有消息了么？

母亲觉得，我在城里，素枝也在城里，离得近。就像住在一个村里，随便问两个人就能打探清楚。

我只得说，我没处去打听。人家长国也没让我打听。我打听素枝，算怎么回事呢？

那一晚我跟长国探讨罗非鱼，越探讨心里越奇怪，他看上去真是涵养好，一点都不像家里遇到事的人，不着急不着慌，也不说让我在城里打听打听素枝的事。莫非他觉得我们两家是亲戚，不用张口，或者是不好意思张口？

我把疑惑说给母亲听。母亲说，你就别挑长国的礼了。他妈死得早，他爸逃跑了。都是比眼下素枝更大的事……他连个能商量事的人都没有，你不帮他谁帮他？

我说，我想帮也帮不上忙，公安局做事，神秘着呢。

母亲说，总比我帮的上忙，我连一个城市人都不认得。

这样的电话两三天就会有一个。有时我看着手机在办公桌上叫，都不愿意接了。我确实听腻了母亲的话，有时母亲在那端絮叨，我会让手机偏离耳朵，或是不耐烦地应一句：知道了！放下电话，我就坐在那里发愁。我每天上下班都从公安局的门前过，也没勇气把车放到外面，到里面问问情况。想起那些猪肚子样的脸，我就从心里打怵。我对自己说，素枝跟我非亲非故，我凭什么去打听呢。如果人家问跟素枝是啥关系，我怎么说呢？时光就是在我的踌躇中一天一天往下挨，直到有一天，事情突然有了转机。

这天，有人敲办公室的房门，我拉开一看，罗大姐突然拥抱了我，就像几百年没有见面的亲人一样，罗大姐的拥抱，那叫一个货真价实。

罗大姐说云丫，你越来越瘦了。减肥了吧？

我摸了摸自己的脸，都是骨头。我是机关里为数不多想增肥的人，甚至不止一次想吃激素。罗大姐是在拣人爱听的话说，她把我想增肥的茬儿忘了。

我给罗大姐沏茶，罗大姐把一只小手包放到了我的办公桌上，是浅米色的线用钩针钩的，透着别致休闲。穿的也是运动衣裤，头发没有染，透出了花白的底色。看来罗大姐已经适应了退休后的生活，脸上的笑容从容闲适。她说云丫，这机关里这么多人，我只想你。

我说罗大姐，我也想你。

罗大姐灿然一笑，是么？

我说，是啊！谁想我我想谁啊！

我们两个都笑了。

罗大姐说，我今天来也是无事不登三宝殿，就是有点事情看着着急。那个叫素枝的，她们家没人啊？

我一惊，你是说……

罗大姐说，她丈夫叫啥？

我说叫于长国。怎么，你知道她的消息？

罗大姐说，她的小叔子在公安局。有一天，聊天时偶然聊起他们刑拘的一个人，会跳大神，每天在拘留所里装神弄鬼，那些人都欺负她，管她叫十八奶奶。让她学狗叫，学猫步。让她当"肉垫"，身上经常坐着四五个人。这个人也刚强，从来不吭，就像心中有信仰一样。可她越不吭那些人越挑战她的底线，对付她的办法我都说不出口……小叔子说，她连个替换衣服都没有，他们家从来没有人来看她……就这，她还说心中有神，夜里念念叨叨，说在跟神说话……

我把我知道的情况说了，不是不去看，是找不到门路。罗大姐连连摇头，说不用找门路，公安局刑拘一个人，24小时就会给家属下达通知。我不愿就这个问题多争辩，我关心别的。我问，她的诈骗罪名能成立么？举报她的人情况如何了？

罗大姐说，罪名肯定能成立，但不算数额巨大。那个人已经死了，只是家属还盯着。毕竟是让她耽误了人家的病情，人家索要赔偿也在情理之中。

我看着罗大姐，特别想问问他，你还信素枝么？可罗大姐侃侃而谈的样子，分明像过去的一切都没发生过一样。我真是非常纳闷，罗大姐过去那么信服素枝，阴宅变成了墓园。就因为发生了这样一个偶然事件，她就在这么短的时间里，跟过去的素枝撇清了所有的干系？看罗大姐云淡风轻的样子，真是有趣啊，也不知她的弯子是怎么转的。

罗大姐又说，我是看在跟你的情分上跑来通个消息，否则，我可没时间管闲事。我知道你们关系不错，处得像亲姐们一样。

我夸过海口，说他们都叫我姐。罗大姐这时把这个"海口"派上了用场。我除了说"谢谢"，说不出别的。

不管怎么说，我还是很感激罗大姐。这在我简直就像及时雨，让我终于跟母亲有了交代。我一直把她送到了楼下，看她把小手包挂到车把上，撇腿上了自行车。

11

我把素枝的事告诉了长国。可等一天他没来，又等一天他还没来。我打电话问母亲是怎么回事，有没有见到长国。感觉中，素枝有了消息，长国应该先去告诉我母亲。他过去一直是这样的，有豆大的事都去告诉这位老表姑。可母亲说，她蹬凳子看了好几次了，长国家没人。也问了跟他一起干活的人，这几天也没见着他。我赶忙说，反正事情他已经知道了，您就别蹬凳子找他了。母亲说，我蹬凳子的时候扶着柿子树杈，安全着呢。我说，那样高的凳子连我站上去都打晃，安全啥！

大约过了十几天，长国终于露面了。他提了一件花格子的旅行包，里面鼓鼓囊囊。穿了一套质地优良的蓝西服，里面是雪白的衬衫。长国捯饬出来一点都不像他实际的年龄，他皮肤白，又是娃娃脸。他惶急地上楼，脸上都是汗。我差一点喊他小鱼，责怪他不提前打个招呼。长国说，怕你忙，接电话不方便。我说，你这叫什么话。再忙还有素枝的事打紧么？

我问他咋这些日子没来，他说丫丫的腰又犯病了。起不来炕，连牙都刷不了。她总情绪不好，说自己的腰要断了，要瘫痪了。我说，这个时候，她可真会添乱，来看看素枝也好啊。妞妞呢？我问。

长国说，妞妞的学业紧，一个月才休一次礼拜，不敢用这件事让她分神。

应该说，我理解长国的想法。

在罗大姐的小叔子安排下，我们走进了拘留所。带给素枝的衣物中，裤子上因为有根带子长过20厘米，被警方用剪子剪断了。素枝垂首坐到椅子上，长发被剪掉了，脸在头发的呼啦下，就剩下了窄窄的一条。两只眼睛射出一道阴冷的光，身形瘦弱得就是一把骨头，裹在宽大的黄马甲里，连胸都没了。过去我记得素枝有饱满的胸脯，还多少有一点鸡胸。此刻窝在那儿，就像换了一个人。她的师父对她无能为力，此刻不知道她都想些什么。我想出去，留下他们两个单独谈。素枝说，姐，你留下。我跟你有话说。长国像局外人一样站在稍远的地方，显得局促而又惶惑。要不他也是个嘴笨的人。素枝说，你们两个救我出去，我不要待在这里。我说素枝，要相信法律，法律有程序。我听说了，你的案子不重。素枝嚷，我一天也不想待在这里，你们救我出去！长国说，怎么救？素枝喘了一口粗气，说家里还有一个存折，上面有53万块钱，随便你怎么花，把我救出去就行。长国张大了嘴，似乎有些吃惊。问存折在哪儿，素枝说，你对天发誓，这笔钱用来救我！长国不以为然，"哼"了声。素枝说，你发誓！长国虚弱地说，好吧，我发誓。素枝说，姐，你监督长国！我说，素枝，你别这样。你关在这里长国一直很着急。他？素枝有点难以置信，眼光刀锋一样闪，似乎能切皮割肉。素枝长哭了一声，说姐，我求你了，让长国把钱花出去！

我心想，这不是在说长国，这是在说我。长国花钱只能通过我。我看了长国一眼，长国的嘴唇很干，他不时把舌尖伸出来舔，像岸上的鱼一样。我突然想到了罗非鱼，如果困在岸上，大概会像眼下的长国一样。我看了看这夫妻两个，他们中间隔着我。我有几次都想换个位置，做一个旁观的人。可我没处可去。长国死死地站在那里不动地方，一步也不肯往里走，傻子一样。这时两个狱警进来了，素枝站起了身。素枝说，你们救我出去，否则我只有死路一条！长国干巴巴地说，你别着急。素枝眼睛看着别处，眉毛却立了起来，吼了声：你穿成这个样子给谁看！

我闪开了道，让狱警和素枝走了出去。素枝佝偻着腰身，脚步迟缓沉重，像步履艰难的老人。我的眼泪夺眶而出，此刻多想这个世界上有个无人佛！

来到了外边，秋风瑟瑟。梧桐树硕大的叶子在脚底下打旋，响成一片哗啦声。我对长国说，跟我回家吧。

我这话有两层意思。时近中午，长国跟我回家吃饭，也顺便商量一下素枝的事。我甚至想带长国跟罗大姐的小叔子见个面，见面的场景我都在设计。

长国摇了摇头，感觉难堪都起皱了，又被风干了糊到了脸上，让人不忍看。长国什么也没说，别过脸去，走了。

12

罗大姐开着一辆小QQ来单位，门卫是新来的，既不认识人，也不认识车。罗大姐大概觉得"回家"受了轻慢，在那里跟人吵。我听说了，把她连人带车领了进来。罗大姐坐下还气愤难平，说门卫狗眼看人。我若是开家里的奥迪来，估计他得远接近迎！我给她倒水，劝她别生气。门卫刚从乡下来，执行的是职责。在他眼里，人跟人一样，车跟车一样。罗大姐说，若不是为了你的事，八抬大轿抬我也不会回单位。我说，是啊，将来我退休，没事我也不会到单位来。

罗大姐来跟我探讨关于素枝的种种可能。她说已经让小叔子关照了,尽量别让素枝在里面受欺负。然后再打点一下相关的人,他们也好善待素枝。素枝虽然有过错,但没有主观故意致人死亡,举报她的人穷追不舍,无非也是一个"钱"字。罗大姐足够热心,我却不能对她说实话。长国一别就没了音讯。有一次回罕村,我到大堤上遛弯,他骑着摩托车带着丫丫从远处疾驰而来,朝我点下头,又疾驰而去。我心里忽悠一下,窝火又憋气。想长国怎么连句话都不肯说,我哪得罪他了?

北风从山脊上刮下来,漫天飞舞着小雪。腊月二十三是小年,也正好是星期日。单位发了些年货,我打点东西回家,母亲刚好走出了院子,吃惊地说,你咋回来了?你不说这周不回来么?

她一手拄着棍,一手端着一个白瓷碗,上面盖着盖。我问她给谁送去,她说去长国家。我气不打一处来,说雪天路滑,上次没栽够是吧?

母亲让我闹得有些不知所措,说你老表舅回来了。

我没听明白,谁?

母亲说,长国的爸,昨天被人用一辆推车推了回来。他是我亲表弟。

我当然知道他是母亲的亲表弟,可他不是已经死了么?当年长国给他用砖刻牌位,他已经跟长国妈并骨了。

母亲告诉我,这位表弟根本没死。他一直在京西门头沟一带生活,与一个女人姘居。一个月前他得了脑血栓,女人撇下他走了,他身无分文,被房东用一辆大发送到了村口,被村里人用推车推回了家。

这么多年不见,我还是一眼就认出了这位老表舅。他鼻孔大,嘴大，眼睛大。器官突出的人不显老，皮肤还像婴儿那样紧致。只是头秃得有些不像话，简直比灯泡还亮，数得过来的几根白绒毛在上面招摇。他倚在靠山墙上，一张嘴是口京腔：表姐您老好吧？您还是那么精神。云丫倒是见老，工作压力大吧？他热切的样子，就像一直都在惦记我们。他拍着炕沿让我们坐，母亲坐下了，我站到了离他们稍远的地方，背后靠着一口墙柜。长国里外忙乎，端水果，沏茶倒水。把香蕉剥了皮递到我和母亲的手里，殷勤周到得一点不像我认识的那个小鱼。这是素枝的房间，炕脚堆了许多破烂，各种各样的盒子袋子，都鼓鼓囊囊，一看就是这位老表舅带来的。没有看到丫丫，但隔壁有电视的声音，想必她又是在看韩剧。能把那么多人吸引到荧屏前，韩剧对中国人民是有贡献的。

　　母亲咕嘟着嘴，一直没有说话。我知道她不是不想说，是还没到时候。这位老表舅一直在说京西那边的生活，比这边条件好，女人的衣着都很时兴，村里有路灯，晚上可以在路灯底下打麻将。到处抹着洋灰，看不见一星土。老表舅指着窗外说，我出去那么多年，没想到家门口还是土路。村干部都是干什么吃的！他的义愤让我吃惊，仿佛他当年不是舍弃老婆孩子离家出走，而是出门去打鬼子，如今是得胜还朝了。我脸上挂着笑，可那笑肯定比纸还薄。我不说话，是因为这个场合不该我说。果然，母亲咳嗽了一声，开始发难了。

　　母亲说，你这么多年不着家，长国妈死你都不露面，你还回来干啥！

　　老表舅说，这是我的家，我迟早要回来。

　　母亲说，动不了才想回家是吧？身强力壮的时候给人家拉帮套，家里难成啥样都不管。你不回来的日子长国妈天天哭，哭得眼睫毛都往里倒，眼红得跟烂桃一样。那是个多要强的人哪！

老表舅一点都没有难为情，他眨巴眨巴眼睛，说当年我走也是没办法，都是长国妈逼的。她见天跟我吵，说我穷得就剩一张嘴。她看不上我，这日子还怎么过？

母亲说，你就找辙吧你。

老表舅嘿嘿一笑，说，千条江河归大海，鱼在水里游么。

母亲没听明白，啥？

老表舅说，鱼在水里才游得欢，下油锅就只能外焦里嫩。你没文化，这道理说出来你也不懂。云丫理解老表舅，对不？

我实在听不下去了。我说，长国现在完全可以不收留你，你拿什么证明他是你儿子？我看你就像冒名顶替的。

母亲一个劲地给我使眼色，我没理。老表舅像是被我砸蒙了，张口结舌说不出话来。

长国一步跨了进来，说云丫你不认识我爸，我认识。这么多年我一直没忘了他。现在他好不容易回来了，我就想在他床前尽孝，你们都不用说别的了。

我和母亲都讪讪的。老表舅得意地瞥了我们一眼，说云丫虽然一直在外工作，但觉悟不高。

我拉母亲起来，说我们还是回家去提高觉悟吧。

老表舅说，表姐再坐会儿，这都多少年没见了，我这话还没说完呢。

母亲说，我没你字眼儿深，你说了我也不懂。

我们娘俩走了出来。外面的雪越下越大了，我挽着母亲的手臂，她一个劲儿往外推我，意思是我还没老到那个份上。

我没有撒手。

我说，这个老表舅可真有意思。

母亲说，世界上就没有比他脸皮更厚的……长国也是缺爹缺的。

我说，这才两天，看不出啥。他走多少年了？

母亲叨咕说，二十五年了，整整二十五了。他是那一年的八月十四走的。

我问哪一年。

母亲说，我和你爸从北京回来那年，北京打了半宿的枪。

老表舅回来的第三天就去世了。他可真体恤长国这个儿子。我对母亲说，他能活三年就好了，咱可以看看长国是怎么尽孝的。母亲说，你老表舅可是死得体面，长国要了42道吹儿（唱），棺罩就像皇帝要下江南一样。把全村人都请来吃饭，杀了两头猪，四只羊，吃席的桌子摆了一条街。村里的晚辈都发孝服，光白布就用了一百丈。罕村这么多年，没有谁比你老表舅的丧礼更体面，村里人说，别看长国不是亲儿子，却比亲儿子都舍得花钱！

什么什么？我有点不相信自己的耳朵。

母亲自知说走了嘴，在电话那头着急，不知怎样才能把话收回来。

我叫了一声，妈！你到底还知道多少秘密啊！

13

我曾经叮问母亲，长国到底是谁的儿子。母亲不肯说。母亲说，告诉你你也不认识，过去了那么久的事，提它干啥。

可好奇心害死人啊！

让我逼得实在没辙，母亲才说，长国的娃娃脸，与你老表舅的大鼻子大眼大嘴岔儿，哪里是一套。

我说，对呢！可我就是没想到。

母亲提起的那个人，我果然连一点印象都没有。他年轻的时候在生产队看场，当场头。每天上场翻晒的都是妇女。大家都知道场头对长国妈好，有一天，还把两人锁在了场头住的那间小屋里。

那时候的人开玩笑都没边儿。母亲说。翻场翻累了，大家一叫号就把场头的裤头褪下来，扔到麦秸垛上。是长国妈用三股叉把裤头挑下来，扔给场头。大家起哄让她给场头穿上，她就大模大样走过去，给场头从脚上往上套。

母亲说，长国妈可是好人，庄稼活没有她搁不上手儿的。队里就三个女人挣十分，其中就有她。她跟谁都胡数抹搭，但男人都对她好，女人也对她好。她人好，就是命不济，遇上你老表舅这么个不着四六的。你老表舅除了吹捧撩哨，其他啥都不会。

我说，长国的事，老表舅知道么？

母亲说，谁知道他知道不知道。他知道也不会往心里去。只要有酒喝有肉吃，他啥也不在乎……他没出息的事，三天三夜说不完。

我说，小鱼自己……知道么？

重新叫小鱼，我心里居然有一丝感动。

母亲却有些不习惯了，说小鱼……谁知道呢。有一天晚上来串门，他问起过场头，啥病死的，多大年纪。我还想呢，怎么想起问这个人，他难道听了啥风声？

我问母亲这是什么时候的事，母亲说，想不起来了。好像是河里架桥那年。

我便想河里架桥的时候我经常提着蛇皮袋子给猪采野菜，那时正在读高中。

生活回到了旧有的轨道，我已经很久想不起素枝了。

我如果不登着凳子朝另一个院子望，另一个院子里的一切都跟我们没关系。他们过他们的日子，我们过我们的。是我登高瞭望，把两个家的事搅到了一起。柴棚里的靠里墙的地方有个木头垛。中间有些坍塌。我把方凳朝里挤，刚好起了个支撑的作用。没了这个凳子，我再也不会登高朝西院望了。

春天的季节我最愿意回家，跟着母亲在园子里干这干那。过去都是母亲干，我在一旁看着。现在母亲拄了拐，就只能动嘴了。去年秋天撒的种子都早早出苗了。小葱，菠菜，香菜，它们在土里埋了一冬，就把土壤当成了房子。周围一放暖，就出来开天窗了。

我说，很奇怪的，我昨晚梦见了素枝。

母亲问，素枝跟你说啥了？

我说，啥也没说，她就那样在树枝上跳来跳去，像会武功一样。拉的眼皮掉下来一块，看着有点吓人。

夜里很清楚、很生动的梦境，白天说起来也索然无味。我跑到门口去合电闸，给小葱浇水。水从皮管子里汩汩流出，寻找缝隙钻入地下，能感觉到土地就是一张张大了的嘴。

电话突然响了。

罗大姐说，没想到事情最后落成那样。

我说，哪样？你指的什么？

罗大姐说，我在说素枝，没看出她是命短的人啊。

我让她快说，别这样掉豆儿似的等我问，让人起急。罗大姐说，看来你真不知道……事情都解决完了，一切都是我家小叔子经的手，不过你放心，素枝家里没吃亏。

惊得我三魂五魄都掉了。

按照罗大姐的说法,素枝得了一种罕见的大肚子病,内脏从里面糜烂。送去救治时已经晚了。警方一直在跟长国谈判,最后达成了一致。于长国还是通情达理的。罗大姐说,警方说给十万赔偿,他二话没说……从人死到火化一天就完成了,警方就怕他聚众闹事,还真没闹……我看他长得还算精神,完全可以再找一个。罗大姐那里的信号不好,话说得断断续续。

人就那样没了?

母亲不相信地问我。是啊,手机还张开着,我也想这样问它。我把电闸合上了,皮管子像死了似的歪扭在泥地上,管口黑洞洞的,像一只鼻孔,又像一只眼睛。我去柴房搬那只凳子,凳子承重了,与那些圆木似乎形成了一个整体。虽然它也是木头的,但到底不是圆木。我费了些力气把它从里面"拔"了出来,圆木似乎不乐意,出现了一片吵闹声。我把凳子搬到了后院的柿子树下,毫不犹豫地站了上去。母亲问,有人没有?我窝了一下腰,正好看到长国从堂屋里出来,他拿着一把铁锹,出来翻菜地。丫丫穿了一双大红拖鞋出来,晾晒衣服。她刚洗了头发,湿漉漉地披在肩上。她朝这边看了一眼,也许是在看长国?可我心虚,赶忙从凳子上下来了。

母亲呆愣愣的,她老了,很多信息在她脑子里搅成一团,估计她怎么也想不通。我继续给菜畦浇水,她说,我们离得这样近,小鱼家的死了咋会不知道?

我说,长国没来报丧,咱当然不知道。

母亲说,咋也应该知道个信儿,应该去烧个纸,两家还有亲戚呢。

我说,我们不在一条街上。若是在一条街上,就会知道信儿了。不知道信儿,咋去烧纸?

母亲继续发愣,有点神思恍惚。我用水管子去滋那棵柿子树,水花张扬起来,在空中亮得炫目,像是在下太阳雨。母亲仰头看了下,说,也不知小鱼家的死几天了。

我立时没了兴致。三天,我说。长国正在翻菜畦,看来事情都处理完了。

14

我又遛到了那条街上。我总是有些不甘心。就像小鱼是怎么变成长国的,我就是闹不明白。这里是一个故事,属于故事的元素都有,但缺一个说法。是的,缺一个说法。我不知道这个说法向谁讨,似乎,没有谁有义务回答我。我只能靠自己。我频繁地到这条街上来,是有目标的,我想遇到小鱼的婶子。对,是遇到小鱼的婶子,而不是长国的。这里面的感觉说不出来,说出来也没了味道。我特意晚了一些,这样不容易遇到别人,我也就不显得古怪。被人家看出古怪,在我也是没颜面的事。我在街上转了两圈,还去北面看了看菜地,葱都长到小腿高了。有人把豌豆当蔬菜种,豌豆打着团地长,密密实实,足有半人高。一点也不跟几十年前的豌豆一样,那时的豌豆只有孩子的小腿高。我没有遇见人,也没有遇见婶子。这条街只有风在走,连狗都没有。婶子家的门开着,门口有一簇金银花。上面起腻虫了,飞着一些长翅膀的小昆虫。我在那里站了会儿,说,可以用不加酶的洗衣粉水喷洒,据说治腻虫的效果不错。我对着空气说话。婶子果然搭声了,谁?她手里掐着几根玉米骨头,从院子的西边走了过来,招呼我进屋。她把玉米骨头填到灶里,门口有一只马扎,我在上面坐下了。婶子说，这里有烟，熏着你。去屋里吧。我说，别耽搁您做饭，我坐一会儿就行。婶子掀开了锅盖，锅里的水翻开了，热气忽地扑了婶子一脸。婶子把一个铁丝编的平台放了进去，平台正好在水的上面。依次端来鱼、肉、炒青椒和米饭。都是昨天吃剩下的，婶子解释说，在冰箱里放着。婶子盖上锅盖，用一根木棍把火捅旺。是想打听长国家的事吧？婶子问。

真是骗不了明眼人啊！我感叹，人怎么那样就没了。

婶子说，不值。

我说，不值。

婶子比画说，那样一个大人，是从我们家门口走的。回来就装在一个木头匣子里，爷仨儿去坟地好歹埋了。长国没哭，两个丫头也没哭。

两个丫头为啥不哭？我有些难以置信。

婶子说，素枝进去了八个月，人生了。

我不同意婶子的解释。她们又不是一岁半岁的婴儿。

妞妞也没哭？

没哭。

这孩子。我说。

婶子问我知不知道素枝是因为啥死的。我说不知道。婶子说，她是气性大，活活气出了大肚子病。她把所有的钱都给了长国，想让长国找关系，把她赎出来。可长国拿了钱，今天这儿一趟，明天那儿一趟，就是不去想法子赎素枝。素枝左等人不来，右等人也不来，就这么活活把自己气死了。

这话说得似乎不对。可哪里不对呢，我又说不上来。我问婶子这话是听谁说的，婶子说，村里人都知道。

我说，素枝是病死的。

婶子说，不生气哪来的病？

我觉得婶子一针见血。但还是企图说服她：长国好像不是这样的人。

婶子问，他是哪样的人？

我支吾了。

婶子说，钱都是素枝挣的，他一分也不舍得花在素枝身上。丧礼那个冷清，连个白布条都没有。他能是哪样人？

我说，长国也许是在新事新办。

婶子说，他爸死他咋办得这么热闹？

我语塞。我确实解释不了这两个丧礼。于是虚心求教：照您看，这是为啥呢？

婶子这时候似乎才意识到，没有必要把话都说完。她猫腰捅了捅灶，说了句，谁知道为了啥。

我说，素枝的娘家人呢？

婶子说，娘家在东北，一个人也没来。娘家若来人，长国那样待素枝，人家干？

再也没有什么可说，我站起来告辞。

15

再晚一些，再晚一些。长国开着车请我们去吃喜宴。车也不算太好，总也值15万。长国开15万的车，我们已然觉得不得了了。他说他在这个世界上没有亲戚，亲戚就是我们一家。于是我哥我弟我姐我妹全员出动。我开车去接母亲，打听新娘是哪里人，多大年纪。母亲确实有些迟钝了，过去村里的大事小情没有她打听不到的。可长国的事她却一无所知。长国的喜宴安排到了大宾馆，我们从后门上楼，长国和新娘在门口迎接我们。别人的新娘穿白纱裙，长国的新娘却穿成了一团火。长国解释说，家里犯重丧，让喜事冲冲晦气。他所说的重丧就是一年两桩丧事，民间有说法，重丧人家不发旺。我重点去看新娘，应该说，新娘让我们吃惊了。但我们谁也没有表现出吃惊，只有母亲坐下了，指着新娘问，那不是丫丫么？

小鱼说，是丫丫，但也是我媳妇。

我以为母亲要晕过去，赶紧站到了她的身后。可母亲只是噎了一口气，冷了脸说，不像话。

小鱼说，表姑知道，她跟我没血缘。

小鱼说得坦诚。我忍不住问，你是什么时候知道丫丫跟你没血缘的？

小鱼给几位男士散烟，回头说，她一生下来我就知道。

我剥了一块糖，半天没送进嘴里。这块糖我不能吃，吃了也不是糖的味道。丫丫生下来小鱼就知道不是自己亲生的，这比丫丫做新娘更让我意外。我不知道应该怎么理解小鱼，如果小鱼是老表舅亲生的就好了，我就能够理解了。我能够从人性的角度理解老表舅，但我很难从同一角度理解小鱼。小鱼是打小和我一起长大的，却让我很难理解。

丫丫躲在门口半天不好意思面对大家，小鱼招呼一声，她才扭扭捏捏走了过来。小鱼说，从今天开始，你得改称呼了。我叫什么，你跟着叫什么。他来到母亲面前说，叫表姑。

丫丫刚要喊，母亲挥了一下手，说各论各的，各论各的。

小鱼迟疑了一下，说那也行。

我真是佩服母亲关键时刻有智慧。这句"各论各的"从根本上打断了"认亲"的议程。原本我还这样想，丫丫敢站在我面前喊我姐，看我不一脚踹她楼下去。

服务员端着大盘子进来了，说清蒸罗非鱼。

小鱼问，是最大的么？

服务员说，是最大的。

小鱼对我说，特意要了罗非鱼，是这家饭店里最好的鱼。

其实我想告诉他，以我对这家宾馆的了解，罗非鱼肯定不是最好的鱼，比罗非鱼更好的鱼肯定大有鱼在。可告诉他有什么必要呢？没什么必要。我特意百度过罗非鱼，原名叫非洲鲫鱼，原来也是鲫鱼的一种。这一点真让我意外，既然都是鲫鱼，它跟我们家乡河里的鲫鱼味道和肉质应该差不多。

尤其是游水的方式，应该也差不多。我想告诉小鱼这一点，但转而又想，他是真的关心一条鱼的游水方式么？

宗少波的未了情

1

我叫宗少波，今年四十二岁。当然说的是阳寿，若说阴寿，好像连三天都没到吧？我记不太清了。不是我记性不好，是我实在没心思记起什么。自从出了事，我就一直那样在空中飘着、飘着。有影无形，或有形无影。有心无肝，或全无心肝。其实说全无心肝也不对，我那颗心哪，憋闷得快要拧出水来了。就是因为太憋闷，我才对自己说，算了吧，算了吧。你以为你还是宗少波吗？你不过就是个横死鬼，连家都不能回。尸首就在村外停着，顶着纸糊的脑袋，穿着女人的装老衣裳。我知道衣服是我妈她老人家的。前年她得了一场重病，病好以后就把自己的装裹预备了。我妈说，万一我哪天一口气上不来，你们会好好答对我吗？说不定就让我穿着那一身儿上了路。我妈说的"那一身儿"，是指当时穿在身上的。我妈说得不错，我是不太在意死后的事的。甭说穿新戴新，就是穿金戴银又能怎样呢？死了死了，一死百了。只是没想到的是她老人家的装裹穿在了儿子身上。妈没想到，儿子更没想到。那天妈趴在我身上哭，说你这个挨千刀的，咋不等我走了你再走，你穿着我的行头上了路，妈妈我死了那天穿什么！说得我惭愧极了也难过极了。我发着狠说，妈耶，我不穿你的衣服，你别给我穿！可惜我说什么妈听不到，给我穿了下裤上袄，把装着花秸的枕头塞到我纸糊的脑袋下面，又给我穿上了一双罗汉鞋。

我现在就在村庄的上空，很难说在什么方位。因为我只要往下看一眼，村庄的犄角旮旯都能看得到。我看见了老叔宗现生端着大碗吃面条，面条冒出的热气我都能看到。老叔那天是哭得很惨烈的一个人，一下子就让我感受到了亲情和血缘。我在心里说，如果重新活一回，我一定好好孝顺老叔，可不能因为一点小事就和他过不去。老叔吃面条的样子很让我难过，如果我现在依然活着，我会提着酒买了猪头肉去和老叔喝两盅。老叔可是亲老叔，仅次于爹。爹又死得早，老叔和爹能有啥区别。

当然现在说这些都是扯淡的事了，可不扯淡我还能说什么？我看见的人和事多了，因为和咱没有关系，看见了也只能当没看见。也别说，我还看见了刘美苹，刘美苹正撅着屁股喂她的老母猪。说真的，看见刘美苹我已经没有什么感觉了，不像那些年，哪天不见上一面就像有百爪挠心。当然后来是我变心了，我瞅刘美苹哪儿哪儿都不顺眼。手糙，脸上黑斑多，身上的气味比我这跑一天车的强不了多少。再加上刘美苹死乞白赖地贴着我，我一下子就烦了。记得那天我这样对她说："明天大栓该干啥干啥去，别老让我一个人养着。他又不是我儿子，我挣钱也不容易。"当时刘美苹的脸红得透亮，大栓就是刘美苹的丈夫，属于干啥啥不行的那一号。

那天我突然想起应该瞧不起刘美苹。年轻的时候人家给我俩介绍对象，她嫌我们家穷。说人家大栓妈掀起柜盖就能拿出八百块钱来，你宗少波家行吗？能拿出八十块钱让我瞅瞅，也不算你们家穷得冒狼烟。我妈也是个要脸的人，到处拉下脸来跟人借钱。钱刚借到一半，刘美苹已经让大栓娶走了。我妈哭得那个可怜，连我姥姥死都没那么哭过。我对我妈说，您老别那么着急，刘美苹有跪下求我跟她睡觉那一天。那一年我二十四了，什么都懂。我和刘美苹第一次有事那一天她真的给我跪下了，当然不是我让她跪的，而是不跪不行。站着高，坐着低，刘美苹不得不跪着。

我媳妇桂玉春吃刘美苹的醋，我回到家来就摔盆子打碗。桂玉春是全村最丑的媳妇，不丑也轮不到我们宗家娶。开始结婚那几年我们一家子都让着她，好东西紧着她吃，好衣服紧着她穿，把她养得像只肥鹅一样。后来我妈可不惯着她了。她儿子能挣钱了，几十、几百地挣，都是嘎嘣响的新票子，全交给我妈。我妈是村里的老太太中第一个穿皮鞋的，还是半高跟。我妈跟我说，自从穿了半高跟别人的眼光都不一样了。村里的一个老光棍有事没事就爱往我家跑。我悄悄在门槛子里下了一个绊子，那天他进屋没提防，我先别他一个狗吃屎。

桂玉春在外边摔盘子打碗，我妈在屋里唱山音。我妈说，也不撒泡尿照照自己那副德行，也配拿捏着使性子。再分有点气性，早找根绳子上吊了。过去男人都讲三妻四妾，我儿子贪嘴吃个腥你也管。有本事你卷铺盖滚，我们宗家去穿红的来挂绿的。桂玉春躲进屋里不吭气儿。我说，倒洗脚水。桂玉春乖乖把水端了来。我说，焐被。桂玉春乖乖把被焐好了。躺进被窝桂玉春还要给我暖脚，我的脚无冬历夏地凉。

不管怎么说，刘美苹跟我好的那几年什么都不用干。不但她自己不干，连大栓也不干。开始我还挺得意，说一养养他们一家子。后来才觉出不是滋味，我这不是拉帮套吗？干的是个瞎眼驴干的活呀。想明白这一点我一下子就不恋刘美苹了,有时候偶尔去,兜里也只装些零钱。刘美苹好像看透了我心思,总也不提钱的事,我给不给她都照样伺候我,让我一下子有了腻烦。有一点我算看清了,女人不能对男人好,对男人越好,男人腻烦得越快。我跟她结清了所有的账,给了她几个小钱,让她养几头猪。

当然这已经是许多年前的事了。刘美苹的猪已从院里养到了院外,黑压压的一片。暮色中刘美苹一次一次地抬头看天,不知是在看星星还是在看我。我说过我对刘美苹已经没感觉了,她看她的,我走我的。刘美苹感觉到了一股阴风簌簌袭来,让她觉出了冷。刘美苹抱住了肩,继续扬头望着,我已经走远了。

2

在老宋庄,不服宗少波的人肯定不多。人家从一辆破三马子倒腾买卖开始做起,到买四轮拖拉机,又买半个庄那么大的一辆大客车。大客车是从老宋庄跑北京的,每天凌晨三点,嘟嘟的发动机响会吵得半个村庄的人都睡不着觉。宗少波还愿意让大客车鸣笛,往村外行驶的时候大客车是一路唱着歌的。也有人想找宗少波反映反映,让他消停点,别吵得鸡狗都不耐烦。可在宗家门前转一圈,都犯怵进去。宗家的门楼修得比房还高,看着就让人眼晕。门楼里边就卧着一只大狼狗,站起来足有半人高。看见生人进来就死命往前扑。宗家人都有一个习惯,都愿意看着狗扑别人。他们老的少的都站在台阶上,看着被吓得鬼哭狼嚎的人笑。当然大狼狗是锁着的,再怎么扑也扑不到人身上，可拴狼狗的地方离门口实在太近，给人的感觉就是，要想进这个门，就必须得从狼狗的爪下过。

宗少波开始有一辆汽车，后来有了四辆。有四辆的时候老宋庄的人已经习惯了，不像开始似的睡不着觉。宗少波的汽车开始是拉人，后来是拉货物。拉人的时候他自己开。拉货物的时候他做甩手掌柜的。后来他把车卖了，投资办了一个塑料厂。厂子规模不大，占地不小。村里只批了他二十亩的地方，他用墙一围，四十亩也不少。那里是一片荒地，平时只长些树棵子。围了四十亩也不影响谁。但还是有人看不下去，找村长。说他宗少波凭啥这么霸道，这可是大家伙的地，他说占就占了？村长叫刘豫章，是个老党员，别的本事没有，就是人好。刘豫章说，反正不是我让他占的，你愿意去找他可以找。来人愤愤，说你肯定拿了人家的好处。刘豫章慢条斯理地说，你这样说话没良心。他宗少波，给过谁好处？

塑料厂红红火火地干了起来。工人都是外地的，南腔北调。开始宗少波也想用村里的人，他也觉得不用村里人说不过去。可找张三张三不去，找李四李四也不去。大家都是故意不去，都觉得是宗少波这回总算求着自己了。宗少波在喇叭里喊广播，说到厂里做工不是白做，是挣钱。村里人"呸"了一声，说挣钱也不去。宗少波又说，自己不是非用村里人不可，是肥水不流外人田，他不愿意钱都让外地人挣走。村里人冲着广播喇叭说，你就糊弄鬼吧！宗少波喊了一个小时，村里人都无动于衷。人们该下棋下棋，该打牌打牌，都拿宗少波的话当放屁。一年以后，就开始有人陆续去找宗少波。那些外地人，吃喝嫖赌，显见是挣了钱的。谁都不会跟钱有仇。先是那些家庭妇女，厚着脸皮喊他大兄弟，说在家里闲着没事，想到他厂里找点事做。宗少波很给面子，不但安排的活轻省，工资还比那些外地人高。后来找宗少波的人多了起来，不但有刚毕业的小姑娘、小伙子，还有小姑娘、小伙子的爸爸们。父子、父女同在厂里的不在少数。宗少波照顾不过来了，就有人无事生非，里偷外盗。宗少波抓到了就往死里打，居然还打出了一个残废。

宗少波主动赔了人家不少的钱，让不残废的人眼热。

3

你一定不知道魂魄是怎么回事，我一说你就明白。魂魄其实就像一块云彩，有形有影。但经不得风吹，风一吹魂魄就散了。魂魄到底不是云彩，云彩散了还能聚，聚在一起还是片云。魂魄就不行了，散了就成气了，空气的气。再想聚成魂魄就比登天还难了。有些人的魂魄刚一升天就散了，那些都是在人间了无牵挂的人，他们急急地升天，急急地散去。蓦然回首，就已经化做尘埃了。可像我这样牵肠挂肚的人真的不在少数，你不到天上不知道，到天上一看就清楚。到处都是像我一样拼命裹着自己，害怕被哪股风吹散的人。我甚至看见了一个熟人，叫宋玉生，也是老宋庄的人。他是和我前后脚来天上的，只是比我晚到一步。是我出事的那天晚上，被一辆摩托车撞进了沟里。我在火葬场冒烟的时候，他正躺在车上往那里赶，就像要追上我一样。我在老宋庄的上空东游西荡，和他碰了个对脸。我们相对无言。是因为魂魄都不会讲话。魂魄是精神的而非物质的。所以魂魄讲话只有自己能听见。我是非常愿意和他说些什么的，甚至想安慰他几句。我知道他女儿明天就要结婚了，他起急是怕女儿推迟婚期，女儿找到一户好人家不容易。活着他就是那种芝麻绿豆的人,每天驮一个大筐,到处喝破烂儿。我不大看得上他,从没和他好好说句话。可变成魂魄就不一样了,眼下,这里的世界只有我俩是熟人,眼神一对,就如同地下工作者一样接上了头。他急我比他更急。他比画着我也比画着,可我们谁也不懂对方是什么意思。他像无头苍蝇一样往前头撞,我在后边随着。我想,他女儿的婚期是没法再推迟了,已经推迟两次了,这次再推迟铁准要散伙了。我不知道我怎么会忽然知道了这些,难道我成神仙了?是有那些说法的,几点死成神,几点死成鬼。可这都不关横死鬼的事。横死鬼比鬼都不如,低鬼一等,这些我都知道。我尾随着他一起来到了他家的院落上空。此时我希望有个伴,我怕自己落单。他们家住在村东,一座土里土气的三间砖房,院外有几棵柴榆树,树叶都被虫子吃成了窟窿眼儿。贫寒人家的日子,连虫子也欺负。若是有个儿子,恐怕连媳妇都娶不上。我到他家去过一次。因为什么事情忘记了,是好几年前的事情了。那个寒酸劲我一辈子也忘不了。屋里就一只小木柜,被砖头垫起来很高。一只高低柜上没玻璃,是从哪里拣来的。炕脚堆着一堆烂衣服,都是城里人不要扔出来的。记得我曾经对人说过,咱村谁家最穷?宋玉生。他家看的电视不知道是几寸的,画面还没个真人脸大。我记得那个时候我们已经看上液晶电视了。他还能买个人脸大的电视,真亏他想得出。

他家死气沉沉的,连一点鸦雀的动静都没有。宋玉生落在那棵榆树上,眼前的情景大概令他很悲伤。他瘪咕瘪咕嘴,想哭。可他的哭脸还没做出来,一小股风从斜刺里穿了过来,轻轻一撩拨,就把他吹散了。眼见得他的身形四分五裂,头,胳膊,腿,脚,胸脯,迅速分化掉了。只一瞬间的事,宋玉生就在我的眼前消失了。我急忙飘过去想挡住他,可他身上的那些部位像水一样流,我挡得了这边挡不了那边,我眼睁睁地看着他气散了,形也散了。他也努力挣扎着想聚拢,但好久都没能再成形。宋玉生最后看了我一眼,那眼神让我撕心裂肺。他这是求我呢,让我帮帮他。虽然我都不知道谁能帮帮我,但我让宋玉生感觉到了我能帮他。我做了那样一个手势,让宋玉生多少感觉到了慰藉。他的一张脸是最后散掉的,散掉的那一刻紧紧盯着我,让我觉得看着我的宋玉生不是用一双眼睛,而是用整张脸。就是这种感觉让我陡然有了责任感,我想,我还没帮过宋玉生呢。他从没向我张过口。我的塑料厂红火那几年,村里人都削尖了脑袋往里钻,要不是我把关严,刚出娘胎的娃娃和就要进棺材的老人说不定都有。可宋玉生从没求过我,没为自己求过,也没为女儿求过。说不定他是这样想的,他不愿意像别人一样吃大户。哪怕自己去喝破烂、拣垃圾,也要自力更生、奋发图强。想到这一点我的心里热乎乎的,就觉得宋玉生的事胜过我自己的事。哪怕我自己的事办不了,我也一定要帮帮宋玉生。

  我知道我的时间也不多了。但我是一个有觉悟的人。我这样说话你肯定要笑我,宗少波还有觉悟?吹牛腿吧?瞧瞧,我是不是有觉悟?我说吹牛腿,而不是吹牛那个玩意,这就是有觉悟的具体表现。还有我那个塑料厂,欠人家多少钱你们知道吗?但我不欠村里人一分钱。外地的小姑娘抹脖子上吊跟我闹,我都一个子儿没给。给了她们就没有给村里人的,我不能做没良心的事。好多人都不理解我。我们家里人哭,他们在家笑。看着他们笑我寒心透了。我宗少波真没做过对不起他们的事。既没沾过他们老婆,也没打过他们姑娘的主意。相反,我还没少帮他们。修过路,打过井,助过学,交过手术费。可人家还是盼着我早死,我一死很多人奔走相告,就像姥姥家门口唱大戏一样。我下决心不骂人了,可还是忍不住骂出了口。我宗少波对不起天对不起地可没对不起你们哪，你们的那颗心怎么比我还坏啊！

我在宋玉生家的房子上盘旋了好一会儿，也拿不定主意该怎么办。后来他家亮了灯，我才发现原来他家有客人。我贴了过去，落在了他家的堂屋地上。屋里一共有五个人，二男三女。宋玉生的老婆我认识，一个柴禾女人。他女儿我也认识，一个长相活像小燕子的人。就是那个叫赵薇的小燕子，长着两只大眼睛。另外一女二男我就不认识了。但看那情形是在谈很严重的事，他们的表情都很严肃。我忽然想到了他们也许在谈婚姻，瞧那个面生的女人，多像媒婆呀！

我一掀门帘走了进去。就听宋玉生的女儿发出了一声尖叫。当然这不是我听到的，而是感觉到的，那孩子受了惊吓一样全身抖成一团，指着门帘子说，它自己卷起来了！它怎么自己卷起来了！于是所有的眼睛都朝这边看，我则来到了宋玉生女儿的身边，悉心地看着她的脸，眼神就像她的父亲一样。那孩子猛地扑过去把门帘子抱住了，大声喊："爸爸，是你吗？爸爸，是你吗？"可怜的孩子，她把我当成了她父亲。

4

宋巧英是一个长相活似小燕子的姑娘。《还珠格格》在电视上热播时，许多人都说，这多像宋玉生家的丫头啊！只是宋玉生家的丫头比电视上的这一个还可爱些，不那么疯，不那么没文化。那时宋巧英读初中，是班里成绩最好的学生。那时大家说起她，都说她是鸡窝里飞出来的金凤凰。高三的后半年她老闹偏头疼，就把考学的事耽误了。

但人家补齐了手续，仍算高中毕业。这在老宋庄可不多见。老宋庄有几个读了高中的，但都考学走了，连户口都走了，肯定就不算老宋庄的人了。其余那些没读高中的人跟村里的文盲差不多，连封信都不会写，连张报纸都不会念。所以说宋巧英是村里的一朵村花谁都不会有意见，大家都爱护着她。尤其知道她像电影明星以后，如果哪里有好小伙，老宋庄的人就会说，我们村里有个小燕子，好看着呢。小伙子就会托媒人过来，有时明知相不成，就想饱饱眼福。

艾小东就是这样自己找上门来的。那天他骑着摩托车从村西进的村，一路打听宋巧珍家住在哪里。艾小东的摩托车，村里人都没见过。"蹭"的一下往前蹿，就像带着霹雷闪电一样。知情人说，艾小东的摩托车值一辆汽车的钱。老宋庄宋姓是大户，所以有人认真地帮忙分析谁是宋巧珍。大家都觉得，艾小东要找的人，应该是村里有身份、有地位的人。直到艾小东说那是一个长得像赵薇的人，村里人才恍然大悟。大家七嘴八舌地说，人家叫宋巧英，不叫宋巧珍，你怎么连名字都没弄对。艾小东说，我是来替我表兄送一封信，是他没给我讲清楚。于是艾小东到宋巧英家里喝了茶，不多工夫就走了。有人问宋巧英信上都写了些什么，宋巧英莫名其妙地说，他是来找水喝的，哪有什么信呀。

转天媒人上了门，说起一个叫艾小东的小伙子，巧英还不知道说的是谁。媒人说，艾小东也是高中毕业生，考了三年学，都没考上。本来家里想让他上自费，可艾小东考不上学宁肯不上。这样就和宋巧英一样也待在了家里。媒人还说，想嫁给艾小东的姑娘排着队，有的还是大学毕业呢，可艾小东说啥也不找上过大学的人，没上过大学的人他又看不上，事情就这样耽搁了。宋巧英知道媒人都有些言过其实，但考了三年学没考上总是真的。巧英也想找一个这样的人，知识结构差不多。这样她就跟着媒人去相亲了,见了面才知道艾小东就是那个找水喝的人,人家是提前把她相看了。宋巧英很生气,觉得艾小东会骗人。可艾小东一句话就把她逗乐了,艾小东说,我没去相看你,我是去相看小燕子的。谁知道你比小燕子还好看呢?

直到订婚那天宋巧英才知道艾家是远近闻名的蔬菜大王,一个高科技大棚就价值几十万,里面都是无土栽培。而这样的大棚他家有四个。蔬菜打包进高端市场,种子都是以色列进口的。在这之前艾小东从没提过家里有钱的事,否则会把宋巧英吓回去了。

他们交往了三年多。第一次商定婚期时正赶上巧英的姥姥去世,婚期推迟了。第二次商定婚期又赶上艾小东的爷爷去世。艾家父母已经有了一些其他想法了,他们觉得这个儿媳也许不吉利。

他们与儿子交换过想法,主张换一个媳妇。可艾小东心如磐石,让他们无计可施。只是与宋家的关系淡了下来。宋玉生活着的时候已经开始担心了。所以他经常在饭桌上叨叨起这事,说哪怕天塌下来,第三次婚期也不能再推迟了。

没想到天真的塌了。

宋巧英自己跑到了婆家,告诉他们这婚结不成了。公公婆婆交换了一下脸色,什么话也没说。这天艾小东没在家,他去城里买东西了。宋巧英在村头等了他许久,没等到,就一个人回来了。宋巧英一路走一路哭,刚进家门,艾家派来的人也跟了来。有媒人孟大爽,有艾小东的叔叔和一个叔伯哥哥。他们进了门就说,艾家把酒席都订了,不能再反悔了。如果你们坚持不结婚,这门亲事就算了。

宋巧英抹了一把眼泪说,算了就算了。她对艾家这样不通情理很恼火。可巧英的妈妈知道这件事干系重大,她反复求着女儿,说你爸反正已经死了,你不结婚他死都闭不上眼。你别这么犟,别把自己的大事耽搁了。巧英说，他们明摆着是来退婚的，我们还是成全人家吧。孟大爽赶忙说巧英误会了，这婚确实是不结不行了。那边请了很多客，不但有乡里的，还有县上的，艾家已经有过两次说了不算了，再有第三次，是让他们没法做人了。宋巧英说，怎么没人替我想想？我爸爸这里尸骨未寒，我能结婚吗？艾家那一老一少始终都没有说话，巧英妈妈看得真真的，人家就是来退婚的，跟孟大爽根本不是一个心劲。事情正僵着，门帘忽然朝上卷了一下，好像有人进来了。

巧英扑过去抱着门帘喊爸爸，是你吗？爸爸，是你吗？

巧英妈妈怔怔的，她把女儿拉开，把门帘平展展地放了下来。

巧英妈妈说，他爸，是你回来了吗？

说得其他人都毛骨悚然。

巧英妈妈又说，我知道你不放心女儿，想回来看看。现在艾家是派人来了，女儿能不能结婚你说了算。他爸，你在这屋里吗？

所有人都感觉到了有风在动。房梁上挂着的风铃叮咚叮咚响了起来。巧英张开双臂，望着屋顶喊了一声，爸！你在这屋里？

巧英妈说，你如果同意巧英明天结婚就从这屋里走出去吧。你在这里人家都害怕。

所有的人都盯着那道门帘，那门帘真的朝外翻卷了一下，就像有人出去了一样。

巧英追了出去，喊，爸，爸！

外面黑洞洞的，什么也没有。巧英冲着天空喊，爸，我听你的，我结婚！

你——听——见——了——吗？

5

我听见了。

那孩子的声音像玻璃刀似的把夜色都划出了口子,我当然听得见。只是他们听不见我的声音,一点也听不见。如果他们能听见一点点,我的心里也不会这么难受。我在天上飞了半天,累得很难受,我停在了一棵树上。我帮了宋玉生,可没有谁能帮帮我,真让我愁肠百转。这是一棵核桃树。认出这是一棵核桃树我就知道这是老叔家的核桃树,因为全村没有哪棵树大过它。小时候没少吃老叔家的核桃,因为偷吃核桃也没少让老叔打屁股。老叔家的核桃自己都舍不得吃,留着卖。我跟老叔不亲,不知是不是从偷吃核桃开始的。核桃从青的时候就开始偷,里面的核桃仁都还没成形,砸核桃仁的过程异常艰辛,手和嘴唇都像长了一层铁锈,散发着一股难闻的气味。老叔看核桃树看得紧,可他没有我工夫长。我想吃那天总能偷几个,让老叔整天数核桃也白数。如今我就站在最大的那个枝杈上,核桃的香气在我周围飘着,成熟的核桃撞着我的脸。可我却不想吃了,吃不动了。我只能在核桃树上想些事情,想着想着就觉得这树上一丝风也没有,风都被挡在外边了。这让我高兴。我想,如果我每晚都躲在核桃树上,那些风就永远吹不散我。

我还是从树上下来了,我想和老叔待一会儿。老叔家的堂屋没点灯,放光的是锅台上的那只大海碗,老叔刚才吃面条来着。我上去摸了摸,碗还是温的。老婶是一个勤快人,不知她为什么没有洗碗,也许是忘了。我从门帘缝里钻了进去，我可不想吓着他们。老叔靠着窗台坐着，老婶却躺着。我在炕沿底下蹲了下来，我怕他们看见我。当然他们看不见。他们甚至连门帘的那一下摆动都没有看见，以为那是风。老叔有两个儿子，因为穷，都不是很孝顺。老婶有肾结石，早就应该做手术但始终做不了，因为儿子不给出钱。我倒是肯出钱，可因为老叔一直不求我，我也就没出。我没出的另一个理由是我妈不乐意。她时常和我提起当年老叔和老婶如何对不起我，我偷吃几个核桃，就把我的屁股往两半打，闹得全村人都知道。这也影响了我。我想，我又不是他儿子。老叔又不是没儿没女，我出钱算哪门子事？

当然我现在后悔了。屋里的灯光像萤火虫一样，我还是看清了老婶蜡黄的脸，她的肾结石又犯了。老婶把被子盖得严严的，眼睛闭得紧紧的。老叔说，我明儿上城里卖血，一天卖一回，我就不信治不了你的病。老婶皱着眉头说，卖啥呀，跟少波比，我都算高寿了。老叔说，不知少波走得这样早，早知道这样，我当年跟他置啥气。老婶说，你不听我的呀，全村人都去喝少波的喜酒，你做老叔的却不去。老叔说，他还不是造的孽？扔下两窝四个孩子，其中一个还是哑巴。老婶说，这就是命。少波不信，你也不信？

我从屋里逃了出来，我听不下去了。我又回到了那棵核桃树上，想起我的哑巴儿子，心都要碎了。哑巴儿子是凤莲生的，凤莲是我在饭店认识的。在那种小饭店里我认识过许多人，只有凤莲被我带走了，我在城里给她买了房。当然是旧房，最次的那种。新房我不是买不起，是不舍得。我不过就是个土财主，能在城里买上房子已经知足了。凤莲也知足，把旧房子也打扮得鲜鲜亮亮的。别人在外边养人都偷偷摸摸，我却大张旗鼓。请了全村人去城里喝喜酒，光大轿车我就租了三辆。村里只有两个关键人物没去，一个是桂玉春，一个是我老叔。桂玉春我没告诉她，告诉她有点欺负人。老叔却是我告诉了他没去。我倒没觉得什么，可把我妈妈气坏了。我妈对村里人说，我儿子能说俩媳妇，他这是眼气。有本事他也让自己的儿子说俩媳妇，他说得起吗？那天在场的有一百多口子，不定有多少人去老叔那里添油加醋。只是我们都不在乎，我不在乎，我妈她老人家更不在乎。老叔的两个儿子过得都不好，一个一个土里刨食，自己买两斤肉都要精打细算，就更别提孝顺父母了。后来看见老叔我从老远就喊："老叔，您的二侄媳妇要给您拜年来呢，您得准备压岁钱！"当然我这是在气他。老叔也知道我在气他，老叔听得出来。他瞪我一眼，理都不理我，就倒背手走了。

凤莲很快给我生了儿子，那儿子，白。咱现在也是城里人，看见黑皮黑肉的人也觉得不顺眼了。就像桂玉春给我生的那仨丫头，脖子个个赛车轴，与我们小四一比，就像天上地下一样。桂玉春一直也不知道凤莲这个人，虽然我经常不着家，她还以为外边的人都像刘美苹一样是露水夫妻呢，岂不知我和凤莲早已拜了天地，拜了高堂。凤莲给我生了儿子，我又请了全村人去喝酒。这次比上次人更多，更排场。那阵子我的塑料厂像刮风一样给我刮钱，全县的各种塑料制品都是我那里生产出来的。凤莲让我多存几个，我说，这样赚下去咱们连糊窗户都用老人头，你担心个啥？

我把儿子的照片拿家去显摆，桂玉春才知道了究竟。她整天闷在家里，连门都不出。门口拴着狗，别人又不进来，所以她真的什么都不知道。我把照片放到了她眼皮子底下，说："咱们有儿子了，你瞧瞧多白。"桂玉春看了一眼，就呜呜哭了。桂玉春说："我进宗家的门有多少人打破楔儿，说你们家人性不好，不是过日子人家。我谁的也不听，嫁给了你。你想想你当年连媳妇都说不上，要不是我嫁给你，你不还打光棍吗?"这话我不爱听,虽然桂玉春讲得不假。不过话又说回来,要是我知道自己日后能发财,我宗少波能要她吗?瞧她把我那仨丫头养活的,都塌鼻梁,小肉眼泡,黑皮黑脸,头发焦黄,跟她就像一个模子刻出来的。这要在过去,我的大巴掌早抡过去了。我打她的时候心里特别痛快,把她骑在身下,一只手薅住头发,一只手左右开弓。那种敞开了的感觉能让人上瘾。我恨她动不动就翻腾那些破事儿,揭我的疮疤。我不爱听。今天为了我儿子小四的缘故,我原谅了她。我告诉桂玉春,你不用着急,我不会跟你离婚。你是大,凤莲是小,到啥时候她也得听你的。这些话,我都是跟电视里学的。这些个理论,也是电视里教的。否则我哪里想得起来说啊,宗家祖祖辈辈也没有娶得起个二房的。桂玉春的脸让我说得像个吊死鬼,她窝窝囊囊地说:"将来分遗产,我那三个丫头有份儿吗?"她可真是短抽,我的巴掌不抡下去真是受不了。我说,让你咒我死,你这个死婆娘!我死了你休想得到一分钱,谁让你不会生儿子!桂玉春反而发了飙,一把夺过我儿子的照片,咔嚓咔嚓给撕了。我再不教训她我还是宗少波吗?我扑过去撕了她好一顿,她连手都不还。我问她为啥不还手,她说只当我和她亲热呢。你都许久不碰我了,你把我撕碎了才好呢。桂玉春躲闪着眼睛说。

这个死婆娘!我还真不知道她说话也有有趣的时候。

凤莲隔三岔五跟我回家来,我们三人就住在一间房里。凤莲是大仁大义的人,叫桂玉春大姐。夜里睡觉还让桂玉春挨着我。桂玉春像根棍似的挺着,我摸她她都不柔软。我就和凤莲闹动静,闹得我妈都听得见,在那屋喊:"小点声,你们小点声。"凤莲说,大姐你就不想少波吗?桂玉春说,我不想他,我想别人呢。我说,桂玉春你领一个来,我保准给你腾地方,就怕没人待见你,瞧你那德行。桂玉春直冲冲地说，我找麻二驴，我找麻二驴总可以吧？

气死我了。麻二驴是个老光棍，是个见母驴都起性的主。

后来桂玉春总算顺过劲来了。做点好吃的，就让我给凤莲捎过去。小四来了她还往外抱，说瞧我儿子多白、多俊呀。有一回她失手差点把孩子扔出去，让我起了疑心。我告诉凤莲，防着她点。凤莲说，我早看出来了，她迟早得要我儿子的命。我问她怎么看出来的，凤莲说："你瞧她那双眼睛，经常冒蓝火。"这话是夸张，我不爱听。桂玉春的肉眼泡把眼仁包裹着，就是真冒蓝火凤莲也看不见，她这是使心呢。我说，桂玉春不是那种人。凤莲说，我知道你拿我儿子和我的命都不当回事。我说，等等，我怎么不拿你和儿子当回事了？你在城里住楼房，连我妈都还没住过楼房呢。凤莲说，当回事你咋不离婚呢？

我正色说："这可是我们结婚之前说好的。我不离婚，才娶你。"

凤莲说："可那时没有孩子。没孩子之前我让你离过婚吗？"

我说："结婚就意味着得生孩子。我给你的彩礼比桂玉春多一千倍。"

凤莲说："多一万倍你也没给我名分呀！我不是为自己争，我是为你儿子争。"

我说："得得得，你不用再说了。你不就是想让我离婚吗？我今天就告诉你一句实话，我今天不离，以后也永远不会离。你就死了那条心吧。"

凤莲问我为啥不离婚，是不是舍不得那个扁鼻子。我说桂玉春鼻梁是有点塌，但不是扁鼻子。你个做小的说话恭敬点。至于为啥不离婚，我那儿还有仨闺女，我妈还指望桂玉春养活呢。如果我给你名分，你会跟我去老宋庄么？

凤莲说，会。

我说拉倒。就你那点小算盘,我摸着黑都比你打得精。你少给我动心眼。

凤莲说:"你也不怕我把儿子拐跑了。"

我说:"拐跑了我再娶一房,我妈早说了,我们宗家去穿红的来挂绿的。"

凤莲没咒念了,换了一张笑脸对我。说傻子,我逗你玩呢,还当真了?

小四六个月大,我就觉出了有问题。那年过年我买了一筐鞭炮,在院子里放时连凤莲都堵着耳朵,可小四却连眼睛也不眨,就那么看着。我趴在他的耳边吼了一嗓子,他还是没个动静。吓得我出了一身冷汗,我对凤莲说,咱儿子可别是个聋子吧?凤莲给了我一巴掌,说你他妈的才是聋子呢。你妈养活儿子不聋,我养活儿子就聋了?凤莲把小四抱进了屋里,半天不让我碰儿子。儿子还小,有时反应有点迟钝,也属正常。可儿子是一个多聪明的儿子呀,那眼珠像黑煤球似的,一转就一个鬼点子。我把半天他不尿,刚放到腿上就拉我一裤子,边拉边咯咯地笑,像占了多大便宜似的。这点真是随我,我妈说我小时候也这样,不撩人儿。可我愿意让儿子拉,臭烘烘的我乐意。有时没拉多少我就让它在裤子上沾着,一两天也不洗。凤莲说我犯贱,我心说,咱这不是缺儿子缺的吗?

儿子过了周岁生日,满地走了,什么事都知道,就是不说话。我心里添了堵,悄悄联系了大夫去咨询。大夫问,发没发过高烧?注射过青霉素吗?生产时是顺产还是逆产?孩子的母亲年纪大吗?生下来时异常吗?有没有被产钳碰到哪里?这些我统统准确地回答了。大夫说,一般没事。回去再好好观察观察,有些孩子说话晚,据医学记载,有的孩子四五岁才开始说话呢。这话当然我乐意听,就又过了半年。凤莲终于忍不住了，有一天，她对我说，咱得上大医院了，咱儿子好像是有问题。今天去广场玩彩球，彩球一个一个爆，他怎么连眼都不眨。我们俩合计了一宿，是去天津还是去北京，需要带多少钱，如果需要手术怎么办，如果手术需要一百万又怎么办。我对凤莲说，你不用担心，甭说一百万，就是一千万，只要能治好儿子，我也往外拿。凤莲说，你甭吹牛，连你都卖了也不值一千万。我说，我当然不值一千万，可我可以去偷、去抢，早先年间我们家过不起年，我到外边就偷了一只羊回来。虽说被主人追到了家里，可羊还是被我们杀了。羊又不会说话，你又叫不应它，难说是你的我的。凤莲问我到底有多少钱，我打了半天马虎眼，到底还是没跟她说实话。我之所以不说实话是因为我确实没多少钱，我的钱都像水一样在外边流着，只要不流到我手里，就难说是我的，这跟那只羊是同样的道理。转天我们去了北京，觉得北京是有本事的人聚集的地方，说不定一下子就能把我儿子治好了。我们专拣大医院跑，挂专家号，一把钱花了出去，却只听到一句话：先天性的。我问，我儿子以后会说话吗？专家说，很难说，这要看他的肌理变化。我说我们愿意花钱治。专家说，从哪儿治呢？无从下手呀！

我和凤莲的眼泪都流成了河，小四用两只小手给我们擦。以后的日子我们经常就是这样，攥着小四的小手，流着眼泪看着他。从那时起，凤莲就不跟我回家了，我们都怕村里人知道这件事，遭笑话。连家里人我们也都瞒着，瞒着我妈，也瞒着桂玉春。我妈想孙子我就编排各种理由，不让他们见面。我妈不止一次对我说，我还没听孙子叫一声奶奶呢。

转眼就是三年过去了。这三年小四基本没什么变化，让我们揪心。我们也没闲着，到处求医问药。要命的是我的塑料厂又不行了，因为同行竞相压价，已属微利。又被工商、税务罚了一头子，一下子就转不开了。三个月没发工资，工厂就散了，好多机器的零部件都被人偷走了。我也懒得问，我也操持够了。现在不像过去环境宽松，一个环保问题，一个卫生问题，都够喝一壶的。过去我们都是回收旧塑料制成塑料颗粒，成本很低。现在被卫生部门查出来，罚死你。

关了塑料厂，我的时间一下子空余出来，便一心一意给小四跑。周边的城市我都跑遍了，从大医院，到江湖郎中，哪里有消息我都要过去看一看。也没少上别人的当。先是一个气功骗子说能治好小四，我们每周去一趟，跑了三个月，就找不到他了。后又慕名找了一个老中医，老中医二话不说，捻了银针就往小四的屁股上扎。我说，您还没问病因呢。老中医说，不用问，我这里包治百病。我说，这孩子又聋又哑。老中医说，不聋不哑你们到这里来干啥？

又扎了三个月，把小四的屁股都扎成了筛子，却一点起色也没有。我问老中医什么时候能见好。老中医问，几年了？我说三年。老中医说，作病作了三年，那就得三年。

我恨不得把他的脖子拧断，这不叫人说的话。再瞅我们小四，屁股又红又肿，但一声不吭。凤莲哭着说，我们不治了，我们宁可又聋又哑也再不遭这份罪了。我大声斥责道，胡说！谁说我们又聋又哑？我们不就是还没遇到好大夫吗？

我总相信那句话，有志者事竟成。我还相信那句话，不怕没好事，就怕没好人。后一句有点不太准确，我想说的是另外一层意思，只是不知道怎么说。凤莲灰心了，我的心却一刻也没灰过。我的车是辆黑色的四圈，买的时候就是六成新。我整日开着它东打听西打听。有一天，我在一家部队医院里听到了一个信息，说有一个专治聋哑病的老专家，让许多人开口说了话。只是人家许多年前就退休了，就是健在，也有九十几岁高龄了。听得我激动死了。我仔细记了姓名和地址,连夜赶了去。车子在路上整整跑了二十个小时,才到达老人居住的城市。我在一座四合院里见到了这位名叫裘八金的老人,老人鹤发童颜,精神矍铄。我见了老人先深鞠一躬,几乎是哭诉了我家小四的情况和这些年的求医经历。老人久久不语,老人不语我就又哭又说。最后老人说,要不是我过去遇到过相同的病例我就不答应你了。我跪下就磕头,在方砖地上磕得咚咚响。老人说,先天聋哑的孩子并不多见,人的耳脉上有一处开关,聋哑孩子在坐胎时是关着的。他们听不见,就觉得这个世界是没有声音的。所以孩子不是不会说话,是不知道怎么说。只要是这个毛病,把那个开关打开就好。听得我眼都直了。我觉得真是这么回事。我家小四就缺一个会打开关的人。一打开开关他准好。我和老人商定三天以后把孩子带过来。老人说,三天以后,不能早也不能晚。记住了?

　　我当然记住了。我把老人就当成神仙了。瞧人家住的这地方,在挺大的城市住四合院,廊柱都是大红的颜色,门口还有石狮子。再看人家这长相,一点也不像个普通人,有一句话叫仙风道骨,就是说的他这样的。头发胡子都比雪还白,像小苗圃一样修剪得整整齐齐。灰稠裪子是大襟的,扣子还是纽襻,就像老一辈的古人一样。我往回走的时候老是抹眼泪。我是欢喜的。我遇到真人了。我想,我的儿子要是能叫我一声爸爸,哪怕让我现在就死呢,我也甘心情愿。人一欢喜起来就注意力不集中。我想了好多事。在老宋庄,我是能人。能人却没有后。有了后却是个哑巴。这要是让人知道,不定多少人要笑掉大牙。我实在是不甘心。等我儿子治好了,我就给他买个小喇叭,让他满天下喊我爸爸。我还要把他们娘俩接回村去长住。城市再好,但没人认识你。到村里就不同了,有辈分,该叫什么叫什么。我家辈大,想到有人管凤莲叫婶子我就很高兴。我正胡思乱想的时候来到了一个急转弯,我的车速没有降下来。前边有一辆大货正老牛拉车一样吭哧吭哧往前赶,就听"砰"的一声,我的车就整个飞了起来。我只来得及叫一声,人就整个飞走了。

我最后叫了一声裘八金。不叫我妈,不叫小四,不叫凤莲,却叫了一声裘八金。裘八金不知道我是谁,人家没问我来自哪里、姓甚名谁。可裘八金就是我的命、小四的命。我怎么就在半路上把命送掉了呢?在裘家门外,我拿着手机激动了好半天,想把消息告诉凤莲,号码都拨出去了,又硬硬地让我掐断了。我想我不能这样告诉她,我想当面给她个惊喜,让她搂着我又嚼又啃。谁想到老天捉弄人,让我半路做了横死鬼。现在想一想,我多应该把裘八金的名字告诉凤莲啊!凤莲坐公共汽车也能把小四送了去啊!人家见过小四这样的病例,这次可是十拿九稳啊!我命归黄泉那一刻一直在想这些。直到所有的意识和思想离我而去,我最后吐了一口气,说,完了。

完了。我说。

6

刘豫章是个好人。他的书记都干了快一辈子了,还没干够,能不是好人吗?年轻的时候刘豫章当过兵,当时正是"打倒美帝、打倒苏修"喊得最热闹的时候,有一天开班务会,刘豫章第一个发言,他说:"我们坚决打死美国首都。"大家哄堂大笑起来。有人问他美国首都是谁,他说,不就是那个叫华盛顿的吗?刘豫章很快复了员,因为他在一次实战演习中伤了腿。因为轻伤不下火线，落了个终身残疾，走路总一拐一拐的。刘豫章复员就开始当村书记，第一次去公社开会，回来给党员传达会议精神。刘豫章说，我们已经跟二十八个巴尼亚建交了。在座的有一位小学教师，凡事爱认死理。他抱着世界地图找名叫巴尼亚的国家，真找到了几个，可无论如何也凑不够二十八个。后来好不容易弄明白了原来是阿尔巴尼亚，不是二十八个巴尼亚。小学教师告诉刘豫章你说错了。刘豫章说，我多说几个能错到哪儿去？

老宋庄就是这样稀里糊涂地跟着刘豫章过了许多年。改革开放以后，上级有关部门找到刘豫章，说你年纪大了，身体又不好，还是让年轻人干吧。刘豫章说，我早就把这一百多斤交给党了，我入党宣誓的时候就说要奋斗终身，只要我还有一口气，谁也别想把我这副担子抢走。于是老宋庄又稀里糊涂地跟着刘豫章跨世纪。前些年还有些怨言，说刘豫章不干事，没让老宋庄走上富裕路。别说服装厂、橡胶厂，他连个加工厂都没办起来过。结果别的村庄热热闹闹、翻天覆地紧跟形势，老宋庄却任何动静都没有。又过了些年，当年那些厂子黄的黄、倒的倒，除了村干部家的门楼越修越高，屁股底下的车变成了四个轱辘，再就是堆成山的债务能把人吓一溜跟头，至于村里的老百姓，并没有得到多少好处。于是各种上告、信访很让一级一级的领导头疼。相比之下老宋庄简直就像一艘航空母舰，在大风大浪中要多平稳有多平稳。既无外债也无内债，过去那点公共积累也还发挥着作用，像水利设施、电力设施等等，让刘豫章管得就像家里的东西一样。不像邻村，当年红火的年月，麦田浇地搞成的喷灌，像开放的水花一样。市长都去那里参观。现在却连机井都废了，土地又变成了靠天吃饭。广播喇叭安在村干部的家里，连村委会都整体让个人买走了。

刘豫章身上的黄马褂，就像狗皮膏药一样，在身上粘了一辈子。

刘豫章的两亩八分地靠着村西的塑料厂，种着黄豆和玉米。黄豆种在路边上，与塑料厂只有一墙之隔。过去刘豫章到地里干活能闻到刺鼻的臭味，能听到机器的隆隆声。现在则什么也闻不到听不到了。里面的荒草比院墙都高，有几朵野花从里面爬了出来，贼头贼脑地往外张望。那是几朵喇叭花，只有它能爬那么高，还能穿透铁丝网。那些不能攀爬的野花只有羡慕的份儿，可没有这水平。刘豫章每每来地里干活都会望着那几朵花出神。厂子的大门还上着锁，他能看见的院里的风景，也只有这几朵野花了。他先是为宗少波发愁，也不知拿那堆废铁怎么办。宗少波满打满算干了八年，和村里签的却是15年的协议。现在又为塑料厂发愁，宗少波一死，就更没人为它操心了。

太阳下山的时候刘豫章扛起了锄头。他的锄头纯粹是摆设，是年轻时养成的习惯。现在哪里还有能用锄头的地方啊！除草剂一打，寸草不长。他扛着锄头悠悠往东走。东边有一条路，回村的路。可因为头脑里有了另外一闪念，刘豫章顺着黄豆垄朝南走去。南边有一条更宽的路，当年塑料厂走车的路。自从厂子关了门，那条路就断了。当然是宗少波断的，他在路中央挖了一米宽的地沟，沟两边长了一人高的苍耳和蜀葵。宗少波真是一个聪明人，他凡事都能想到别人的前边。刘豫章走到厂门前才发现两扇铁门不知什么时候开了，那把大锁挂在那里，却完好无损。他疑心有人偷了东西，迈步往里走。太阳光就是在这个时候暗了下去，有风在他的脚下旋着。刘豫章是一个胆小的人，他当了一辈子党员，可他胆子小。突然暗下去的天光让他有了一些想法。他想到了三天前，也是在太阳落山的时候，宗少波顶着一个纸糊的脑袋，穿着女人的装老衣服，在村口停着。这个画面让刘豫章起了鸡皮疙瘩。他从里面退了出来，把大门带好，从来时的路返了回去。刘豫章进村，街上有许多人跟他打招呼。刘豫章热情地招呼着别人，心底却是一片孤寒，仿佛自己一直置身在那片废弃的厂房里。他朝另一条街拐去，那条街的街底就是宗少波家，他想就塑料厂的事和他家的人打一声招呼。宗少波家的房子显得小了，显得灰了。刘豫章想，宗少波刚走两三天，怎么房子就显得又小又灰呢？门口站着一个小人儿，又白又俊。但也是又小又灰的感觉。孩子站在那里望着一条街，定定的，旁若无人。刘豫章对着孩子笑了笑，孩子毫无反应。刘豫章摸了他的头，孩子仍是没有反应。刘豫章就明白了这是宗少波的哑巴儿子。宗少波不死，村里人都不知道他的儿子原来是个哑巴！这个宗少波，他这是糊弄了多少人啊！他走进宗少波家的院子，没有提防狗。拴狗的木桩还在，但狗已经没了。刘豫章挺直了身板，先高声咳嗽了一声。老廖马上跑了出来。老廖就是宗少波的妈，年轻时候就胖，老爱摔跟头，大家就喊她老撂，是撂跟头的撂。可她又姓廖，久了就分不清是哪个字了。老廖是披头散发出来的，见了刘豫章像是见到了亲人，呜呜地哭。刘豫章说，我告诉你们一声，塑料厂的大门开着，怕是有贼呢。老廖捂着脸说，我连儿子都没了，还要塑料厂有啥用。刘豫章说，我就是来告诉你们一声，没有别的事我就走了。老廖却敞开胳膊拦着，不让走。老廖说，你是村里主事的，有些事情我得跟你说。刘豫章相跟着进了屋里，坐在了炕沿上。老廖一向是这样的，不知道点烟倒水。她阔大的身子堵着刘豫章，只管把唾沫星子往人脸上喷。老廖说，少波这两天没去找你？刘豫章激灵一下，生气地说，他一个死了的人，找我做啥？老廖说，我总觉得他没走，他就在这村里转呢。这话让刘豫章毛骨悚然，他惶恐地四下望了望。老廖说，他没走。我在炕上坐着，门吱扭一声开了，却不见进来人。我说，少波是你来看妈了吗？门又吱扭响了一下。我说，妈知道你为啥来，是村里欠着咱的钱呢。修路你花了好几万，建学校你花了十好几万。当年咱是不想让村里还了，可现在你死了，挣不了钱了，妈没钱养老，你是想让他们还，对不对？刘豫章说，不对。当年捐款是他自愿的，没有还钱的道理。国家法律都没有规定捐款得还。老廖说，我不管国家的法律，我就管我儿子的钱。我儿子的钱不能就这么扔到水皮儿不响，他还得给哑巴治病呢。刘豫章说，反正村里没钱。老廖说，可村里有树呀，把树卖了不就行了？刘豫章赶忙说，不行，树有《森林法》管着呢，谁伐树谁坐牢。老廖说，可这是我儿子的意思，你活人能跟他个死人一般见识？

刘豫章扔下一句反正没钱，就起身往外走。老廖推搡了他一把，险些把刘豫章推个跟头。刘豫章把恼怒摆到了脸上，看了老廖一眼，老廖就怯了。刘豫章扛起了锄头，大步往外走去。天已经黑透了，又碎又小的星星钻了出来。那哑巴孩子还在门口站着，白白的一张小脸，像幅画一样。看着刘豫章从自己身边走了过去，小人追了两步，停下了脚。刘豫章没有心情招呼宗家任何一个人，他只顾大步往前走。后面有飒飒的声音，像是有人跟着自己，刘豫章连头也不敢回，加快了脚步。看见了自己家的烟囱，刘豫章胆大了起来，他猛然一回头，还是被吓了一跳。原来身后跟着一个俊眉俊眼的女人。白白的一张脸，像团雾似的在空中飘。女人说，我叫凤莲，我是宗少波的……刘豫章就明白了。他想，宗少波这狗日的，有这样俊的媳妇，真舍得死。凤莲说，您知道我名不正，言不顺，这个家我是待不下去的。刘豫章点了点头，他很理解这个名叫凤莲的女子。凤莲又说，只是我不能带走孩子，求您给照应照应。有人打他、骂他、不给他饭吃，您给说着点。凤莲说罢跪下身去，磕了三个头。慌得刘豫章不知说什么好。凤莲转身走了，只一眨眼的工夫，就踪影皆无。

凤莲在宗家待这三天，比三年都要漫长。就是在这漫长的三天里，凤莲把什么都想明白了。过去她也不是不明白。不过是有宗少波在前面挡风挡雨,她有些不愿想明白。宗少波一走,她不想明白也得明白了。桂玉春首先不给她好脸色,明明是七口人吃饭,她偏摆五副碗筷,铲子一样的眼神儿从眼缝里射出来,凤莲都觉得能割人了。自己不吃不打紧,关键还有儿子呢。小四虽说才大人的膝盖高,可似乎什么都懂。他胆怯得会把餐桌上的人看一圈儿,才小心地拿起筷子,让凤莲看了辛酸。起初,凤莲还寄希望于老廖,觉得她会看在宗少波的面子上对小四好,看在小四的面子上对自己好,自己好歹也是叫了她几年妈的人。在凤莲的印象中,老廖是这个家里的掌权人,不单能管儿子,也管媳妇。凤莲亲眼看见她把桂玉春欺负得像只小鸡子,桂玉春有泪都不敢当着她的面流。可宗少波一死,老廖马上转了风向。她甚至开始讨好桂玉春,在饭桌上给桂玉春夹菜的同时,还把笑脸送上去,这都是从来没有过的。那天凤莲叫了她一声妈,老廖居然连眉毛也没挑,撇腔撇调地对凤莲说,有本事你让小四叫,你鸭子似的瞎叫个啥?

凤莲把三个头磕给刘豫章,她就了无牵挂了。这两天她一直在搜寻刘豫章的身影。她跟这个老头没搭过话,可觉得他是个面善之人,又当着书记。小四托付给谁她都不放心,可她又不能带儿子走。她还年轻呢,她还想有个将来呢。

刘豫章在院子里站了好一会儿,心口还在怦怦跳。他觉得刚才那女人有点神怪,就像被宋少波附体了一样。那三个头,把刘豫章磕蒙了。从跪下,到匍匐,再到以头抵地,再到缓缓仰起脑袋,这哪里像现代人磕头,分明是古旧的戏里人物么!他不明白这个女子怎么想起把孩子托付给自己,自己都七十大几的人了,再折腾还能活几年?

7

一大早，村中心的十字路口就围了许多人。许多人都一宿没睡，眼睛通红，像得了道行的老猫一样。许多人都听到了那凄厉的一声叫，那像鸟不是鸟，像人又不是人的一声叫，像炸了魂一样。昨天和前天夜里也是这样一种叫声，因为没人理会，所以被群体忽略了。今天不一样了，那一声叫响过以后，家家都有了动静。但谁也不敢出来看个究竟，都在被窝里熬着等天亮。俗话说事不过三。既然那声音连续出现，就肯定有缘故。而且，一定不是好的缘故。人群中刘美苹最有发言权，因为她这几晚一直没睡。她的一头壳郎猪病了，她在猪棚里整夜地守着。刘美苹养猪养了五六年了，已经养出了经验。猪病了会比孩子病了更让她着急。因为孩子会说话，而猪是哑巴。本来天亮她该回屋睡觉了，听见街上熙熙攘攘，就出来看究竟。刘美苹说，那声音叫的时候正好是半夜十二点，她的猪棚里放着马蹄表，每次那声音出现时她都顺眼看一下表。第一次第二次她也没有注意，乡间有许多古怪的传说，鸦叫，猫头鹰叫，狸猫子叫，黄鼠狼装小媳妇叫，都瘆人。可今天不同以往，声音来得突兀，但刘美苹有了准备，所以她分辨出了那不是动物的叫声。那声音是从东南方向传了来，在空中打着回响，像炸雷一样能留痕，吓得她起了一层鸡皮疙瘩。一个妇女惊讶地说，东南边不是埋着宗少波吗？刘美苹赶紧闭上了嘴。没人关心刘美苹为什么闭上嘴，人们在这一刻把她和宗少波之间的瓜葛都忘了。大家七嘴八舌议论起来，说不仅听到了叫声，还听到了行走的声音。就像秋风打着呼哨。那脚步不是走在地上,而是走在了瓦楞子上,蜻蜓点水,但碎裂有声。还有人说家里的一只面盆在灶台上扣着,无缘无故地就掉了下来。这个思路启发了更多人,又有更多的人举出了各种例证。人们吵吵嚷嚷的时候刘美苹悄没声地回了屋里。她从柜子里拿出了一沓纸钱,在院子里的东南角烧了。边烧边说:"少波,我知道你不想走,不情愿走,可谁让你不小心呢?你放心地走吧,你家里的事我能帮会帮一把,你的儿子我能照顾也会照顾他。还有你妈,没人管我也会管的。我说到做到。"刘美苹心平气和地念叨着,眼里还是有了泪花。当年她为了八百元钱嫁了大栓,直到现在这八百元钱仍锁在柜子里,起初是不舍得花,后来是不愿意花。她总觉得这八百块钱来路不正,花着心里不舒坦。

刘美苹重又走出来时人们正在谈论宋玉生。宋玉生也死于三天前,也埋在了村东南的方向,那些叫声会不会与他有关系呢?说这话的是宋玉生家邻居的一个媳妇,巧英昨天结婚她过去帮了忙,所以,她希望自己的话能引起别人的重视。许多人都轻蔑地看了她一眼。其实是看了宋玉生一眼。当然那媳妇不是宋玉生,可人们看媳妇的目光就是看宋玉生的眼光。就凭宋玉生?切,三棍子打不出一个屁,他也能整出动静吓人?做鬼都是个窝囊鬼。媳妇遭了白眼,红着脸朝外退去,撞到了刘美苹。媳妇小声说,叫声其实与死人没有关系,是张庄窑地的工人,半夜三更吓人玩儿哩。刘美苹问,那你咋说是宋玉生呢?媳妇摇了摇头,扭着屁股走了。刘美苹大声说,叫的人是张庄窑地的工人,不是死人!人们七嘴八舌说,在瓦楞子上走的人也是窑地的工人?面盆掉到地上是怎么回事?还有一大堆问话,让刘美苹喘不过气来。一个女人阴险地说,快去看看你家的壳郎吧,说不定是宗少波变的。这话招来了笑声,但笑声都很短促。一个叫宋五更的人挥了挥手,说，我们去找刘豫章吧，老宋庄闹鬼了，他不能白当书记，他得给个法子！

人们呼啦呼啦都走了，刘美苹拽着宋五更不放。说我知道你家和宗少波有过节儿，你儿子是让他打残的。可事情不都解决了吗？你咋还跟个死人过不去呢？宋五更啪地甩了刘美苹一个嘴巴，说你个贱皮子女人，少说不着四六的话！这是过得去过不去的事么！这是老宋庄人活不活得下去的事！你是什么东西，也敢为个死鬼说话！刘美苹捂着腮帮子说，我是为你说话，宗少波活着是恶人，死了也是恶鬼。宋五更啪地又抽了刘美苹一个嘴巴，说你还想吓唬我，你这个婊子养的！

宋五更急急地跑了，刘美苹用两只手分别捂着脸，眼泪一串一串地掉了下来。她缓缓走回了家，一个圈一个圈地去查看那些猪，哪头猪都不像宗少波变的。她想，自己要是宗少波的人，要是宗少波还活着，谁敢动她一根汗毛。谁敢动她一根汗毛宗少波就敢要谁的命！可她的丈夫大栓确实不比一头猪更能保护她。此刻大栓就在院子里，伸着头朝外望。刚才宋五更的两个耳光他分明都看见了，可他连一点表示也没有。甚至一步不敢走出院子。我怎么嫁了这么个丈夫啊！想到这里悲从中来，刘美苹一屁股坐到地上，号啕大哭起来。

所有的猪都从猪圈里探出了脑袋。有黑的，有白的，有花的，都哼哼着打量刘美苹。大嘴巴朝前拱，小毛毛眼都是双眼皮，无限怜爱地看着她。刘美苹的目光一落到那些猪的身上，就立刻收住了泪。她站起身来拍打一下屁股上的土，从晾衣绳上扯下围裙系在腰上，给猪拌食去了。她一边拌食一边寻思，宗少波也是小毛毛眼双眼皮，莫非这里真有啥机巧？

这是一个响晴薄日的天气，一丝云影也没有。太阳照耀着刘美苹劳碌的背影，太阳有些感动。

8

老叔宗现生真的要去县城卖血了。我在核桃树上就听见了老叔老婶高一声低一声地吵。这是昨天晚上的事。昨天晚上月明星稀，一丝风也没有。我在外游荡了好一会儿，到底还是回来了。我去了村西的塑料厂，塑料厂除了那几间房什么都没有剩下。那几台机器是被汽车拉走的，就是昨天或前天的事，他们来了许多人，像搬家一样大大方方地拉走了机器。我不怪他们。机器锈着也是锈着。虽然过去谁偷我一个螺母我都要给他几鞭子，但现在我确实不怪偷机器的人，因为他们偷回去有用。机器放到这里确实一点用处也没有。我之所以迟迟没处理它们是想有一天也许会重操旧业。如今重操旧业的希望完全没有了，我也就不吝惜那些东西了。院子里的荒草很高，很繁茂。我没想到一院子的草会长成这个样子，香蒿，水败子，拉拉万。密密匝匝，风雨不透。我不在它们长得这样好，我一点也没想到。我在这里时它们长不过鞋底高。我走了它们居然都能成气候。它们还爬到了墙上，怀里搂着几朵野花。这个想法让我觉出了好笑，这是几天来我唯一的一次笑。我想了想我怀里的野花曾经有过多少，数了又数，到底也没数过来。记得我采第一朵野花时是在路边的小旅店，野花自己敲门进来的，我却手脚冰凉，牙齿打战，是人家把我翻上去的。事后我总想见她，想给她写信，打电话。准备了一箩筐的情话想跟人家诉说。大老远地跑过去又见第二次，可人家看见我就像看见陌生人一样，开口先谈价码，说这阵风声紧，都涨价了。这样多少，那样多少，像报菜单一样。我一下子眼都绿了，要吃人。我大骂了一句：卖×的货！哪儿远死哪儿去，别让我见着你！把那个小丫头吓了一跳，像兔子一样蹿出了屋外。那是个骨瘦如柴的人，锁子骨都在外支棱着。一双手就像鸡爪子，涂着粉色的指甲油。其实我看出了她是在装样，就那单薄的小身板，骑上去咯吱咯吱作响。没人喜欢咯吱咯吱作响的女人，我都疑心她没有别的男人。我每经手一个人都要惦念人家几天，说来简直无法让人相信，有时居然想得死去活来。可她们谁都没有想过我，除了我口袋里的钱，我没碰到一个有情义的。后来我就练出来了，提起裤子就忘了她们是谁。还真有一个小姐对我动了点小感情，把自己的鸡心项链挂在了我脖子上。我出去就到珠宝商店做了鉴定，说那条项链是沙金的，值三百几。我就照那个价位也给她买了一条，人家一看，脸就黑了。

　　就像总吃一种相同的饭菜一样，时候久了都要腻的。有一段时间我看见那种眼神的女人就想给她一巴掌，把眼神给她打歪，把嘴巴给她打正，再骂一句不要脸。年轻轻的干什么不好，为啥非要卖×呢。我还真动过手，有一次我在饭店吃饭，一个小姐总在我身上蹭，还用手做不三不四的事。我回手给了她一下子，然后把他们老板叫了来，说她要强奸我，得给我精神补偿。小姐都有多厚的脸皮，也让我羞得无地自容。后来我做这种事上了瘾，插空就拿他们找点乐子。

　　当然我也为此付出了代价，一次在街上无缘无故被人暴打了一顿，膀子被人摘了。想来就与这种事情有关。

　　我从塑料厂回来天就黑了。我回了家。我一直是不想回家的，不敢回啊！我在村里到处东游西逛，只是不敢回那个家。我知道我的哑巴儿子在门口站着，眼巴巴地等着我回来。他不说话，但我懂他的心思。他是不相信我已经死了,不相信死了的人就再也不回来了。他知道我整天在外东奔西忙为的是啥,他用小手比画着把东西敲出声音,然后把耳朵贴上去听。然后竖起大拇指,夸他爸爸是好样的,在想法子给他治病。在城里就是这样,他经常猫在一个我看不见的地方,等我把车停稳以后打开车门,他就一下子扑上来。然后就不错眼珠地看着我,看看我能给他带来什么好消息。日子就是在一天天的希望中过去了。当希望终于有了着落时我却死了。难道这就是命?是我的命还是小四的命?我在村庄的任何一个角落都能看到我的儿子,可我只能假装看不见他。看见他我就恨不得再死上一千次。你让我拿我的儿子怎么办,我心里的话他听不见啊!

  他听不见凤莲也听不见。否则,凤莲就不敢走。凤莲收拾东西时我就在她的身后。我说凤莲,你不能一个人走。要走也只能带着儿子一起走。为了引起凤莲的注意我甚至在屋里旋起了一股风。我说凤莲,你不能把儿子一个人留下,你把他留给谁?奶奶年纪大了,不大她也照顾不了谁。连我都是自己活大的,不是她照顾大的。凤莲,你听懂我的话了吗?难道你要把儿子留给桂玉春?她要给他饭吃才怪呢。儿子可是我们的心肝宝贝,你真忍心看着他遭罪?你带着他嫁人吧,我不怪你。哪怕后爹对他不好,也强似这里,好歹也有个名分啊。凤莲你听清楚了吗?凤莲收拾了一个包裹,摔摔打打地结扣,啪啪拍了两下,夹到了腋下,头也不回地走了。我儿子朝西看,她悄悄朝东走。其实她不悄悄也没关系,我儿子听不见。可她还是悄悄走了,她心虚。

  我跟了她好一段路,我想绊住她,留住她,可我的手一丝力气也没有。真的,我不比纸人更有力气。我从没为什么事求过凤莲,都是她求我。我第一次求她就求不动她,我伤心地哭了。从凤莲的脚步可以看出她是下定决心走的,连一点犹豫都没有。

我这才知道我看错了人,凤莲不是一个好女人。

倘若她像我一样对儿子尽心,迟早都能打听出裘八金这个人。可现在我尸骨未寒,她却丢下儿子跑了。

可惜我早没看出她是这等薄情寡义的人。倘若我活着出这样的事,我灭了她的全家都不会手软。我宗少波说到做到!

只是现在我奈何不了她了,这个不要脸的女人!

我回到了老叔家的核桃树上。我心灰意冷了。我想不通我这样飘来飘去还有什么意义。我这样牵牵挂挂还有什么意思。我帮不了我儿子,一丁点也帮不了。裘八金的事就当是一个梦,一个半截子梦。我只是一个横死鬼,根本管不了人间的事。我长出一口气,把儿子的事放下了。放下了儿子的事就听见老叔老婶高一声低一声地吵。基本上是老婶的声高,老婶说你都土埋半截子的人了,卖的哪门子血,要你的老血有啥用。老叔不作声。偶尔小声说一句什么。可我知道老叔心里有了小九九,他想明儿一早就到城里去。老叔老婶再吵下去我就睡着了,还做了一个梦。梦见我抱了一捆子钱给老叔放到了炕头上,告诉他给老婶手术用。可钱却是纸钱,是冥币。老叔抹着眼泪说,小子,我知道你有孝心,可用的不是时候。现在我们享用不着了,隔着阴阳界呢。我臊死了。我还会臊。偷人家羊被人家追到家来我都不臊。跟刘美苹让大栓堵到被窝里我都不臊。我啥时候学会了害臊呢。我被臊醒了。天还黑着,星星还亮着。可老叔偷偷摸摸地起来了,连口水也没喝,就轻手轻脚地出了门。我跟了上去。我知道这时候的小凉风最容易吹散我,我已经不在乎了。

我死的时候除了我妈就属老叔哭得最伤心,这我看得清清楚楚。桂玉春也在号丧,可心里想的是看凤莲你这个小娼妇怎么办。所以我得跟着老叔。老叔这一辈子可能就到过两三次县城,老叔连路都认不得。

我陪着老叔磕磕绊绊地出了村子，我陪着老叔，我心里暖烘烘的，就像多孝顺一样。

9

我们出来得太早了，公共汽车都还在家睡觉呢。老叔在路边找了一块石头坐了下来，抱着膀子。早晚还真有些凉，我说，老叔你冷吗？老叔噌地站了起来，原地转了一个圈儿，两只眼睛瞪得铃铛那么大，看着我。我又小心地叫了声老叔。老叔张着两只手说，少波，少波。我的一股气直冲面门，险些让它撞晕了。我说老叔，你能听见我说话？老叔的眼泪掉了下来，说少波你在哪儿，我咋看不见你呢？我说我能看见老叔，我就在你面前。老叔往前抓了一把，抓了个空。我想握住老叔的手，可怎么也握不着。我说老叔，我一直就住在你家的核桃树上，我是一路跟你过来的。老叔说，你知道我想卖血的事？我说我知道。我知道您想给老婶治肾结石。就在这个时候一辆汽车开了过来，我拥着老叔上了车。车上空空荡荡的，我和老叔坐在同一个位子上。卖票的中年妇女走了过来，问老叔到哪里。老叔说到县城。卖票的说八块。老叔说五块。卖票的说油都涨价了，哪还有五块的？老叔说我知道是五块，我经常坐车，都是五块。老叔的声音很高，语调又坚定不移，卖票的妥协了，说，六块吧。老叔乖乖地掏出了钱，老叔胜利的微笑爬上了嘴角。

我说老叔也会干这种事了。老叔说啥事？我说，说谎。老叔啥年头经常坐车，说瞎话吧？老叔感慨地说，这年头不说瞎话哪成，到处都是骗子，稍不留意就被人骗了。我同意老叔的看法，这年头骗子是多。我看见卖票的和司机对了一下眼，又回头共同看了老叔一眼。男的说，神经。女的也说，神经。当然他们的声音很小，老叔没有听见。可我却听得真真的，他们就像在我耳边说的一样。我说，老叔你不害怕？我是死人了。老叔说，害啥怕？你是我侄儿。我说，你连我的汽车都没坐过。老叔说，咋没坐过？那年你没给我拉过一回庄稼？唉，这都是多少年前的事了，老叔还记得。那年我开的是双排座，给自己拉庄稼的时候顺便把老叔和老叔的庄稼给捎了回来。如果现在我活着，这些事我根本就不可能想起来。我说我是指那辆小车，是黑色的，叫奥迪。老叔呵呵笑着说，是那个乌龟壳子呀，你请我我也不坐，我嫌憋气。再者说了，那天如果我也在你车里，我也得和你一样去见阎王。你老婶的病谁管？

因为我的话别人听不见，所以老叔像是在自言自语。这时车里的人多了起来，可大家谁都不说话，都看着老叔。老叔故意大声说，我知道你死都合不上眼，你拖累多。早先要听我的多好，别娶哑巴他妈，就因为这件事你老拿我当仇人。当然现在说这些也晚三春了，你老婶说这是命，现在我信了。你这样跟着我是有事求我吧？你老叔除了穷，帮不了你钱，别的啥忙都能帮。你说吧！

于是我说了裘八金的事。我说得很快，说几句就问老叔一回，您听得见我说话？老叔说，听得见，你说裘八金是个老大夫，能治小四的病。我突然想起来了，我说的话别人听不见。怎么现在老叔能听见？我大声说，老叔你真能听见我的话？老叔也大声说，我可不真能听见！我说，如果能把小四的病治好了，我就是死上一千回也不冤枉。我找裘八金这个人费了牛劲，可还没来得及告诉谁我就死了。我每天都在村里飘，就是想把这个信儿告诉家里人，让她们好给小四治病，裘八金那里还等着呢。老叔问，你咋不把这事直接告诉家里人呢？我说她们听不见我说话，谁都听不见。可能只有一个人能听见我说话，可他又是哑巴。老叔说，这好办。我回去就找你妈。我说，找我妈不行。她岁数大了，出门不认识路。您先找凤莲，她昨天晚上来城里了。老叔说，我们先去找她？我有点不忍心，虽然我急得都火上房了，可我还是对老叔说，先去办您的事吧。回来再去找她。

汽车刚一到县城，老叔就被轰下了车。我知道老叔神神怪怪的样子让人发毛了，就告诉老叔不下，不下，我们还能坐一段呢。可老叔因为少花了两块钱，就像有愧似的，慌里慌张就下了车。老叔说，往哪里走呢？我说我不知道您都想去哪儿。老叔说，问问你老婶的病，然后再卖点血。我的血每天都开锅似的在里面撞，不卖也浪费。原则上我是不同意老叔卖血的，六十好几的人了，哪经得住折腾。可因为我帮不了老叔，就没了提建议的权利。倘若我现在有钱，有一万我给老叔一万。有两万我给老叔两万。只要老叔急用，我连眼都不会眨。我对老叔说，还是先去医院吧，问问老婶的病。肾结石虽然顽固，却并不复杂，一般动个手术就能根治。凤莲的妈就是得的这种病，我从市里给请的专家，一个月就没事了。老叔有点发愣。说你老婶的病，都五年了。每年都大犯小犯，折腾得要死要活。我的两个儿子不争气，一个富裕的也没有。他们要有一个跟你似的，你老婶何至于受这份罪。老叔的眼里含了泪花。我不敢再说什么了，不配说。我默默跟在老叔后头走。老叔说，小子，咋不说话了？我说，心里难受。老叔说，是呀，换了谁也不好受。我提议老叔打个蹦的，才三块钱，在城里随便转。老叔叫了起来，说我跑了五十里路才花六块钱，城里这几步路就要花三块钱？不坐，坚决不坐。

老叔把头摇得像拨浪鼓。

老叔走了好久才到医院，我领他径直去了外科，让他敲主任办公室。主任果然在。我让老叔叫郝主任，老叔叫了。郝主任愣了一下，说你认识我？老叔朝后一指，说我侄子认识你。郝主任朝后看了看，楼道里总有过往的人，他不知道谁是老叔的侄子。郝主任问，哪不舒服？我说，快说说老婶的情况，主任忙着呢。老叔磕磕绊绊地说了，说老婶想手术，不知道要花多少钱。主任说，有一万五左右就差不多。这个数字把老叔吓住了，老叔马上就有些上气不接下气。老叔说，一万五……还差不多……我想卖血，告诉我在哪儿卖！主任上下打量了他一阵，说你还卖血？一看你就有黄疸，你的血谁要？

老叔垂头丧气走出了医院，天已经正午了。我小心地说，老叔家去吧，让凤莲给您炒两个菜。老叔愣了一下，说，可不是，我还得去找凤莲呢。老叔闷头朝前走。我说，老叔记得我说的话了吗？老叔说记得，让凤莲找裘八金，给小四治病。来到了家门前，我紧张得有些透不过气。我让老叔按门铃，老叔就使劲按，不撒手。门铃叮咚叮咚地响个没完。我正担心凤莲也许不在家呢，大门却开了，凤莲浓妆艳抹地出现了。我心里咯噔一下，抢先进了屋里。还好，屋里没人。却有股香气，是凤莲刚化完妆的缘故，她这是要出去。我让老叔问问凤莲要去哪里，凤莲敌视地看着老叔，说你是谁？凭什么管我的事？我让老叔骂凤莲，老叔咕哝了半天嘴，没敢骂。老叔说，少波就在旁边站着呢，他让我给你捎个话。他联系好了一个大夫，叫裘八金，能治小四的病。凤莲斜了老叔一眼，理都没理这个话茬。老叔着急地说，侄媳妇，我没骗你，少波当真还没走呢，他放不下你们娘俩。凤莲说，你是不是想和我要钱？老叔急赤白脸地说，我再穷也不会花侄媳妇的钱，你把我当成啥人了！凤莲说，不要钱就好，我还有事，说着就做出了送客的架势。我说老叔,让她给您做口饭吃再走。老叔说,少波,我是来给你传话的,可不是来求她赏饭的。老叔往外走,房门咣当一声在我面前关上了,我用身体去撞,用头去撞,可连一丝动静也没有。老叔说,少波别费力气了,这儿不是你的家了。可我不甘心哪,我买的房,我置的家。我所有的家当都在这所房子里,我妈和桂玉春那儿只是几个小钱儿。这么快这个家就不属于我了?我用两只拳头去凿门,却是凿在棉花垛上的感觉。我像女人一样呜呜哭了,边哭边数落说,老叔我怎么办呀,老叔我怎么办呀!

老叔在路边的小摊儿上吃了饭,要了一屉小包子。老叔灰尘满脸,连眼睛都是黄的。我眼巴巴地看着老叔,想起我爸也是得黄病死的,莫非老叔也得了这种病?我提醒老叔到医院查查,老叔把一只包子整个塞进嘴里,直着脖子往下咽,说早死早托生。我说老叔你不怕死?老叔说,我是替不了你,替得了你我就替你死。我呜呜咽咽喊了声老叔。老叔说:"想活的活不成,想死的死不了。都是命,孩子,就别跟命争了。"

我说:"您照应我儿子点。"

老叔说:"我还能活几年哪。不过我活着一天就照应他一天。有人打他我打谁,有人骂他我骂谁。"

老叔又往嘴里扔了一个包子,舌头朝边上一卷,包子掉到了腮帮子里,像含了枚鸡蛋一样。

再没什么话。我伤感地看着老叔,说:"我把您送回去我就走了。"

老叔问我去哪里。

我说:"天上。"

老叔说:"天上好,你给我占个朝阳的地方,将来我和你婶子一起去找你。"

老叔在公共汽车站说什么也不上车，车站的车很多。老叔跟卖票的讲价，说五块我就不坐，四块我就坐。其中有两辆车都不愿挣老叔那几块钱，人家开走了。第三辆车卖票的是一个十七八岁的小姑娘，没等老叔话落，她就不耐烦地说，上来吧。车上却没座儿，老叔只得在车尾站着。我问老叔累不累，老叔说，当年娶老二媳妇的时候到城里来买穿衣镜，因为怕碰坏了，老叔背着镜子走回家去的，到家都小半夜了。庄稼人这点累不算什么，老叔说。旁边有个小伙子问老叔在跟谁说话，老叔说我说话了吗？我什么都没说呀！

10

宋五更联合了几个人，到处散布消息，说老宋庄闹鬼了。他还在夜里弄出各种动静，吓唬村里人。他还去敲刘豫章家的窗，嘘着声音说还我钱还我钱，把刘豫章吓得不轻。刘豫章为此专门跟乡长通了电话，说让派出所过来一趟。乡长很不耐烦，说你这算什么事，也有脸跟我说？刘豫章是很没脸，他的年纪能当乡长的爹呢。可乡长不管能当爹的刘豫章怎么想，砰地先把电话挂了。刘豫章气得浑身直哆嗦，他是县人大代表，县长见了他也要客气呢。刘豫章气得闷在屋里半天不出来，一遍一遍地骂宗少波，你个吃人饭拉狗屎的东西，村里白要你的钱了吗？当初给你披红挂彩了呢。让你上电视露脸了呢。给你送匾了呢。那个匾是烫金的，也花了不少钱。村里是不想送，可宗少波不干，说得给子子孙孙留念想。如今这些钱都变成木料砖瓦了，你让村里怎么还你？骂了老半天，刘豫章才想起宗少波是鬼不是人，就一下子噤了声。本来刘豫章也不相信有鬼这一说，但事实摆在那里，不由他不信。于是他召集村里几个支委开会，商量怎么办。几个支委都说自己也不知道怎么办，宋五更是做执事的，不行就问问他吧。

宋五更是做执事的。执事就是婚丧嫁娶时候的支客，程序怎么走都要听他的。宋五更比其他的执事懂得多，所以外村的人也都愿意来请他。比如出殡的时候，媳妇都要从坟地抓来一把土，放在炕席底下。而且谁回来得早谁发财，弄得媳妇们像运动员一样比赛着跑，让别人看热闹。所以好多规矩都是从老宋庄流传开去的，人们提起宋五更，就像提起宗少波一样，都会说：那是个人物。

但在宗少波面前宋五更却牛不起来，他怕宗少波。那年宋五更的儿子因为偷了根钢管被宗少波打断了一根手指，宋五更嚷嚷着要告官，说他不给我五万块钱我就让他做三年牢。结果宗少波开口就给了六万，而且就装在一个塑料兜里，大摇大摆就给他家提来了。换了别人宋五更肯定要反悔，可在宗少波面前他不敢。他知道宗少波是个什么样的人，要把他惹毛了，他给人放血连眼皮都不会眨。宋五更只得在宗少波走了以后打自己的嘴巴，说谁让你嘴欠，只要他五万，你咋就不说要十万呢！宋五更说这话时偏偏隔墙有耳，消息传到宗少波那里，宗少波说，他要十万我就给十一万。把宋五更的肠子都悔青了。

宋五更吃完晚饭以后就坐等刘豫章，他知道刘豫章会来找他。没了宗少波老宋庄的天都显得分外高。他每天都要喝一壶酒，每一口酒咽下肚去都要笑一声，然后叫一声宗少波的名字。他没想到宗少波能死这么早，要是他千年的王八万年的龟样地活下去，老宋庄迟早都会让他压塌的。所以得知宗少波的死讯时宋五更高兴得把头往墙上撞，撞晕了自己都不知道疼。他嘴里嘟囔说，老天有眼，老天有眼，让宗少波走我前边了。

刘豫章装模作样地走了进来，他不知道宋五更在等他。他刚要兜几个圈子，宋五更直截了当地说，你得管管宗少波那个横死鬼，他让村里不得安生，这样下去迟早是会出事的。刘豫章问出什么事，宋五更说，阴气太重，死人呗。刘豫章问怎么办，宋五更说也就是老办法，烧坟。刘豫章说，我咋不知道有这办法？宋五更说，谁都知道还要我宋五更干啥？刘豫章无话可说了。宋五更又说，要想全村平安，人人都要去添柴，家家都要帮火。还要宗少波的孩子从那火圈里走过去，才能驱邪除灾。刘豫章摇头说，那不行，出人命的事不能干。宋五更提高声音说，全村的老少爷们都在那儿，能让个孩子出人命？刘豫章说，宗家也肯定不乐意。宋五更说，他不乐意就行？宗家的事我去说，不用你管。刘豫章不言语了。只要不用他出马，宋五更愿意怎么折腾随他去。

我可不想和宗家人打交道。刘豫章心里说。

送走刘豫章，宋五更迫不及待地去了宗少波家。他叫桂玉春侄媳妇，说你婆婆在吗？桂玉春把宋五更让进屋，老廖在炕上躺着，额上盖着毛巾把儿。宋五更说，你这是碰到撞客了，咱村现在碰到撞客的多了，都是你儿子闹的。老廖说，我儿子死了也是条龙。宋五更心里说，屁龙。宋五更说，现在他搅得家家不安，鸡犬不宁，我们只得用老法儿治治他。老廖说，你有法儿就使去吧。宋五更说，可你家得出个孩子，我们烧坟，他得从火里钻过去。老廖说，烧得死人吗？宋五更说烧不死。老廖说，那就让个孩子去呗。桂玉春在外嚷，反正我的孩子不去。老廖说，我还有孙子呢，你甭担心。

宋五更代替刘豫章在喇叭里喊广播，让明天早晨家家准备干柴，烧坟用。这件事连邻村的人都知道了，他们早早来到了老宋庄，等着看烧坟。宋五更穿了一身新衣服，表情凝重，步子坚定。他喊了广播，又挨门挨户去通知。走进宗现生家的院子，被兜头泼了一身水。宋五更没敢言声儿，悄没声地回家换了。宗现生破口大骂："你个乌龟王八操的，这是骑在我们脖子上拉屎呀。少波活着的时候你连尿尿都不敢，有本事你那时咋不使？你怕少波一刀劈了你！"

宋五更边走边听宗现生骂，嘴里嘀咕说我可不是怕他一刀劈了我，我就是现在烧你，烧死你！迎面走过来一个妇女，问宋五更跟谁说话哪，宋五更说，宗少波说我不敢烧他，正和我打嘴仗呢。

那妇女一激灵，朝后看了一眼，一溜烟跑走了。

11

我听见了。什么都听见了。看见了。什么都看见了。黑压压的一群人，我大部分都认识，有男有女，有老有少，他们都抱着劈柴，往一起架。我知道宋五更这手儿挺阴毒，可我无动于衷。我就像一个纯粹看热闹的人，对这一切都无动于衷。我想，这是因为我的时间不多了，我的所有牵挂都像风一样就要消散了，或者我已经没有情绪和感觉了。这也是我的最后一天，所谓头七。我的魂魄过了头七就再不能成形，火烧了起来，烟冒了出来，火舌舔着我的脸。我没有感觉，一点也感觉也没有。我想，连空气都会有感觉吧，我怎么就一点感觉也没有呢？火舌吱吱地叫，黑色的烟雾往高空蹿。我看见了指挥员宋五更，他指挥人把柴架高一点，再架高一点。我看到他甚至有一点亲切。我想，是他给我印象最深的缘故。在老宋庄，算个人物的除了我就属他了。可见我有点英雄惜英雄。我还看见了我儿子，我的儿子小四，在人群的最里边，周围都是人，却一个亲人也没有。可小四很镇静，仰着一张小白脸，不时四处查看。我在小四的眉宇间看出了我的影子，我宗少波的儿子，不哭不叫，是好样的！我当然知道他是为什么来的，他要从那堆火里钻过去。那可是一堆火呀。我心疼了吗？没有。一点都没有。除了知道那是我儿子，我一点感觉都没有。我甚至想他也许能让火烧死。还是烧死好。一个没爹没娘的孩子，活着实在也没什么乐趣，何况他还是个哑巴。我可不希望他一辈子活得窝窝囊囊委委屈屈，像老叔一样。宋五更说了许多话，可那些话我一句也听不懂。我怎么会听不懂宋五更的话呢？我要完了，我真的要完了。我已经感受到了那股风，就在我身边盘旋。风很快就要把我撕碎了，很快。我大声喊着宋五更，我不知道为什么要喊他。我知道没有谁能听见我的声音，可我一遍一遍喊着宋五更的名字。人群却喊着小四的名字，让他从火堆里钻过去，火堆搭了一个"人"字，搭得不高。而且火越烧越旺，那个"人"字随时都有可能坍塌。有人把小四丢到了火堆底下。小四从底下钻过去就对了。可小四却给吓傻了，他一动不动，惊慌失措。火光把他的小脸都给烤熟了，他仰脸朝天空望，忽然石破天惊地喊了声："爸爸！"

　　小四又喊了无数声"爸爸"，声音凄厉得像狼崽子一样。我的哪根神经终于被小四扯痛了，我的儿子会说话了！我说儿子，快跑，快跑！火堆马上就要塌了！可小四就在那个"人"的下面，茫然四顾。我的儿子，他实在是太小了。太小了。一根燃烧的树枝落了下来，就在离小四半步远的地方。火苗就像蛇芯子，一寸一寸地往小四的身上侵袭。我急得都要炸开了，咋没人救救我儿子啊，救救我的儿子！皇天没有负我，那个"人"字倒塌的一刹那，有个人披头散发张牙舞爪地冲进了人群，抱起我儿子就往外跑，很多人都想堵住她的路，可她就像一个疯子。谁能够挡住一个疯子呢。她抱着孩子撞了出去。我在她的身后紧紧跟着,迎面吹过来一阵风,我的胳膊腿轻飘飘地就被撕裂了。最后被撕裂的是我的一张脸,我努力睁大眼睛看了最后一眼,终于看清了抱着小四的女人不是我妈不是凤莲不是桂玉春,而是刘美苹………

小四在刘美苹的怀里还在不住地喊"爸爸",我猜他一定看到我了。可惜我的身形像雾一样飘散了。我的儿子,我再也听不到他的声音了。

12

厚重的暮色一丝一丝地褪去了,先是一点粉红,然后是一点深绿,再然后是一点鹅黄,组成了一幅流动的画。那幅画像是被雨水溅湿了,有着玉润的光泽。我渴,是血流干以后的那种渴,喝多少水都润不透心肺的那种渴。我费力地用舌尖舔了舔嘴唇,就听有人惊喜地叫:醒了,醒了,他醒了!谁醒了?我纳闷地摇了摇脑袋,发现脑袋似乎是长在了树上,怎么摇它都纹丝不动。我用力把眼睛睁开一道缝儿,那幅画消失了,我看见了很多人的腿,都是膝盖上面那一部分。我不知道他们都是谁,但他们之中有医生,我看到的那些腿,有些就是从敞开的白大褂中露出来的。有个女人说,多不容易啊,他都昏睡四十天了。有个人用手指戳了戳我的脸,说你知道自己是谁吗?我费力地说,我是宗少波。那人笑着说,不错,还知道自己是宗少波。知道是怎么出的车祸吗?我努力地回忆,想得脑仁儿都是疼的,可却什么都想不起来。那个人说，你开车从高架桥上冲了下去，车摔成了一堆烂铁，你却能活过来，命真是够大的。

我呜呜地哭了，我说裘八金啊！

那人说，谁是裘八金？

我说，他能治我儿子的病。

人群"轰"的一声笑了。有人说，他连命都差点没有了，还惦记儿子呢。他有儿子么？

那个人不笑，他俯下身子问我，裘八金是谁？

我却想不起来。我急得干瘪的血管都要爆裂了，可还是想不起来。

大家又都笑了，说这个人真有趣。

我没能理解"有趣"是什么意思。刚才那一"急"，耗尽了我所有的气力。我的身形又化成了一团雾，丝丝缕缕地从病房里飘了出去。